흔들리는 불빛들

흔들리는 불빛들

최성배 소설집

새미

차 례

끈질긴 탯줄 · 7

친구의 이름으로 · 32

개털선생 · 64

흔들리는 불빛들 · 94

안개가 훔친 넋 · 121

바람 지나간 자리 · 147

메마른 나무들 · 220

작품해설 · 309

작가의 말 · 324

끈질긴 탯줄

어디론가 휴대폰 뚜껑을 열어 전화도 안 하고 딴청을 부리는 사내, 뭐가 못마땅한지 누가 듣거나 말거나 혼잣말로 연신 주절거리는 늙은이, 쥘부채를 연신 꺼덕거리며 주간지를 훑어보는 깡마른 남자, 꾸벅꾸벅 졸고 있는 뚱뚱한 여인, 스마트폰을 무릎에 올려놓고 양 엄지를 열심히 놀리며 게임을 해대는 앳된 여자, 그리고 하품을 하던 입을 손바닥으로 틀어막거나 눈꺼풀을 못이기는 사람들. 앞뒤좌우를 살펴봐도 시간을 기다리는 표정과 모습은 제각각이다. 추석은 아직 한 달이나 남았건만, 미리 표를 사려는 사람들로 몰려들었다. 저들과 한데 섞여있는 나도 조급하기는 마찬가지였다. 추석귀성열차표를 예매 안내방송과 신문이 나간 지 꽤 되었던 터.

밤 늦게부터 하나 둘 모여들더니 그예 줄이 만들어졌다. 줄의 꼬리가 마냥 길어졌다. 사람들이 줄줄이 기다리는 바로 앞이었다. 매표창구에는 오전 10시에서 12까지 예매한다는 안내지가 나붙었다. 물론 창구 옆에도 열차표자동발매기들이 놓여있었다. 철도특별사법경찰대 출입문 옆은 화장실이고, 승객 개찰구 주변으로 여행사며 관광 상품가게 따위가 즐비하게 늘어섰다.

에어컨바람이 시답잖은 실내에 갑자기 사람들로 웅성거렸다. 열차가 도착한 모양이다. 철제 기둥과 받침대가 얼키설킨 천장 아래 드넓은 홀 가운데 있는 텔레비전 주변의 사람들이 늘어났다. 안내방송이 시끌벅적한 소음과 섞여 홀을 울렸다. 전광판 시계는 08:30을 깜박였다. 앞에서 두런거리더니 앉았던 사람들이 자리를 털었다. 그들은 일어서면서도 영문을 모르겠다는 표정들이다. 늘어졌던 줄이 왕창 앞으로 당겨졌다. 슬슬 걸어오는 철도경찰관에게 모두 일제히 시선을 꽂았다.

"무슨 일이 있소?"

"별 거 아닙니다."

"별 거 아니라니요?"

"아, 뒤 통로가 막혀서 다니는 사람들 길을 틔워주려고요."

"표 파는 시간은 안 바뀌지요?"

"그럼요. 공지한대로 열시, 열시! 예매시간은 하늘이 두 쪽 나도 열십니다."

천장이 드높은 역의 홀은 넓었다. 바깥으로 빌딩들이 보였다. 빌딩 꼭대기의 신문사 전광판에서 현장의 모습들이 뉴스 화면과 자막으로 떴다. ─추석 귀성표 구입하려는 시민들. 거울에 되비친 것 마냥 이쪽의 모습이 저쪽에서 어른거렸다.

명절에 맞춰서 고향에 가본지는 까마득했다. 고향이란 내게 있어서 그냥 신기루마냥 아득했다. 머리털 나고 표를 구하려는 대열에 합류할 수 있는 것도 오로지 실업자가 된 덕분일지도 모른다. 도시의 삶이란 게 날마다 출근하기 바빴고 허덕허덕 살기에 지쳤던 것이다.

세계 1등 국민철도, 최상의 철도 서비스를 위하여! 철도경찰관은 광고표지판을 지나 사라졌다. 똑같은 목적으로 만난 낯선 이들은 금방 가까워졌다.

"촌놈들은 이래저래 고생이야."

"고향에 부모님들이 계시니 할 수 없는 노릇이지요."

"이거 원, 명절 때마다 이 지랄이니……."

"서울이 모든 중심이니 어쩔 수 없지요."

신문지를 깔고 앉은 마흔쯤의 사내가 옆줄에 앉아있는 늙은이의 말을 받았다. 늙은이 바로 앞으로 뚱뚱한 여인이 은박지 돗자리를 넓게 깔고 앉아있다. 나는 여인과 어슷하게 비킨 옆줄이었다. 고개를 돌려 뒤를 살피는 여인의 펑퍼짐한 얼굴이 나를 비켜갔다. 나는 우연히 여인의 오른쪽 이마에 송충이처럼 기어가는 흉터를 보았다. 눈썹을 어슷하게 비켜 찍힌 흉터는 얼른 보면 마치 두 마리의 자벌레가 겹쳐진 것 같아 보였다. 까만 비닐봉지를 뜯는 여인의 등짝은 둥글고 밋밋했다. 그녀는 빨강 꽃무늬가 찍힌 검은 바탕 블라우스를 입었다. 여인이 등짝을 움직이며 연신 김밥을 집어 먹었다. 늙은이가 침을 꼴깍 삼키며 여인을 흘겨보다가 말을 이었다. 옆으로 고개를 돌린 사내는 어느 새 늙은이와 말동무가 되었다.

"명절 때마다 사람들의 북새통에 질려버리는구먼."

"하기야 말들은 제주도로 안 가는데 사람들은 죽어라고 서울로만 몰려들어 날이면 날마다 넘치는 게 사람이고 미어터지도록 도시가 빵빵해지는데, 이러다간 언젠가 크게 한번 터져버리고 말걸."

사내는 검정바지 엉덩이를 슬쩍 들어 깔고 있었던 신문지를 살짝 앞으로 당겼다. 늙은이 쪽의 줄이 당겨져 사내와 거리가 어슷해졌다. 그쯤에서 사내는 늙은이가 시답지 않았던지 말을 씹어버렸다. 누가 듣건 말았건 늙은이는 닭 좇다 지붕 쳐다보는 개처럼 혼잣말로 시부렁거렸다.

"누가 누굴 탓하겠소.…시골출신들인 대통령들조차 그 자리에서 물러나도 낙향하지 않고 죽을 때까지 눌러앉아 사는 곳 아뇨. 개나 소나 미어터지도록 서울로 밀려드니까, 구차하게 만든 법이 인구분산정책인데 그게 아무한테나 해당되는 게 아니더라는 말씀이지. 짜잔한 아랫것들에게나 소용되는 말인 게요. 아무튼, 지방 사람들이 경쟁하듯 야금야금 몰려와 살다보니, 이제는 국민의 절반 이상이 거주하는 수도권이 되어버렸소."

시간을 기다리는 일은 지루했다. 시간이란 고무줄 같아서 당길수록 마음만 조급했다. 늘어나면 끊어질까 두렵고, 안 늘어지면 당기고 싶은 마음만 간절했다. 그러니 전광판에서 껌벅거리는 붉은 숫자가 그렇게 더디게 바뀔 수가 없었다. 시간이 지날수록 지겨워하는 사람들의 가지가지 모습이라니. 늙은이가 걸어오는 말을 뿌리치지 못한 사내는 귀찮은 듯 남쪽 사투리가 섞인 말로 대꾸했다.

"어디 가는 표를 살려고 그러우?"

"남항인디요."

"철도의 끝이로군. 종착역이네. 예전보다야 빨라졌지만 아직도 서울에서는 먼 곳이지."

"아따, 멀어도 고향잉께요."

3층 대합실로 올라가는 긴 에스컬레이터가 연신 승객을 실어 날랐다. 에스컬레이터 위의 커다란 광고판에서 사진으로 박힌 젊은 여성모델이 손짓을 했다. ―아름다운 땅 서남 해안으로 오세요.

서른 초반이 되던 어느 해였던가. 당숙이 돌아가셨다는 부음을 듣고, 고향을 간 일이 있었다. 회사원으로 시작한 서울의 생활은 점점 고향과 단절 되었다. 부모가 없는 고향이란, 그저 가끔 씩 떠있는 한낮의 반달처럼 막연한 추억이었다. 한나절을 시달리고도 읍내에서 바꿔 탄 버스는 덜컹거리며 흙먼지를 풀풀 날렸다. 짙푸른 아카시아 가로수들이 뒤로 밀려지나갔다. 따가운 햇볕이 잊혔던 풍경을 드러내주었다. 정겨운 산이며 들녘이 스쳐지나갔다. 버스 안은 승객들로 빽빽하게 차있었다. 생선 따위의 물건과 차량기름, 사람들의 체취가 함께 어우러진 구리 구리한 냄새가 버스 안을 떠돌았다. 시장에 다녀온 그들은 갖가지 표정으로 앉았거나 통로에 서있었다. 버스의 중간 쯤 피곤을 못 이겨 입을 쫙 벌리며 하품을 하던 늙은 여인 앞에 젊은 아낙네가 아기를 업고 서있었다. 아기는 엄마의 등 뒤에서 고개를 떨어뜨리며 자고 있었다. 아기엄마는 시장바구니를 내려놓고 한손으로 축 쳐진 아기를 추켜올렸다.

버스가 가끔 덜컹거렸다. 움푹 패어난 구덩이를 지나갈 때마다 소리가 심했다. 나는 통로의 맨 뒤에서 가끔씩 고개를 돌려 차창 좌우를 살펴보았다. 오랜만에 다가온 고향의 정취가 내 눈을 끌고 다녔던 것이다. 차 안에 있는 사람들을 훑어보는데, 어떤 시선이 느껴졌다. 시선이 건너오는 그 위치는 아기를 업은 아낙네가 분명했다. 내 또래나 되었을까, 아니면 한두 살 더 든 것 같았다. 가끔 아낙네는 두리번거리는 나와 눈이 마주치면 일부러 외면하는 듯 했다. 왠지 딴청을 부리는 아낙네가 낯이 익은 느낌이 들었다. 그것은 아낙네의 이마에 찍힌 흉터 때문일 지도 몰랐다. 오른쪽 눈썹 바로 위에 거뭇하게 그어져 흔들리는 상처가 뇌리에 박혀왔던 것이다. 야산 모퉁이를 돌아가던 버스는 기어이 멈춰버렸다.

"으째 그런다요?"

"차가 고장 났다니까요. 잠깐이면 돼요." 라고, 모자를 제껴 쓴 운전사가 뭐라고 시부렁거리며 내려갔다. 승객들은 뜨악한 표정으로 서로 두리번거렸다.

"할 수 없제, 갑갑한 게 우선 내려서 소피나 볼라요."

하품을 하며 졸았던 그 늙은 여인이 내리자마자, 승객들은 누구라 할 것 없이 모두 밖으로 나갔다. 흩어진 사람들 중에는 짐 보따리를 머리에 이고 휘적휘적 걸어간 이들도 있었다. 가까운 마을에 사는 사람들이 분명했다.

"저어…혹시, 사진관집 남식이, 문남식이 아니까?"

아기를 업은 아낙이 가로수 그늘에 서있는 내게 다가왔다. 그리고 아주 부끄러운 표정으로 주위를 둘러보며 조심스럽게 입을 열었다. 그녀를 물끄러미 내려다보며 고개를 끄덕였지만, 오히려 그녀보다 내가 더 당황했다. 못생긴 시골 아낙과 생각지도 않게 마주친 것을, 혹시라도 누구 보면 어쩌나하는 마음이 작용했던 것이다. 그러나 고향을 떠난 지 십 수 년이 지나 어른 모습으로 달라진 나를 알아볼 사람들이 얼마나 되랴.

"아이고, 그러면 그렇지. 맞구먼. 나 몰라? 나, 춘자여 초등학교 동창 강춘자!"

멀찌감치 모여 있는 아낙네들이 이쪽을 훔쳐보고 있었다. 나는 쑥스러운 표정을 애써 털었다.

"정말 오랜만이군. 몰라봤어."

"그 동안 고향에는 통 안 왔지? 언젠가 남숙이하고 통화가 돼서 회사에 댕긴다는 소식은 들었어. 어디 가는 길이여?"
"친척집에. 초상나서……."

"나, 이렇게 만나니까, 좀 그렇지?"

가끔 산들바람이 불어왔지만, 한낮의 열기는 더욱 기승을 부리는 중이었다. 아기는 선잠에서 깨어 칭얼거렸다. 춘자는 아기를 앞으로 돌려 안았다. 언젠가 여치선생님이 춘자의 동생을 받아서 안은 것처럼. 그리고 길섶에 펄썩 주저앉더니 등을 돌려 아기에게 젖을 물렸다.

"나, 친정에 온지 얼마 안 되었어. 애들 아빠가 중동에 갔거든."

잠깐이었지만, 춘자는 자신의 처지를 내가 짐작할 정도로 말해주었다. 고향을 뛰쳐나간 후에 식모살이로 술집으로 돌아다니다가 성깔 사나운 남편을 만났다는 것. 사람살이의 상처란 흉터로 남아 그리 쉽게 지워지지 않았다. 어쩌면 말하지 않아도 될 사연을 춘자는 왜 내게 흘렸을까. 나는 그녀의 소식을 전해들을 기회도 없었지만, 그다지 관심이 없었다.

은박지로 길게 말아 싸놓은 김밥을 벌써 다 먹었나? 뽀글뽀글 머리를 한 뚱뚱한 여인은 콜라병을 쳐들어 벌컥벌컥 마셨다. 이마의 흉터자국이 섬쩍지근할 정도는 아니었다. 내 머릿속에는 이 분위기와 상관없이 전혀 다른 기억의 편린들이 조각조각 떠올랐다.

천장 바로 밑은 유리벽이고, 온실 속에서 식물대신 사람들이 바글바글 거리는 셈이다. 바깥 빌딩의 전광판 위로 등

둥 떠가던 흰 구름들이 어느 새 자취를 감췄다. 햇빛에 반짝인 전광판 화면이 흐릿했다. 똑같은 목적으로 함께 모여든 많은 사람들은 시간이 흐를수록 가까워지는 법이다.

철도경찰관 두 명이 사무실에서 뛰어나오더니 핸드마이크로 소리를 질렀다.

"창구가 두 개 줄었으니, 옆줄로 붙어서 한 줄로 만드십시오!"

행여나 예매시간이 당겨졌나 했더니 엉뚱한 일이 벌어졌다. 자리를 일어선 사람들은 웅성거리며 엉거주춤 다시 줄을 만드는 중이었다. 늙은이가 앞뒤를 돌아보면서 툴툴거렸다.

"하여간에 이놈의 나라는 원칙도 없어. 그때그때 줄을 잘 서는 놈만 장땡이거든."

뚱뚱한 여인이 은박지돗자리를 털었다. 보다 못해 신문지를 집어든 사내가 한 마디 던졌다.

"아줌마? 먼지 나잖아요."

"이걸 터나 안 터나 온통 먼지 구덩이인데, 뭘 어쨌다고. 당신, 지금 뭐라고 했어! 시팔."

여인의 이맛살에 주름이 잡히자 눈썹위의 흉터는 더욱 깊어졌다. 사투리 어감으로 심상치 않게 나오는 여인은 만만치 않았다. 사내는 대거리를 못하고 혼잣말로 시부렁거리더니 슬그머니 꼬리를 내렸다. 혼란했던 세 줄이 두 줄로 만들어졌다. 새로운 질서가 다시 그들을 주저 앉혔다. 이제 늙은이와 사내 뒤로 여인은 한 줄이 되고 나는 옆줄로 여인의 바로 옆이었다. 여인은 남은 콜라병을 세워 한 모금 마시다말고 나를 바라보는 것 같았다. 나도 여인이 앞을 볼 때 슬쩍 건네다 보았다.

초등학교는 바다가 빤히 보이는 언덕에 앉아있었다. 먼 수평선은 자그마한 섬들이 걸려있어 밋밋하지 않았다. 언제나 고개를 돌리면 교실 유리창 너머로 바다는 펼쳐졌다. 하늘의 표정에 따라 바닷물 빛만 다를 뿐. 교실 안에서 운동장을 내려다보면 성깃한 미루나무들과 굵은 플라타너스나무들이 푸른빛으로 빛났다. 바닷바람이 한껏 불어올라치면 나무이파리들은 바르르 떨었다. 고기비늘이 햇빛이 닿아 반짝이듯 생명의 내비침이었다. 초여름이었다.

서울에서 전근 온 여선생님은 흰 살빛으로 작고 통통했다. 하얀 블라우스에 까만 스커트를 입은 단정한 모습이었다. 선생님의 목소리는 우리와 전혀 달랐다. 투박한 남도사투리를 쓰지 않았고, 높고 낭랑한 목소리였다. 그 목소리는 마치 여치가 우는 느낌이었다. 손가락만한 몸통으로 찌르르, 찌르르 우는 곤충. 가늘고 긴 더듬이를 가진 풀빛곤충은 수풀과 밭

두렁에서 울었다. 누가 지어냈는지 아이들은 금방 선생님을 여치라고 불렀다.

나는 키가 작아서 맨 앞자리에 앉았다. 파머를 한 여치선생님은 음악시간이면 풍금을 치며 아이들과 함께 노래를 불렀다. 아이들은 참새새끼들 마냥 똑같이 입을 오므리고 벌렸다. 먹이를 물고 오는 엄마제비를 둥지에서 기다리는 새끼들처럼.

그녀가 악보를 보려고 고개를 수그리면 나는 흘금흘금 선생을 훔쳐보았다. 건반을 치던 선생이 아이들을 둘러보며 눈길이 마주치면 나는 괜히 얼굴이 화끈거렸다. 여치선생은 나를 보고 소리 없이 웃었다. 나는 수박서리질을 하다가 주인에게 들킨 것 마냥 겸연쩍었다. 뿐이랴, 그저 무안하고 쑥스러워서 어디 쥐구멍이라도 들어가고 싶은 심정이었다.

나보다 두 살이나 더 많은 춘자의 자리는 비어있었다. 언제나 지각 아니면 결석이었다. 그래서 아이들도 늘 그러려니 했다. 봄에 낳았다 하여 '춘자'였다. 부모가 끙끙 고민한 바도 아니고, 마을리장의 닦달로 늦게야 면사무소 호적계장에게 달려가 얻은 이름이었다. 그 날도 아이들의 눈길은 모두 교실 뒷문을 열고 들어오려는 춘자에게 쏠렸다. 유리창 여섯 장이 박힌 나무문소리가 유난히 찌익 거렸다.

"누구야!"

유난히 잡소리에 민감한 여치선생님이 풍금을 치다말고 일어섰다. 아이들의 눈은 선생과 춘자의 모습을 오고 갔다. 쭈뼛거리던 춘자가 문을 열고 얼굴을 드밀었다. 엉거주춤하던 춘자는 고개를 돌려 문을 닫으려고 애를 썼다. 그러나 성급할수록 문턱을 비켜 걸린 문짝이 꼼짝하지 않았다.

"빨리 들어오잖고 왜 그러니?"

맨 뒤에 앉아있던 아이가 일어나 함께 힘을 보탰다. 춘자는 넓은 흰 광목 띠로 아이를 바쳐 업고 있었다.

"춘자야? 네가 한번 불러봐."

선생님은 춘자가 맨 띠를 풀어서 업고 있는 아기를 받았다. 콧물이 흐르는 아기는 낯을 가리지 않고 선생님의 품에 안겼다. 여치선생님이 눈짓으로 채근하자, 춘자는 어깨를 한번 움찔거렸다. 겸연쩍어하던 그녀는 금방 교단으로 올라가 표정을 고치더니 노래를 불렀다. 엄마가 섬 그늘에 굴 따러 가면 아기는 혼자 남아 집을 보다가~. 그랬다. 춘자의 목소리는 땅땅하게 생긴 것과는 반대로 높고 고왔다.

그날 아침은 첫서리가 뽀얗게 내려앉았다. 군데군데 붉은 흙이 드러난 텃밭에는 비틀어진 호박넝쿨과 누렇게 마른 잡풀들이 고개를 숙였다. 무서리는 그 늦가을의 흔적위에 밤 새 내려앉아서 햇빛을 받아 반짝였다. 나는 일찍이 일어나서 뒷마당으로 나갔다. 아이들이 늦잠을 자면 못된 버릇이라며, 엄마는 늘 우리를 일찍 깨웠던 것이다. 사진관을 하고 있는 우리집 뒷마당에서는 춘자네 식당 뒤쪽이 빤히 보였다. 춘자네와 우리 집 사이에는 울타리나 담이 없었기 때문이다. 동생 남숙이가 먼저 나와 감나무 밑에서 쪼그리고 앉아있었다. 남숙이는 버릇처럼 춘자네 집 쪽을 물끄러미 바라보고 있었다.

"남숙아아?"

우리는 동시에 목소리가 들리는 뒤쪽으로 고개를 돌렸다. 누군가 들을 세라, 목소리를 죽이며 내 여동생을 부른 사람은 춘자였다. 아니, 춘자를 닮은 다른 여자아이 같았다. 나는 아직 잠이 덜 깬 내 탓이라 생각하며 눈을 비비고 그 넓죽한 얼굴을 다시 한 번 바라보았다. 우리를 향하여 손을 까딱거리는 춘자는 웬 큼직한 보따리를 들고 있었다. 남숙이는 슬쩍 내 눈치를 보는 것 같았다. 춘자는 자꾸 뒤돌아보면서 우리 쪽으로 다가왔다. 그런데 이게 무슨 일이람. 눈두덩은 퉁퉁 부어서 째진 눈이 더 길게 째진 것 같았다. 이유는 물어보지 않아도 빤했다. 춘자를 저렇게 만들 사람은 세상에서 딱 한사람뿐이었다. 손때가 매운 엄마에게 또 두들겨 맞은 것이 분명했다.

땅땅하게 생긴 춘자 엄마의 성깔은 대단했다. 그녀를 말릴 사람은 아무도 없었다. 누구나 그녀의 비위를 건드렸다간 어른이고 아이들이 따로 없었다. 그녀가 소매를 걷고 눈을 부라린다 치면 온 동네가 떠들썩했다. 춘자 엄마는 식당을 하고 있었다. 말이야 식당이고 음식점이지, 딱히 무슨 메뉴가 정해진 것도 아니고 손님들이 청하는 대로 술이나 밥 따위를 팔았다. 때로는 주방 일을 거드는 여인들이 술시중을 드는 일도 다반사였다. 원래 춘자 엄마는 옷감과 방물 따위를 머리에 이고 마을을 돌아다니며 팔았던 터. 다리를 절름 거리는 상이군인이 남편이라는 소문이 있었으나 마을사람 어느 누구도 춘자의 아버지를 본 사람은 없었다. 그러나 춘자 말고도 미자, 순자, 갓난아이까지 딸만 줄줄이 넷이나 딸려있었다. 아이들의 생김새가 저마다 다른 것을 두고도, 동네사람들은 소곤거렸다. 학교수업이 끝나고 집에 와서도 춘자는 숙제할 겨를 없이 엄마의 닦달을 견뎌야 했다. 아침에도 일어나자마자 맨 먼저 물걸레를 들고 돌아다니는 게 춘자의 몫이었다.

"이 년아! 그렇게 슬슬 먼지만 훔치고 돌아다니면 그게 청소냐?"

"빨리 하고 학교 가야 하니까, 그래 엄마."

"이 병신 같은 년이 또 말대꾸야! 이 바보 같은 년아, 그놈의 학교야 오늘 못가면 내일 가면 되는 것이지, 뭐가 문제냐."

그러다가 제 엄마는 성깔에 독이 오르면 아무거나 잡히는 대로 마구 던지는 것이었다. 재떨이를 던져 딸의 이마에 상처를 낸 일은, 별 일도 아닌 축에 속했다. 의붓 엄마보다 더하면 더했다. 여태껏 그 집에서 일어났던 시끄러웠던 일들은 그냥 같았다. 그런데 춘자의 모습은 대수롭지 않은 것 같으면서도 뭔가 예사롭지 않았다.

"이야? 너 어디 갈려고 그래?"

춘자는 대답대신 겁을 먹은 얼굴로 주위를 살폈다. 오히려 속눈썹이 긴 까만 눈을 반짝이던 남숙이 년이 내게 다짐을 받는 것이다. 식구들은 우리가 춘자네 아이들과 가깝게 지내는 것을 별로 탐탁지 않게 여겼다. 동네 아주머니가 엄마에게 한 말을 들은 적이 있었다. '어미나 딸년이나 이마에 흉터가 나있어서 팔자가 드센 거야.'

"오빠, 나 춘자 언니하고 저기 좀 다녀올 테니까, 아무한테도 말하면 안 돼!"

나는 고개를 끄덕이면서도 무슨 영문인지 몰라 어벙했다. 그리고 괜히 그녀들과 무슨 도둑질이라도 작당한 것처럼 가슴이 졸아들었다. 내 마음 한구석에는 측은한 마음마저 들었다.

한없이 흐르는 눈물을 훔치면서 보따리를 든 춘자는 남숙이의 뒤를 따랐다. 나를 한번 뒤돌아보던 춘자는 동네를 멀리 돌아 외딴곳으로 사라졌다. 춘자는 읍내로 가는 버스를 타고 말았던 것이다. 남숙이가 다녀와서 울먹이며 내게 전했던 말.

"춘자 언니가 돈 많이 벌어가지고 돌아온다고 했어."

여인이 불쑥 손을 뻗어 내게 무엇을 건넸다.

"이거 드실래요?"

초코파이였다. 나는 엉겁결에 받고 말았다. 그녀가 넓죽한 얼굴의 인상을 펴며 묻는 말에 대꾸를 했다.

"어디 가는 표를 끊으려고요?"

"남항입니다."

"어어? 나도 남항인데."

"고향이세요?"

"고향은 거기서 또 버스로 갈아타야합니다."

"예전 같으면 나도 그랬는데, 이제는 남항이니까……."

여인은 나를 찬찬히 살피는 듯 했다. 그러더니 그녀는 거짓말처럼, 조금 전 사내와 말싸움했던 거친 모습과는 사뭇 다르게 나를 대했다.

"혹시 고향이 해송면 쪽 아니요?"

각 지역의 대리점 실태를 조사하고 오라는 지시로 긴 시간을 열차에서 보냈다. 내리자마자 담당자를 만나 일을 서둘러 마쳤을 때는 한밤중이었다. 잠을 깼다. 모텔 바깥에서 창문을 틈입한 왁자지껄한 소리가 몸을 일으켜 세웠다. 아침을 털고 일어났을 때 아직 부윰한 날빛이 돌았다. 봄기운이 날빛에 섞인 새벽이었다. 피곤에 겨웠는지 잠자리가 바뀌었어도 잘 잤던 모양이다. 창문을 열었다. 싱그러움과 비릿한 공기가 섞여 방안으로 들어왔다. 창밖으로 고개를 내밀었다. 나는 아침밥을 먹기 위해 부두 쪽으로 걸었다.

"해장국은 선창가로 가야 제 맛이다요."

잠에서 덜 깬 모텔 여주인의 말이 아니더라도, 나는 바다 쪽을 보고 싶었다. 고교시절 나는 유학을 와서 이 도시에서 하숙을 했었다. 고향 해송면에서 백오십 리 쯤 떨어진 이곳 생활이 나로서는 처음으로 혼자였다. 세월이 지났어도 항구도시의 갖가지 속성은 변함없었다. 바닷바람에 찌든 그 모습들은 순식간에 잊었던 기억을 소름 끼치도록 찾아내주었다. 부두에서 들려오는 선박들의 기계소리들에 섞여 왁자지껄한 사람들의 소음. 그리고 갈매기의 울음처럼 떠도는 비릿한 바다 냄새.

우연히 다시 찾아오게 된 이곳. 나는 무엇을 두려워하는 되는 것일까. 그 시간과 공간을 떠올린 내 마음은 어두운 기억 속으로 다시 무너지고 있었다. 무엇 때문이었을까. 나의 심장을 휘저었던 맥박은 다시 조심스럽게 원상으로 돌아갔다. 신군부시절 나는 강제 징집되었다가 휴가 때 이곳으로 도망친 적이 있었다. 고교동창의 집에 숨어 있다가 결국 며칠도 못 되어 헌병대에 자수했지만.

건물들의 모양새와 간판들이 탈바꿈되어 옛 모습은 많이 변했다. 멈춘다는 것은, 시간을 되돌아가는 일과 다름없다. 이 도시에 대한 연민은 아련한 추억 따위에서 오는 게 아닐까.

짙은 잿빛구름이 서로 엉키면서 하늘밑자락으로 빠져나가자 바닷물 빛은 한결 맑아졌다. 간간히 시원한 바람이 수평선으로부터 불어와 수면을 건드렸다. 내 앞에 펼쳐진 바다는 잔잔한 듯해도 질펀한 해수면은 바람 따라 거칠어졌다.

폐선들을 서로 엮어서 나무판자들을 잇대어 세운 벽과 지붕이 집을 이루고 있었다. 그 집들이 또 연이어 먹자거리를 만들었다. 생선 횟집들과 식당들은 죽 붙어서있었다. 아무렇게나 한 중간 쯤 들어갔다. 늙은 여인은 대파를 다듬고 있다가 나를 맞이했다. 검은 기미가 돋아 자글자글하고 넓죽한 얼굴과 부조화를 이룬 뽀글뽀글 파마한 노랑머리였다. 나는 어설프게 쓴 메뉴판에서 간재미탕을 시켰다. 음식이 나올 동안, 꼬들꼬들한 낙지젓갈을 씹으며 소주잔을 조금 씩 홀짝거렸다.

물끄러미 열린 유리문 바깥을 쳐다보았다. 멀리 뾰족한 산봉우리들이 이쪽을 내려다보고 있었다. 산은 바다로부터 융기된 피라밋 같았다. 도시의 한가운데 솟아나있는 기암괴석의 산. 들쭉날쭉한 암석들로 이루어진 산봉우리들이 아래로 흐르다가 끊기면 바닷가였다. 해안은 마치 기다랗게 생긴 갈치지느러미처럼 휘어져 작은 도시를 감았다. 산등성이를 따라 뒤덮은 낡은 블로크 집들 사이로 구불텅한 골목길이 미로처럼 나있었다. 그 아래 평평한 곳으로 나있는 반듯한 도로들. 아직도 오래된 일본식 까만 집들이 듬성듬성 자리를 잡고 있었다. 썰물 때이면 시커먼 개펄들이 드러나 바다는 저만치 멀어져있었다.

어렸을 적의 기억들이 가뭇하게 흔들리며 혼돈에 휩싸였다. 주방에서 여인이 쟁반에 받쳐 들고 온 양은냄비에서는 김이 모락모락 났다.

"어디서 오신 손님이까? 여그 사람은 아닌 성 싶은 디?"

"서울서 출장 왔습니다만. 오래 하셨겠네요? "

"나도 여그가 고향은 아니요. 딸년을 따라왔다가 그냥 눌러 살고 있소. 원래는 저그 해송에서 식당을 했는디……."

왠지 길게 째진 눈과 넓죽하게 생긴 얼굴이 꽤 낯설지 않은 느낌이었다. 불현듯 아주 오래된 생각들이 머릿속을 떠돌 아다녔다. 혹시 춘자의 엄마가 아닐까? 설혹 그렇다고 해도 굳이 아는 체 하기가 싫었다. 유년의 막연한 추억을 더듬을 정감이 내게는 없었다고 해야 하리라. 나는 매운탕에 밥 한 그릇을 뚝딱하고 그 식당을 나섰다.

바다와 뭍이 닿아있는 곳으로 발길을 옮겼다. 하늘은 잿 빛 구름들이 몰려다녔다. 구름들의 쪼개진 틈으로 햇빛이 비 쳤다. 나는 부두를 향하여 걸었다. 바다가 밀려나간 방파제 는 길었다. 부두의 축대중간에 물때가 묻은 자국이 가맣게 일직선으로 그어졌다. 작은 어선들이 닻줄에 묶여 개펄 위로 드러나 있었다.

텅 빈 가슴속으로 쓸데없는 생각들이 기어 다녔다. 나는 개펄 가까이 다가가 쭈그리고 앉았다. 그런데 무연히 픽 웃 음이 새어나왔다. 아주 오래전의 상상이 또 다른 추억을 끄 집어 낸 까닭이다. 춘자가 오줌을 누다가 내게 들켜서 화들 짝 놀랐던 그 모습이라니.

춘자가 도망 간 그 무렵의 봄이었을 것이다. 나는 토요일 수업이 일찍 끝나서 집으로 왔다. 사진관에서 일하는 식구들 은 바쁜 것 같았고, 남숙이도 안 보였다. 심심해서 나는 뒷마 당 쪽으로 다가갔다. 사방은 조용했다. 하도 조용하니까, 이상했다. 그런데 나는 갑자기 숨이 칵 멎어버릴 것만 같았다. 막 파릇파릇 새잎이 돋아난 감나무 밑에서 못 볼 것을 보았기 때문이다. 머리를 땅에 박은 듯 쪼그리고 앉아서 오줌을 누고 있는 사람은 춘자였다. 걷어 올린 치마 밑으로 밋밋한 가랑이가 보였다. 나는 얼른 외면했다가 침을 꼴깍 삼키고 곁눈질로 고추가 없는 샅을 뚫어져라 보았다. 째진 가운데에 뱉어버린 감 씨처럼 이상하게 생긴 게 붙어있었다. 오줌줄기는 맨땅을 적시며 판자 울타리 쪽으로 흘렀다. 아뿔싸! 노란 병아리 한 마리가 감나무로 쪼르르 내달리는 게 아닌가. 그 순간, 고개를 쳐든 춘자와 내 시선이 맞닥뜨렸다. 우리는 꿀 먹은 벙어리마냥 온몸이 멈춰버렸다.

"엄마 이잉, 너, 다 보았지? 저리 안 가! 이 나쁜 놈아."

"아니여! 아녀! 아무 것도 안 봤어야."

나는 무척 당황하여 나도 모르게 손을 휘휘 내저었던 것이다. 그리고 괜히 무슨 죄나 저지른 사람처럼 안절부절 못해서 어쩔 줄 몰랐다. 우거지상이 된 춘자는 얼른 일어서서 팬티를 올리고 치마를 내렸다. 그렇지만 내 머릿속에는 가끔씩 춘자의 그 야릇한 장면이 바릇바릇 떠돌아다녔다.

개펄 위로 수많은 검은 점들이 움직이고 있었다. 작은 바닷게들이었다. 끈적거리는 흙속에는 세발낙지와 조개 따위들도 빠끔빠끔 숨을 쉬고 있으리라. 갑각딱지에 싸인 종족들은 겹눈을 세워 구멍으로부터 기어 나와 햇볕을 맞고 있었다. 움직거리는 속도는 엇비슷한데, 기어가는 방향이나 움직이는 짓은 달랐다. 뭐랄까, 질서가 없는 듯 맘대로 기어 다닌 것 같은데, 나름대로 일정한 흐름을 유지하고 있었다. 이 항구도시에 사는 사람들보다 많을 바닷게들. 그것들은 거칠고 억센 삶을 사는 이 도시 사람들과 비슷하다는 느낌이 들었다.

"아니, 내가 아는 사람하고 하도 얼굴이 닮아서 그래요."

"그래요? 해송입니다. 고향이."

"……저, 해송면 사진관 집 남식이 같은 디?"

긴가민가했던 대로 뚱뚱한 여인은 춘자였다. 그 오랜 세월과 많은 세파에 시달린 그녀는 더욱 찌부러지고 닳아져 있었다. 묻지도 않았는데, 그녀는 자신을 비웃듯이 내뱉었다.

"어떻게 서울까지 와서 살게 되었냐고? 아이고, 뭐 사람 사는 것이 별 거여. 고향에서 쫓겨 나와 남항으로 왔다가, 거기서도 못 살게 되니까 서울로 올라온 거여."

열한시도 한참 넘어서야, 예매가 시작되었다. 시간은 정한 자의 것이었다. 우연치고는 애매모호한 시간의 틈입을 춘자가 파고들었다. 우리? 술이나 한잔하자고. 자석처럼 그녀가 꼼짝없이 나를 끌었다. 나는 표를 사가지고 텔레비전 앞에서 땅땅하게 버티고 있는 춘자를 찾았다. 내 의지력이 증발된 묘한 끌림이었다. 쉰 대여섯 살의 우리는 어색하게 앞서거니 뒤서거니 하며 서울역을 빠져나와 지하철을 탔다. 초록색버스가 내려 준 그녀의 집은 재개발지역이었다. 재래시장 입구의 조그만 식당이 그녀의 가게이자, 살림집이었다. 때가 늦은 참이라 손님 둘이 앉아있었다. 계산대에는 얼굴이 펑퍼짐한 젊은 여자가 의자에 앉아있었다. 스물 후반쯤이나 되었을까.

"옛날이나 지금이나 이렇게 살아."

푸념처럼 내뱉더니, 춘자는 금세 주방으로 들어갔다. 그리고 걸쭉한 목소리가 튀어나왔다.

"아침에 남항에서 세발낙지가 들어 왔는디, 묵을 란가?"

"그렇게 빨리 오는 수가 있나?"

"밤에 트럭으로 싣고 오니까, 금방이여."

하얀 접시에 토막 난 낙지발들이 살아서 꿈틀거렸다. 빨판달린 토막들은 참깨가 뿌려진 누런 참기름에 발라져 고통으로 몸부림쳤다. 금방이라도 자벌레들이 접시 밖으로 도망가려고 기어 나오려는 착각이 들었다. 어금니로 잘근잘근 씹어 삼킨 그것들로 나를 위로하며 소주를 마셨다. 춘자도 방바닥으로 기어오더니 소주잔을 받았다. 소주병이 바뀌면서 그녀의 말씨는 더 짙은 남쪽사투리 어감으로 바꿨다.

"저년이 웬수 덩어리 내 딸이지. 즈그 아부지란 놈은, 술 처묵고 길가에서 오줌 싸다가 삼청교육대에 끌려갔다오더니 골병들어 죽어 불고……저년은 사위 놈한테 머리통을 쳐맞고 병원에 댕긴단다. 새끼가 없어서 다행이제. 내가 이혼시켜 부렀어야."

그녀는 소주잔을 쭉 빨아 마시더니, 일그러진 얼굴로 눈썹을 실룩거렸다. 불현듯, 언젠가 남항에 갔던 생각과 함께 얼굴 넓적한 여인이 불쑥 떠올랐다. 선창가에서 간재미탕을 탁자에 내려놓던 주름살 자글자글한 그 여인. 그런데 춘자의 얼굴과 그 늙은 여인이 겹쳐 보인 건 웬 까닭인가. ♠

친구의 이름으로

"얼마나 걸릴 것 같나?"

"안 막히면 사십 분 정돕니다."

그가 터져 나오려는 하품을 입술로 지그시 누르면서 묻자, 핸들을 잡은 운전사는 고개를 돌리지 않고 대답했다. 히터에서 나온 열기가 썰렁한 기운에 젖은 몸을 이완시켰다. 차량의 속도를 따라오던 찬바람소리는 긴 휘파람으로 바뀌었다. 어둠 저편에서 흐릿한 불빛들로 흩어져 웅크리고 있을 거대한 도시가 차츰차츰 다가오고 있었다. 이제 인터체인지를 막 지난 승용차는 고른 엔진 소리로 잦아들었다. 고속도로와 친화력이 붙은 승용차는 질주하기 시작했다. 너무나 조용한 한밤중의 넓은 도로는 마치 비행장의 활주로 같았다. 드문드문

지나는 차량들이 뒤로 밀렸다. 중앙분리대 너머에서 트럭의 전조등 불빛이 스쳐 갔다. 차창 밖에서 들치는 빛이 그의 날카로운 콧날에 반사되어 흩어졌다. 자잘한 빛을 뒤섞어버린 어둠은 잠간 흐트러졌다가 이내 아물었다.

　타고 보니 승용차는 어느 새 전용차로로 바뀌져 달렸다. 잠깐 집에서 눈을 붙인 동안, 공관에서 대기하던 차량이 이곳으로 왔던 게 분명했다. 머리에 기름을 발라 반듯하게 넘긴 운전사의 뒷모습이 꼿꼿했다. 목적지를 일러주면 더 이상 말이 필요하지 않을 정도로 사단장시절부터 십년 가까이 데리고 다닌 하사관이었다. 그는 아직도 숙취에 젖어 흐릿한 머리를 흔들었다. 칫솔질을 대충했지만, 입안 가득히 내장에서 올라오는 쿠린 냄새를 어찌 할 수가 없었다.

　차 안이 뭔가 홀가분하면서 빠져있다는 느낌이 들었다. 그러고 보니 조수석에 탔어야 할 수행비서관은 공관에 남아있을 거였다. 그는 일찌감치 도망 가버린 잠에 대한 아쉬움이 남았다. 불현듯 후배가 술집에서 했던 말이 스쳤다. 정말 친구는 자신을 의심어린 눈으로 바로 보고 있는 걸까. 낯익은 길임에도 운전사에게 물어보나마나한 말을 툭 던진 것은, 그러한 초조함을 떨쳐버리려 한 심정일 터였다. 초조함도 제 나름이었다. 친구로부터 오는 감정은 미묘한 파장으로 번졌다. 뭐랄까, 오래전 해외의 전쟁터에서나, 몇 년 전 거사에 가담했을 때 다가왔던 초조함과는 전혀 다른 느낌이었다.

　간밤에 그는 어떤 재벌회장의 회고록 출판 기념식에 참석했다. 동향이라며 살가운 척 명절이나 생일 같은 핑계만 있어도 아랫사람을 보내오던 처지였다. 인연의 끈은 묘하기 그지없었다. 굵은 동아줄인줄 알았어도 금방 끊어지는가 하면 가는 줄이라도 길게 이어졌다. 그런가하면 어쭙잖게 여겼지만, 재빨리 자신을 칭칭 감는 끄나풀도 있었다. 호텔 만찬장에서 악수를 하며 만난 인사들의 면면은 대부분 낯이 익었다.

　행사가 끝날 무렵, 와인 잔을 들고 곁으로 다가온 국영기업체 사장이 고개를 숙였다. 대령으로 제대하여 낙하산을 탄 후배였다. 둥근 얼굴에 웃음기를 머금은 후배는 누군가 들을세라 그에게 귀엣말을 슬쩍 흘렸다.

　"형님! 바쁘시더라도 이따가 거기에서 좀 뵈었으면 합니다."

　굵은 눈썹을 찡긋하며 후배가 저만치 떠난 다음에야, 그는 거절의 뜻을 전하지 못한 것이 후회스러웠다. 펜타곤에서 날아온 차관과의 이튿날 일정이 떠올랐기 때문이다. 등 뒤에서 여성 국회의원의 걸걸한 목소리가 안 들렸더라면, 그는 부담스런 생각을 얼른 털어버리지 못했을 것이었다. 그는 서둘러

홀 밖으로 나가면서 마주친 몇 사람들에게 눈인사를 한 다음 호텔을 빠져나갔다. 현관 앞에 미리 대기했던 수행비서관이 조수석에 앉자마자 까만 승용차는 미끄러지기 시작했다.

그는 도심지를 지나서 공관 입구까지 미리 나와 있던 일반 승용차로 바꿔 탔다. 검고 넓은 물결이 강의 하류로 흘러가고 있었다. 긴 다리와 강변에서 비추는 가로등 불빛에 반사되어 반짝거렸다. 멀리 넓은 강변을 따라 도시의 남과 북을 연결하는 긴 다리들이 드문드문 보였다.

다리의 남쪽 끝에서 병력을 이끌고 초조하게 기다렸던 일이, 바로 어제처럼 문득 떠올랐다. 그때, 그는 별 하나였고, 전역을 앞둔 후방지역의 사단장이었다. 친위대사령관으로 별 셋을 단 친구는 어수선한 정국을 장악하고 있었다. 어둠 속에 묻힌 강변의 아파트들조차 숨을 죽이는 듯 했다. 동과 동 사이로 달려와 휘몰아친 바람은 병사들의 몸뚱이를 사정없이 할퀴었다. 전투복으로 무장한 휘하 지휘관들과 병력은 얼굴에 검댕을 바른 채 그에게 긴장한 눈빛을 보내었다. 차에서 내린 그는 지휘봉대신 자동소총을 쥐고 서성거렸다. 통신장교는 무전기에서 흘러나오는 불규칙한 전파를 엿들으며 불안한 모습으로 주파수를 잡았다. 차라리 쌩쌩 부는 찬바람을 맞으며 다리를 건넜을 때에야 그는 비로소 안도했었

다. 그리고 강을 건너 국방부를 무혈로 접수하리라는 정보와
는 달리 쌍방 간의 총격으로 나타났을 때 오싹 소름이 돋았
다. 조명탄의 섬광이 불꽃놀이처럼 어두운 밤하늘을 군데군
데 밝혔다. 거사를 성공했다는 연락을 부관으로부터 받았다.
그는 별 둘을 달고 특수부대 사령관으로 승진했다.

단추는 처음부터 잘못 끼워졌던 것이다. 잊어버릴 만하면
그의 머리를 흔들어 대는 또 다른 일은 무거운 납덩이였다.
애초에 흐트러진 나라의 질서를 잡기 위하여 거사했다는 명
분 자체가 질서를 무너뜨린 원인이었다.

군부는 거사로 정권을 잡은 지 몇 달도 채 안되어 내란이
일어났다고 입을 모았다. 이미 언론의 펜은 총 앞에 무기력
했다. 남쪽지방의 민심이 숭숭한 낌새를 전국으로 비상계엄
령을 확대하는 빌미를 만들면서 친구가 그를 불렀다.

'현지에 내려간 사령관은 초동진압에 실패했어! 모두들 말
이야, 이번 일을 수습할 적임자가 자네라고 하네. 자네의 우
국충정을 믿어도 되겠지?'

전군 주요지휘관회의는 각본대로 움직였다. 무력으로 시
민을 강제 진압하는 일이 타당하다고 에둘렀다. 뚱뚱한 대통
령의 이름을 빌려 실권자인 친구가 빠진 대신, 허수아비 총
장이 명령을 내렸다.

그는 깡마른 몸에 베레모를 쓴 모습으로 헬기를 탔다. 그리고 곧 바로 남쪽하늘로 내려가 도시를 빙 돌며 내려다보았다. 공중에서 내려다 본 그 지방도시의 거리들은 참담하기 이를 데 없었다. 이미 헬기의 로터 블레이드가 돌아가기 전부터 그의 운명은 정해져 있었다. 군사정권 물러가고 민주정부 수립하라! 구호는 요란해서 상공까지 들렸다. 시가지의 중심은 불에 탄 차량들의 검은 연기와 몰려다니는 시민들의 함성소리로 가득 찼다. 쌍안경으로 둘러보던 그는 지상과의 교신이 무의미하다고 판단했다.

특수부대원들은 게릴라들과 시가전을 하듯 시민들에게 무차별로 총질을 해댔다. 함성은 짐승의 울음으로 변했고 울음은 공포로 바뀌었다. 총질에 쓰러진 자들은 한 핏줄을 지닌 사람들이었다. 조상 때부터 부모와 자신들의 형제이고 친척이며 친구이자 후배들이었다. 수많은 사람이 갑자기 죽은 도시는 고요했다. 연막소독 냄새에 섞인 후텁지근한 공기의 흐름이 거리를 떠돌았다. 그해 늦봄이 지나서 진압군을 피해 죽은 자들의 짧은 삶을 슬퍼하며 흩어진 사람들은 다시 도시로 모여들었다.

제 욕심을 위하여 다른 사람들을 죽일 권리는 아무에게도 없었다. 하물며 그럴싸한 명분을 내세워 동족들에게 총질한 사실을 아무리 변명한다고 될 노릇인가. 남쪽도시의 그 일만 큼은 어떤 명분으로도 합리화될 수 없는 죄악이었다. 목숨들은 소멸될 것이나 저지른 흔적은 역사로 남을 일이었다.

야만의 한가운데 그가 있었다. 변명의 여지가 없었다. 그는 친구의 일등공신이자 시민들을 학살한 공범이 되었다. 공포정치의 연결고리를 만든 친구는, 몇 개월 뒤 실내 체육관에서 뚱뚱한 대통령에게 자리를 넘겨받았다. 몇 년 전이었더라면 꿈도 못 꾸었을, 별 넷을 그는 달았고 장관까지 되었다. 마음은 늘 무거웠지만 의연한 척 바쁘게 보냈다. 그렇지만 살아있는 숨소리가 그칠 때까지 죽음의 냄새는 떠나지 않을 것 같았다. 불현듯 그런 기억이 스칠 때면 그는 언제나 두려움과 긴장에 사로 잡혔다.

네온사인과 휘황한 불빛이 어지러운 거리를 지나서 승용차가 멈췄다. 지하로 내려가는 룸살롱이었다. 둥근 얼굴의 단골집인 듯 그 역시 몇 번 드나든 곳이었다. 키 작은 지배인과 콧날이 휘어진 마담의 안내를 받아 들어선 방에는 어느새 두 사람이 미리 와있었다. 굵은 눈썹과 키가 훤칠한 또 다른 후배였다. 굵은 눈썹은 이종사촌 동생이자 후배였고, 그 둘끼리는 사관학교 동기생들이었다. 그가 손사래를 치자 엉거주춤 일어선 두 사람이 서로 얼굴을 마주보다가 앉았다. 훤칠한 키는 최근에 예편한 후 국영방송의 임원으로 톡톡히 한자리를 차지하고 있었다. 둘 다, 군 시절에는 그의 지휘계통 아래 놓여있던 자들이었고 마음을 공유하였던 터였다. 둥글고 긴 탁자 위에는 양주잔과 물수건 따위가 놓여있었다.

굵고 짙은 눈썹을 한 둥근 얼굴이 문을 열고 들어서는 마담에게 턱짓하자 문은 닫혔다. 잠시 침묵이 흘렀다. 둥근 얼굴이 어렵사리 입을 열었다.

"형님! 무슨 말씀 못 들었습니까?"

"뭐 말이야?"

둥근 얼굴이 은근하면서 낮은 톤으로 묻자, 그는 눈꺼풀을 내리깔면서 되물었다.

"큰집 쪽 사람들이 형님을 자꾸 거론한다고 합니다."

"아랫놈들은 언제나 시끄럽지……그래야만 주군에게 자신들의 존재가치를 보여줄 수 있는 거 아냐? 행여나 밥그릇 놓칠까봐, 하는 짓들이란……늘 그 모양이지. 난 말이야 그 딴 거 신경 안 써!"

"그야 물론, 형님 말씀이 지당하지요. 그러나 열 번 찍어 안 넘어간 나무 없다고 걔네들이 자꾸 형님을 들먹거리며 언론플레이를 하다보면, 본의 아니게 이상한 방향으로 흐르는 게 세상사 이치가 아닙니까."

"어디서 주워들은 거 있어?"

풀어진 눈에 다시 힘을 준 짙은 눈썹이, 맞은편 훤칠한 키의 광대뼈가 튀어나온 얼굴에게 눈짓을 보냈다.

"저번 동기회에 갔는데……역 쿠데타라는 말이 나왔어요.……이번 거사에 참여했는데도 몇몇은 찬밥이 되었다고 볼멘 소리를 하는 자들이 있다고 조심스럽게 말한 걸 우연히 들었습니다."

눈썹 짙은 동글한 얼굴과 왼편에 앉아있는 훤칠한 키를 흘깃 보던 그는 아무 말 없이 놓았던 물컵을 다시 집어 들었다. 그는 억지로 참고 있는 듯 상기된 표정으로 굳어있었다.

"저도 함께 들었습니다."

훤칠한 키가 못 참겠다는 듯 중간에 불쑥 끼어들었다. 입이 튀어나온 훤칠한 키의 성미는 여전했다. 그가 강의 남쪽에서 죽치고 있을 시간에, 북쪽에 주둔한 부대를 이끌고 정부청사를 향해 돌격했던 자였다.

'그날 밤 여단장이 갑자기 나를 시피로 올라오라고 합디다. 진돗개가 발령됐다고 하는데 아무래도 낌새가 수상쩍었지요. 솔직히 말하자면 여단장이고 뭐고, 형님하고 가까운 사이인 걸아니까 말을 들었지, 안 그랬으면 골 때렸을 겁니다. 모두 전차 중대를 이끌고 출동을 했는데, 여단장은 앞에 탔고 나는 맨 뒤에 있는 놈으로 골라 탔습니다. 벌집 탄으로 이빠이 장전한 다음 해치를 단단히 걸어 잠그고 출발했지요. 으ㅎㅎ.'

거사에 참여한 것을, 훤칠한 키는 아무 술자리에서나 자랑삼아 큰 소리로 떠벌이기도 했었다. 둥근 얼굴은 짙은 눈썹을 미간에 모우더니, 훤칠한 키의 얼굴을 어슷하게 비키며 작정했다는 듯 입을 무겁게 열었다.

"……각하께 예전처럼 대하는 건 예의가 아니라는 …… 이제는 형님께서도 우리 모두 사적인 관계를 접고 각하께 대외적으로나 정통성을 높이기 위하여 힘을 실어줄 필요가 있다는 겁니다."

친구끼리 몇 십 년을 생사고락의 입장으로 살아왔던 터였다. 서로 믿었기 때문에 부족한 점도 이해하고 격려해주었던 사이였다. 남십자성이 빛나는 이역만리 뜨거운 전쟁터에도 함께 다녀온 처지였다. 그런데 남쪽 도시의 그 일에 관해서만은 무슨 까닭인지, 친구는 도대체 모르쇠로 지냈다. 그 일에 대하여 지금쯤은 두 사람 간에 무슨 말인가가 있어야한다고 그는 생각했다. 요즘 들어서 친구는 그에게 무슨 불만이라도 있는지 가끔 독대했던 일조차 잊고 있었다. 무엇이 문제란 말인가.

중령을 달았을 무렵, 지방의 온천에서 동기생들이 모인 적이 있었다. 친구의 제의로 부부동반을 하여 임관하고 나서 세 번 째 모임이었다. 물론 회장은 친구의 권유로 그가 맡았다. 전국 각지에서 동기생들이 늦게 온 바람에 두 시간이나 넘어서야 기념식을 갖게 되었다. 더구나 인원의 절반도 채 되지 못했고 혼자서 썰렁하게 나온 친구들도 꽤 많았다. 그러다 보니, 애초에 만들어진 친목도모의 취지가 무색하리만큼 한 번도 안 나오는 회원들에 대하여 성토하는 분위기마저 감돌았다. 회비 미납자의 무성의에 대한 질타까지 도마에 오르자 분위기는 위기로 치달았다. 그 때였다. 아무 말 없이 굳어있던 친구가 껄껄 웃으면서,

"자자, 아주머니들도 계시고 배도 고픈데 빨리 진행합시다." 하고 장내를 향해서 큰소리로 말하는 것이었다. 그러자 동기생들은 금방까지 열띤 목소리들을 추스르며 조용해졌다. 회칙에 관한 안건이나 의견조차 구렁이 담 넘어가듯 스르르 지나서, 밥 먹고 술을 마시며 화기애애한 분위기로 바뀌었다. 후보생 시절부터 리더 역할을 했던 친구의 수완은 늘 그랬다.

그때서야 동기생들은 서로의 안부를 묻는 등 분위기가 누그러졌다. 군대 일에 찌든 동기들은 희끗한 머리털이 섞인 반면, 부인들의 혈색은 좋아지거나 둥글둥글한 비만의 모습까지 보여주었다.

"큰 애가 벌써 대학교에 들어갔단 말이에요?"

"그 친구 부인이 많이 아프다고?"

"박 중령 사모님은 부업으로 가게를 냈다는데 별로 시원찮은가 봐요. 잘 됐으면 광내려고 여기에 나왔을 텐데."

"너 얌마! 왜, 술을 끊어?"

뷔페로 차려진 갖가지 음식이 거덜이 나고 같잖은 이야기들마저 심드렁해지자, 남녀들 중 누군가 꼬부라진 발음으로 빠진 김을 더 빼버렸다.

"이제 그만 끝내자고…어이? 방 잡아놓은 데가 몇 호실이야?"

분위기는 금세 술렁거렸다. 널찍한 온돌방 네 개를 잡아놓고 남녀 끼리끼리 자도록 예약해놓은 그는 몹시 당황할 수밖에 없었다. 큰 온돌방을 일부러 주문하게 된 것은, 친구가 그에게 모처럼 만나는 동기생들끼리 시간이 아까운데, 한방에서 지내는 게 좋겠다며 종용했던 일이었다. 그런데 무슨 뚱딴지 같이 말이람.

"여기까지 와서도 군대처럼 단체로 혼숙을 한단 말이야?

그러믄 안 되지."

은근히 신혼 분위기를 연출하려던 몇몇의 두런거리는 말소리가 들렸다.

"으음, 맞는 말이야. 그럴 수도 있겠다. 딴 방 쓸 사람들은 개별적으로 신청하면 되겠네."

친구가 은근슬쩍 말을 뒤집고 나서자 모두 박수를 쳤던 것이다. 하긴 예전부터 친구는 사람들의 관계를 상황에 따라 교묘하게 이용하는 기술을 가지고 있었다. 그는 친구의 그런 이상한 연출을 알면서도 말리지 못한 자기 자신의 무기력함을 탓하기 만했다.

"말이 그렇게 되나? 그러니까, 정통성을 시비하는 사람 중 하나가 바로 나라고 찍힌 셈이고……판이 이상하게 돌아가누먼. 내가 동칠이에게 무슨 실수한 거라도 있었나!"

디귿 발음이 너무 센 그의 말소리는 마치 얼른 들으면 '똥 칠'이에게로 라고, 들릴 수밖에 없었다. 큰 목소리와 동시에 그가 손으로 탁자를 내리쳤다.

"어떤 놈은 하늘에서 떨어졌다든, 땅속에서 솟아났다든? 갑자기 대통령 만들어 놨다고, 제 놈들처럼 손바닥이라도 비비라는 거야? 뭐야! 어떤 놈이냐? 자네들도 그리 생각해?"

가느다란 그의 눈이 삼각형을 만들었다. 말을 버럭 뱉어 놓고 아차, 싶었다. 자조 섞인 말은 할 필요가 없었다. 오랫동안 피라미드조직 속에 길들여진 그에게 직설적인 화법은 너무 익숙해져 있었다. 그는 지금까지 친구에 대하여 개념을 내지는 않았다. 다만 자기 자신의 감정에 충실한 나머지 너무 앞서 갔다는 생각까지 일었다.

이제까지 오랜 군 생활을 함께 했고, 믿고 싶은 후배들이었다. 권력의 속성을 말해 무엇 하리. 시간이 지나면 가까운 저들도 태양을 향하여 해바라기로 기울 수 있었다. 더 이상 감정을 드러내 본들 딱히 해답이 있을 리 없었다. 그러나 저들은 친구와 자신이 왠지 서먹서먹해진 근본적인 까닭을 모르고 있다는 생각이 들었다. 국가와 민족이라는 말이 얼마나 어색할 수 있다는 것을. 마음에 없는 충성, 승복되지 않는 대상자에게 바치는 희생이 얼마나 공허한가를. 자기 자신을 어루만지며 산다는 일은 또한 얼마나 어려운가. 연륜의 더께가 낄수록 난감한 일의 처리는 더더욱 어려웠다. 그는 흐트러진 분위기를 수습하기로 마음을 가다듬고 술잔을 높이 쳐들었다.

"…아무튼 고맙다. 나한테 꺼내기 어려운 말인데……자, 술이나 마시지들."

호리호리하게 생긴 아가씨들을 앞세우고 마담이 들어왔

다. 허벅지까지 올라온 짧은 치마를 입은 아가씨들은 사내들 사이에 끼어 앉았다. 깎은 밤처럼 예쁜 아가씨의 향긋한 머리카락이 얼굴을 간질거렸지만, 그의 아랫도리는 묵묵했다. 이상한 몸의 반응이었다. 이어서 파란 로얄살루트 술병과 과일안주접시를 들고 지배인도 따라왔다. 둥근 얼굴이 씨익 웃더니, 맥주잔 속에 양주를 부은 잔을 집어넣고 맥주를 남실거리도록 따라 폭탄주를 만들었다. 맥주의 하얀 거품이 갈빛 액체에 녹아들더니 탁하고 더럽게 변질되었다.

"기분도 껄렁하니까, 딱 한번만 돌리겠습니다. 형님."

"자! 각하와 장관님을 위하여!"

그는 단숨에 독한 술을 뱃속에 들이 부었다. 몸은 금방이라도 도화선에 불이 붙으면 폭약을 건드려 터져 버릴 불콰한 폭탄이 되었다. 언제부턴가 백번을 마셔도 가끔 한번쯤은, 어둠속에서 얼씬거리며 손짓하는 그림자들을 보았다. 떠도는 그림자들이 누군지 알 수는 없었지만 혼몽한 그의 정신을 거미줄마냥 감겨들었다.

술잔은 아가씨들을 포함하여 시계방향으로 돌고 돌았다. 알딸딸한 기운이 몸을 휘감을 무렵 밴드가 들어왔다. 딴은 노래 부를 기분은 아니었다. 그러나 후배들과 아가씨들이 이구동성으로 권하자 '돌아가는 삼각지'를 불렀다. 훤칠한 키가 높은 목소리로 십팔번인 '전선야곡'을 뽑을 때에, 그는 불현듯 어머니가 보고 싶어졌다. …그 목소리 그리워~ 어머님의 흰머리가 눈부시어 울었소. ~아아아…….

"나 먼저 간다!"

벗어, 옷걸이에 걸어놓은 윗도리를 걸쳤다. 그들은 말리거나 붙잡지 않았다. 웬만해서는 자기 자신의 말을 되풀이하지 않는 성품이었다. 몇 시간 전의 기억이 그다지 어지럽지 않았다. 여느 때보다 많이 마시지도 않았거니와 후배들의 말을 전해 듣는 순간, 긴장이 밀려들어와 가슴을 옥죄어 왔기 때문이다.

오랜만에 사저에서 두어 시간이라도 보낸 건 흐뭇한 일이었다. 어머니는 여전히 백발을 가리마한 쪽진 머리로 그를 맞이했다. 한밤중에 예고도 없이 불쑥 찾아든 아들을 보고 주름살이 짜글짜글한 어머니의 얼굴은 마냥 놀란 표정이었다. 전후방을 전전하며 돌아다닐 적에는 짐작만 했을 일을, 옆에 있으면 깜냥으로 느끼나 보았다.

어머니는 공관을 마다하고 시내와 동떨어진 사저에서 살기를 원했다. 오랫동안 시골에서 살았던 노인인지라 그럴 만도 했다. 스무 평 남짓한 아파트관사에서 살았던 대령 때만 하더라도 홀어머니는 농삿일을 하며 시골집에서 혼자 살았다. 청상으로 형제들을 키운 어머니가 서울로 온 건 오로지 그의 성화 때문이었다. 허리 굽은 어머니가 혼잣말처럼 가끔 시부렁거린 말이 떠오를 때면 그의 머리는 무겁게 짓눌렸다. '애 아범아? 그 집은 크고 좋은데 정이 통 안가더라. 나는 그 집에 있으면 꿈자리가 사나워서 깊은 잠이 안 들었단다. 그리고 왠지 음침하고 피 냄새가 나는 것 같아서 싫어. 다른 늙은이들은 날더러 호강에 겨워서 그런다고 하드라만, 나이가 먹어서 그런지 이제는 고향에 가서 예전처럼 홀가분하게 살고 싶다.'

그린벨트를 풀어서 새로 지은 집이었다. 도심과 가까우면서도 값이 싼 임야를 사들여 용도를 택지로 변경해서 수 십 채의 큰 주택들이 들어섰다. 집들은 도시계획과 별 상관없이 한두 해 사이에 뚝딱뚝딱 지어졌다. 물론 입주자들은 거사를 주도했던 사람들이 대부분이었다.

그 아리송한 전화를 받은 것은 잠결 속에서 헤맸을 무렵이었다. 설핏 잠들었던 방 문을 운전사가 두드렸던 것이다. 아랫목에서 이불을 빠져나온 어머니가 부스스 일어났다. 그는 등이 굽은 어머니를 돌아보며 방문을 열고 나갔다. 그가 운전사에게 물었다.

"어딘가?"

"지금 기다리고 계신다고, 각하께 직접전화를 하시랍니다."

장관이 되고나서 처음 있는 일이었다. 그는 놀라서 대번에 정신이 확 들었다. 승용차 안에 들어가서 비화기가 설치된 직통전화를 통했다.

"할 말이 있어. 지금 올 수 있겠지?"

친구의 굵고 낮은 목소리가 수화기에서 새어나왔다. 우선 안도했다. 전쟁이거나 정변 같은 긴급한 일은 아닐 것이니까. 무엇 때문일까? 의구심이 일었지만 그는 친구에게 묻지 않았다. 사무적인 말투가 못미더워 궁금한 이유를 물어보는 것 또한 서로의 수치심을 들키는 일이었다. 언제부턴가 그들 사이에는 상대방을 배려해주는 말이 오히려 사족 같았다. 설마 남쪽 도시에 관한 이야기를 하려고 부른 건 아닐까? 뜬금없는 생각이 와락 그의 머리를 붙잡았다. 그는 고개를 내저었다.

잠수정을 타고 동해안으로 침투한 무장간첩들을 격퇴시킨 게 불과 몇 달 전이었다. 스무 명의 간첩들은 한여름에 해안선을 둘러 친 철책을 끊고 들어와서 항구도시 외곽으로 들어왔다. 다행히 한명은 생포하고 나머지는 사살했지만 네 명은 자살을 했다. 우두머리를 위해 목숨을 버릴 정도로 충성스런 자들이었다. 아군의 전사자도 몇 명되었다. 언론들은 입을 맞추듯 전과에 비하면 작은 피해였다고 보도했다.

식민지에서 놓여난 지 몇 십 년 동안, 갈라진 동족들은 잊어버릴만하면 터지고, 또 터지는 악순환이 계속되었다. 서로 저주하고 광폭한 싸움으로 얼룩져 가뭇없는 세월이었다. 그는 후보생 시절 글자 하나 틀리지 않게 달달 외워버린 제네바협약의 내용들을 기억했다.

1. 무기를 버리거나 투항한 적군은 살해하지 못한다.

2. 민간인을 고의로 공격하지 못한다.

3. 불가피한 경우가 아니면 인간의 살상행위를 금하며 문명(사회)을 보호해야 한다.

4. 적군에게 과도한 고통스런 무기나 광폭한 무기의 사용을 금한다.

다른 나라끼리 전쟁에 적용된 제네바 협약도 동족끼리는 아무 소용이 없었다. 그래도 대간첩작전을 지휘할 때는 대의명분에 당연함을 채웠다. 군인이란 그래야 한다고 자신감을 가질 수 있었다. 그럼에도 불구하고 늘 그를 잡아당기는 또 다른 그림자들로부터 헤어나지 못했다.

남쪽상공을 선회하며 헬기에서 내려다 본 그 도시의 기억들이 되살아났다. 소름처럼 기억이 돋아나면 온통 그의 머릿속은 시끄러웠다. 자신은 오랫동안 국가와 민족 따위의 인식부호에 너무나 길들여져 있었던 까닭이다. 그건 막연한 구호였고 기계적인 이념이었다. 뭐라고 해도 남쪽에 살고 있었던 사람들도 국민이었다. 진압작전명령을 하달하면서, 남파된 간첩들이 시민들 속에 섞여 있다고 했다. 비상대책회의는 간첩들을 솎아 낼 수 없다면 한꺼번에 시민들을 걷어내야 한다는 결론에 이르렀다. 그런데 과연 그들을 폭도라고 부르는 건 적절했을까. 누군가의 욕망을 채우기 위한 불씨가 개입되어 불길이 활활 타올랐던 것은 아닌가. 욕망을 위하여 죽였으며, 죽이기 위하여 인간의 동질성마저 버리기를 주저하지 않았던 것이니만치. 야수조차도 배가 부르면 더 이상 사냥을 그만 두거늘.

칫솔질을 대충하면서 거울에 비친 그의 얼굴은 푸석푸석했다.

"시래기 해장국이라도 끓여줄려고 했는데⋯⋯."

"추운데 나오지 마세요."

"나라 일이 바쁠 텐데, 바쁘면 일부러 오지 말고 그냥 전화나 해라."

어머니는 잔뜩 근심어린 표정으로 그를 쳐다보았다. 대문 곁에 묶여 있는 검은 세퍼드가 꼬리를 치더니 앞발을 비벼대며 끙끙거렸다.

시내로 다가갈수록 차량들은 늘어났으나 속도는 줄지 않았다. 사실 속도가 줄어든다고 걱정할 노릇도 아니었다. 붉은 비상등과 사이렌을 울리면 더 빨리 갈 수도 있었다. 푸른 제복을 자랑스럽게만 여겼는가. 자신의 신념과 믿음을 한 번도 의심하거나 회의해본 적은 없었는가. 그는 손가락으로 까슬까슬한 턱을 만지작거렸다.

대대장 시절이었다. 사단 사격장은 야산들이 겹겹이 앉아 있는 맨 가운데에서 남쪽으로 후미진 5부 능선아래 편편한 곳이었다. 사선의 잔디는 수액 빨기를 그만두어 노랗게 바랬다. 소나무들조차 초가을의 햇살에게 늘씬하게 두드려 맞은 듯 생기를 잃은 오후였다. 사격측정 때만 되면 총을 쏘는 소리가 메아리 되어 울려 퍼졌다. 빨간 삼각 깃발을 든 그의 사격개시의 구령과 함께 각 사로에서는 흙먼지가 튀어 올라왔다. 시간이 지나면서 부근은 온통 하얗게 피어오르는 화약연기와 냄새로 뒤범벅되어 있었다.

전 병력이 사격을 다 마친 후 탄피를 찾고 있을 무렵이었다. 그는 통제탑 계단을 걸어내려 오며 부근을 찬찬히 훑어보았다. 사선의 둔덕에서 12시 방향은 사로의 북향이었고, 맨 끝 타깃들이 서있는 몇 십 미터도 채 안 되는 곳이었다. 평소 같았으면 그냥 대수롭지 않게 지나쳤을 풍경이 새롭게 눈에 들어왔다. 무덤들이었다. 무덤들은 추석 전에 미리 손질을 한 듯 웃자랐을 잔디며 주변 잡초들이 말끔하게 정리되어있었다. 지킴이석과 상석 따위가 있는 것으로 보아 한집안의 무덤일시 분명했다. 사격장이 생기기 훨씬 이전, 무덤이 만들어졌을 적에는 제법 돈푼이나 권세를 지녔을 법한 냄새를 풍겼다. 이름난 풍수장이를 앞세워 명당으로 꼽았을 자리가, 만 여 명이 수시로 쏘아대는 타깃이 되어버린 것이다.

주임상사가 무덤 주변을 파보면, 총구에서 발사된 산탄과 유탄들의 쭈그러진 총알을 주을 수 있다는 말을 그에게 들려주었다. 유효사거리를 지난 유탄들이 핑핑 날아가서 무덤에 박힌다는 것이었다. 빨간 깃발이 나부끼는 날이면 총알들은 어김없이 우박처럼 무덤들로 우수수 떨어진다니. 콩알 볶듯이 터지는 시끄러움은 잠든 혼백들을 흔들어 깨우는 일이 다반사였으리라. 그런 말을 듣고 미묘한 마음으로 철딱서니 없이 토하도록 술을 마셨던 그때의 기억이 났다. 혈기왕성했던 그때는 주검만 보았지, 죽음에 관하여 깊은 생각을 해본 적은 없었다.

고속도로를 버리고 간선도로로 들어온 차량은 속도를 줄였다. 통행금지가 해제된 도시의 거리는 간간히 빌딩들이 내비치는 불빛으로 생기가 돌았다.

"내가 장관이 되고나서 근무가 더 힘들지 않나?"

"괜찮습니다."

운전사도 언제부턴지, 자신의 말투와 비슷하게 단답형으로 변했다는 생각이 들었다. 순간, 그는 친구의 근엄한 얼굴이 떠오르며 가성처럼 착 가라앉은 굵고 낮은 목소리가 들리는 듯 달팽이관이 간지러웠다. 왜? 무슨 일로? 이 한밤중에 보자며 불렀을까. 설마 후배들이 말한 쿠데타와 관련한 건은 아닐 거였다. 아무리 권력의 속성이 그렇다하더라도, 오랜 친구간의 믿음이란 게 있지를 않던가. 그러나 궁금증과 슬슬 몰려들어올수록 함께 시작된 불안감은, 밀어내면 밀쳐낼수록 길바닥에 붙은 껌처럼 쉬이 떨어지지 않았다.

슈욱. 승용차가 갑자기 미끄러지며 멈춰 섰다. 제동거리가 너무 짧은 급브레이크였다. 그는 하마터면 조수석 등받이에 머리를 부딪칠 뻔 했다. 앞에 가던 하얀 승용차와 추돌하기 직전이었다.

"죄송합니다!"

하사관은 고개를 비스듬히 돌려 반사적으로 그를 보았다.

"무슨 일인가?"

그는 짐짓 아무렇지 않다는 표정으로 넌지시 운전사의 놀란 눈빛을 다독거렸다. 하얀 승용차 범퍼 앞에 검은 털빛의 짐승 한 마리가 쓰러져 있었다. 작은 애완견이었다. 길을 가로 지르다가 차에 치인 것이다.

　그는 까닭모를 불안감이 엄습하면서 느닷없이 아주 어렸을 적 생각이 났다. 한 여름날이었다. 마을 앞으로 냇물이 졸졸 흐르고 있었고 둑 가까이는 모래가 섞인 자갈들과 풀밭이었다. 동네 남자어른 열댓 명은 검은 솥단지며 술병을 들고 개울가로 걸어왔다. 어디서 소식을 듣고 왔는지 코흘리개 아이들까지 하나 둘 모여들었다.

　개 한 마리가 뒷발로 버티며 새끼줄에 묶여 끌려왔다. 사람들은 개를 중심으로 빙 둘러 서있었다. 그의 옆집에서 키우는 노란 털을 한 수컷 황구였다. 황구는 겁에 잔뜩 질린 채 와들와들 떨고 있었다. 새끼줄에 목이 묶인 황구는 배수갑문 꼭대기에 매달렸다. 구레나룻 동네이장이 손바닥에 침을 퉤퉤 뱉더니 몽둥이를 단단히 움켜잡았다. 그리고 황구의 몸통을 막 두들겨 팼다. 덩달아서 이웃집 곱슬머리 머슴 아저씨가 지게 받침대로 합세했다. 오줌과 물똥이 섞인 배설물이 꼬리를 지나 바닥에 뚝뚝 떨어졌다. 깨갱, 캥캥, 황구는 주둥이를 크게 벌리며 비명을 질렀다. 수캐의 숨넘어가는 소리는 마을 뒷산 잔솔밭까지 들리다가 아스라이 멀어졌다.

캥캥거리던 황구는 몸을 쭉 뻗더니 길게 늘어뜨렸다. 몽둥이와 작대기로 늘씬하게 얻어맞은 개는 주둥이가장자리에 붉은 피를 흘리고 있었다. 고통이 지나간 개는 혓바닥을 길게 빼물고 내팽개쳐졌다. 마른 솔가지와 지푸라기에 불이 붙었다. 황구는 복슬복슬하게 돋은 노란 털을 불길에 맡기면서 노린내를 풍기며 탔다. 가맣게 그을린 황구의 몰골은 흡사 이집트의 미라처럼 빼빼한 몸뚱이었다. 아이들은 왕방울 만하게 눈을 똥그랗게 뜨며 네 발 달린 포유동물의 최후를 지켜보았다. 어른들은 사체에서 눈을 떼지 않고 침을 꼴깍꼴깍 삼키고 있었다.

어깨근육이 울퉁불퉁한 곱슬머리 머슴이 황구를 질질 끌고 풀밭으로 갔다. 어른들은 지푸라기를 구겨서 수세미를 만들어 황구의 사체를 빡빡 문질렀다. 그리고 숫돌에 식칼을 쓱쓱 갈아서 황구의 하얀 배를 가르자 시뻘건 내장에서 김이 모락모락 피어올랐다. 이미 황구는 수캐가 아니었다. 그 물체는 한낱 이름 없는 고깃덩어리로 인간들의 먹잇감에 지나지 않았다.

황구의 흐릿한 몰골에 두서넛 환상들이 그의 머릿속으로 겹쳐져 들어왔다. 남쪽도시 시청광장 앞에서 불타는 경찰버스 옆에 쓰러진 사람들이 떠올랐다. 폭도들과 개가 무슨 상

관이란 말인가? 나이 쉰이 넘도록 황구에 대한 추억은 여태
껏 그의 머릿속에 전혀 나타나지 않았던 것이다. 알 수 없었
다. 친구와 함께 개백정처럼 저지른 일은 어떤 누구에게도
용서받거나 단순히 침책 당할 문제가 아니었다. 그가 저지른
모든 일은 죽은 후라도 그의 몫으로 남을 것이었다.

"빨리 가겠습니다."

운전사가 그의 머릿속에서 아릿아릿하게 움직이던 환상
들을 깨버렸다. 앞에 있던 차가 한쪽으로 비켜서자 승용차는
다시 거리를 달렸다.

속도를 줄이던 승용차의 전조등이 어느 새 미등으로 바뀌
었다. 어둠을 쫓아내려는 듯 강렬하고 밝은 조명이 그가 탄
차량을 드러냈다. 높다란 담장을 따라 커다란 철문 앞에서
승용차가 멈췄다. 사위는 아직도 어둠속에 묻혀있었다. 귀에
리시버를 꽂은 경호원들이 어디론가 연락을 취하더니 철제
문을 열었다. 대통령이 비밀리 쓰는 안가였다. 원래는 초대
대통령이 가끔 사용하던 숲속의 별장이었다. 친구가 집권하
면서부터 건물을 다시 크게 지었던 것이다.

두어 번인가 와봐서 알만한 구조물들이라 눈에 익었다.
정문을 지나서 포장된 길은 건물 앞까지 구부러져 이어졌다.

넓찍하고 마른 잔디밭 한가운데서 서치라이트의 고정된 불빛이 어둠 속의 사물을 보여주었다. 옥향, 주목, 적송 따위의 뒤틀리고 오래된 나무들이 승용차만한 괴석들 사이에 서있었다. 침엽수는 겨울을 타지 않았다. 건물이 지어졌을 적에 친구는 자랑삼아 말한 적이 있었다. '난 말이야. 사시사철 푸른 나무가 좋아. 이파리가 떨어지는 지저분한 나무들은 별로야. 단풍나무나 후박나무 같은 것이 있었는데 다 뽑아버리라고 지시했지.'

그는 승용차가 건물 가까이 다가 갈수록 조금씩 긴장이 되었다. 이층으로 지어진 박공지붕아래 슬래브 건물의 벽은 화강암이었다. 차가 멈췄다.

"주차장에서 대기하겠습니다."

뒷문을 열어주던 운전사는 그가 벗은 외투를 받아들면서 말했다. 그는 휘감아드는 선뜻한 기운을 내치며 현관 앞으로 걸어갔다. 언제나 친구를 그림자처럼 수행하였던 경호원이 현관 문 앞에서 기다리고 있었다. 호리호리하면서 단단하게 생긴 경호원이 예리한 눈초리를 굴리더니 날렵하게 현관문을 열었다.

현관 바닥은 진초록대리석의 돌무늬가 반질거렸다. 붉은 원목으로 짠 육중한 문의 금도금 손잡이를 밀고 안으로 들어섰다. 크리스틸 샹들리에가 내뿜는 불빛이 어둠을 무찌르며 널따란 공간을 드러냈다. 오른 쪽에서 올라가는 나무계단 난간은 굵은 나뭇결을 용의 비늘처럼 번쩍거리며 이층까지 이어졌다. 이층 작은 홀을 지나 복도 끝에 난 방으로 들어섰다. 따라오던 감색 싱글차림의 경호원이 금빛 문손잡이를 잡았다.

"들어와!"

친구의 무거운 목소리였다. 그 소리는 스피커에서 나오는 것처럼 넓은 방 안을 울려 징징거렸다. 우윳빛 비단으로 발라진 벽과 붉고 부드러운 카펫바닥을 크리스털조각끼리 반사된 찬란한 빛이 밝히고 있었다. 프랑스 고전풍으로 된 일인 용 흰빛 비단소파에 앉아있는 친구의 옆모습이 보였다. 황금빛 두꺼운 가운을 입고 있었다. 그는 천천히 걸어 친구가 앉아있는 소파로 다가섰다.

"왔나?"

그가 검붉은 얼굴을 수그리며 목례를 보냈다.

"조금 늦었군."

그는 대답을 하지 않았다. 유리탁자 위에는 반쯤 남은 시바스리갈 병과 치즈 따위의 안주가 놓여있었다.

"거기 앉지."

무뚝뚝한 말이 떨어지기 무섭게 삼인용 소파 끝머리에 그가 앉으면서 윗도리의 단추를 풀었다. 친구의 대머리는 천장에서 떨어진 불빛에 훤하게 빛났다. 이마의 주름살이 한일자로 그어진 근엄한 표정은 잔뜩 화가 났던지 여간해서 지워지지 않았다. 탁자에 놓인 크리스털 술잔을 친구가 한손으로 앞에 밀었다. 그가 두 손으로 술잔을 받은 것을 본 친구의 얼굴은 약간 풀어진 듯 조금 밝아졌다.

"한잔 하지."

담황색 액체가 술잔에 가득 채워졌다. 통 안에 들어있는 얼음조각들이 녹아서 물에 둥 둥 떠있었다. 그는 쭉 마신 다음 친구에게 빈 잔을 내밀었다. 오면서 술에 깨인 몸이 다시 후끈 달아올랐다. 그를 흘끗 바라보다 시선이 마주치자 게슴츠레한 눈으로 외면하던 친구는 두툼한 입술을 열었다.

"어때? 당면 문제는 없지?"

"몇 가지가 있긴 하나, 곧 해결될 거네."

"하긴, 자네의 뚝심이면 안 될 거야 없지만……."

똑바로 보면서 대답한 그에게 친구는 의미모를 웃음을 슬쩍 흘렸다. 그를 남쪽 도시의 진압군 책임자로 보낼 때에도 친구는 그런 식으로 말했었다. 그는 여느 날보다 친구를 읽는 셈법이 매우 어렵다는 것을 깨달았다. 왠지 대화가 중심으로 바로 가지 못하고 겉에서만 빙빙 돈다고 느꼈다. 그들은 서로 잔을 주고받았다. 물론 예전에도 술잔을 주고받았던 적은 많았다. 그런데 지금은 상대방이 전혀 이질적인 마음으로 앉아있질 않은가.

"남쪽 도시에 주둔한 부대들은 잘들 하고 있겠지?"

"지휘관들을 자네가 직접 골라 보냈지 않았는가? 나는 지켜보고 있는 중이네."

"지켜본다?……."

"그 말은, 애들이 부임한지가 얼마 되지 않아서……."

"아, 됐어!"

친구는 그의 말을 가로 막더니 갸우뚱거리며 일어났다. 그리고 벽 쪽의 수납장 문을 열었다. 원목조각으로 장식된 수납장 안에는 양주병들이 가득 들어있었다. 친구는 다 마셔버린 술과 똑같은 시바스리갈 병을 꺼내면서 말했다.

"뭘로 할까? 나는 그래도 옛날 각하께서 마셨던, 요게 제일 좋아."

언제나 모든 선택과 결론은, 어차피 친구의 몫이었다.

"이봐? 동칠이?"

그가 친구를 나직한 목소리로 불렀다. 디귿 발음이 센 억양은 그대로였다. 양미간을 찌푸린 친구는 아무 대답 없이 눈을 게슴츠레하게 뜨며 턱을 쳐들었다.

"무슨 일이 있나?"

그가 다시 묻는 순간, 침묵이 공간을 하얗게 덮어버렸다. 말 없던 친구는 반 쯤 남은 술잔에다 술병을 들어서 가득 채웠다. 그는 갑자기 요의를 느꼈다. 방광이 터질 것만 같았다. 엉거주춤한 자세로 일어선 그에게, 친구는 닫았던 말을 내뱉었다.

"화장실은 저쪽이야."

문을 여니 또 하나의 방이 있었다. 로코코 스타일로 고풍스럽게 놓인 두 개의 침대 머릿장은 금칠된 봉황새 문양이었고 침대들 사이에는 용이 조각된 커다란 전기스탠드가 자리했다. 실내 목욕실은 방문 맞은편 공간을 지나야 했다. 공간에는 하얗게 금칠이 된 프랑스 루이시대 스타일의 큰 화장대와 가죽의자가 놓여있었다. 실내 목욕실의 문손잡이 역시 금빛으로 손을 내밀었다. 바닥과 욕조는 누런 대리석이었으며 커다란 거울이 세면대 위의 벽을 덮고 있었다. 변기 앞에서 오줌줄기가 터졌다. 그는 몸이 흔들렸으나 정신은 이상스러울 만치 무거웠다. 그가 나오기를 기다린 듯 친구가 준엄한 말투로 입을 열었다.

"이봐? 김 장관?"

그는 몸을 틀면서 뜨악한 눈으로 친구를 보았다.

"예전에 자넨, 참으로 예의가 밝았는데 말이야."

"뭐가 잘, 못, 된, 거, 라도 있나?"

어이가 없어서 말더듬이처럼 그가 천천히 되물었다.

"국민들이 내 이름을 주막 강아지처럼 아무나 마구 부르면 좋겠나? 물론 이 자리가 땅에서 숫거나 하늘에서 떨어진 건 아니지만 말이야. 나도 자네를 옛날처럼 아무개라고 부르고 싶지만, 그게 아니지. 과거는 빨리 잊어버릴수록 좋은 법이야. 자네의 그런 점이 나는 도저히 이해가 안 돼. 요즘에 아래 것들로부터 자꾸만 자네에 대하여 안 좋은 정보가 올라오고 있어. 여론이 안 좋으면 나도 할 수가 없어. 자네를 보호하는데도 한계가 있거든. 안 그래?"

친구는 제 맘대로 지껄이고 있었다. 감정을 삭이지 못하면 자신을 주체하지 못하여 안달하는 것 같았다. 선문답 같은 말투를 툭툭 던지는 그런 치사한 놀음 따위는 장난질에 지나지 않았다. 서로 까놓고 버젓이 말해도 될 일이었다. 불현듯 훤칠한 키를 구부리던 짙은 눈썹의 후배모습이 그의 뇌리에 떠올랐다가 사라졌다. 여전히 단순하고 무지막지한 친구의 말이 유치하다고 느껴졌다. 이 따위 말을 하려고 밤중에 자신을 불러들인 친구가 측은해지자 긴장이 슥 풀렸다. 술기운이 퍼지며 그를 몽롱하게 덮쳤다. 온몸이 나른했다. 친구의 대머리가 흔들리며 아스라이 멀어졌다. ♠

개털선생

사무실 안은 어수선했다. 도로변에 있는 5층 빌딩의 꼭대기 층이었다. 영문이 연락을 받아 부랴부랴 택시를 잡아타고 왔을 때는, 벌써 낯익은 얼굴들이 부스스한 모습으로 서성거렸다. 문중 사람이라는 통통하게 살찐 늙은이, 무속인과 어울려 다니던 대머리 홍 씨, 청색 파카를 입은 여성회장 진 여사. 홍 씨가 영문을 힐끗 돌아보더니 고개를 주억거렸다.

들어올 때 보니, 출입문 전자 번호판과 연결된 전선 몇 가닥이 잘려 망가져있었다. 그리고 출입문 바깥벽에 설치된 게시판대기가 없어진 것이다. 게시판 안에 붙어진 건 후보의 사진들과 선거구민들의 격려편지 같은 것들이었다.

한참 서성거리고 있는데, 신고를 받고 온 경사와 경장이 수첩만 달랑 들고 문을 열었다. 그리고 묻는 말도 없이 사무실의 이 방 저 방을 어슬렁어슬렁 기웃거렸다. 선거와 관련된 도난신고를 경찰서는커녕 파출소라니. 얼굴이 넓죽한 경사가 창문을 열고 손으로 문턱을 잡더니 바깥을 내려다보았다. 내려다본들 왕복 4차선 도로를 달리는 차량들과 보도를 걷는 사람들만 보일 뿐. 경사는 금방 문을 닫고 빼빼마른 경장을 바라보며 턱짓을 했다. 엉거주춤 서있던 경장은 멀건이 흐려졌던 초점을 거두고 사무국장 책상 뒤에 있는 캐비닛으로 움직였다. 모인 이들의 눈길이 죄다 그쪽으로 쏠리는 건 당연지사. 그런데 하는 짓이 뭐? 죄 없는 캐비닛 문짝만을 쓸데없이 몇 번이고 여닫는 것이 고작이었다.

"이 일을 맨 먼저 알게 된 분이 누굽니까?"

"어젯밤 당직을 했던 저어기 저 분입니다."

나 씨 문중의 늙은이가 턱으로 홍 씨를 가리키며 낮은 목소리로 대답했다. 홍 씨는 영문의 눈치를 보면서 경사 앞으로 슬그머니 나섰다.

"당직이셨다고요? 한번 본대로 말씀해보세요."

"이건 단순절도가 아닙니다. 이쪽 후보님 접견실 안에서 잠들어 있다가 새벽에 소변을 보려고 일어나서 화장실로 가는데, 삐걱하는 문소리가 들렸어요. 누군가 화장실에서 나왔겠지요? 난 그때까지만 해도 누가 이렇게 빠른 시간에 사무실로 출근을 했나하는 생각만 했지, 딴 생각은 못했는데, 시커먼 그림자가 둘이 출입문 쪽으로 휙 내빼더니 승강기를 타고 내려가더라고요. 내가 소릴 지르면서 계단을 타고 쫓아 내려갔을 적에는, 놈들은 어디론가 사라지고 없었지요. 아마, 벌써 미리 대기시켜놓은 승용차를 타고 도주한 겁니다. 내 생각 같아서는 그놈들이 틀림없이 볼일을 다보고 나서 막 나가려던 참이었을 거요."

홍 씨는 사팔눈을 외로 치켜보며 상기어린 얼굴이었다. 평소 같으면 웬만한 남의 일에도 끼거나 간여하지 않은 성품이었다.

"이런 일을 어느 누가 시켰을 것 같애요? 보나마나 뻔한 일이죠."

팔짱을 끼며 입을 오므리고 있던 진여사가 거들었다. 날카로운 콧날을 손가락으로 만지작거리는 영문이 경사를 빤히 바라보자, 경사는 뜨악한 표정을 짓더니 경장에게 고개를 돌렸다. 경장이 상관과 진 여사를 번갈아보면서 무슨 말인가 꺼내려 하자 경사가 손을 들어올리며 막았다.

"출입문 번호판 망가진 것과 아까 말씀하신 그거 말고는 분실물이 없습니까?"

경사는 벌써 심드렁한 표정을 짓고 있으면서 가끔 헛기침을 해댔다. 그리고 수첩에 뭔가를 그적거렸다. 잠시 침묵이 흐르고 통통하게 살찐 늙은이 나 씨가 슬쩍 한 마디 거들었다.

"우리는 아직 잘 모르지요. 사무국장님이 나오시면 뭔지 알 수 있을 겁니다."

경찰들이 나가고 난 뒤 영문은 반백이 된 머리를 손으로 쓸어 올리며 홍 씨를 화장실로 불렀다.

"어떻게 된 거요?"

"선생님, 아까 말씀드린 그대롭니다. 조금 다른 게 있다면, 사실 그 새끼들과 맞닥뜨린 건 화장실 안이었지요."

"아니? 그럼 아까 사실대로 말하지 왜, 다르게 말했어요?"

"아이고 선생님! 아까 파출소에서 온 친구들 하는 거 보셨죠. 우리는 큰일을 당했는데도, 지네들은 동네 불구경하듯 어슬렁거리는 거 못 봤어요? 선거판이라는 게 그렇다고요. 제대로 신고를 하나 안 하나, 야당후보가 당한 건 눈 하나 깜짝하지 않은 게 현실입니다."

경찰서의 형사반장이 온 건 사무국장이 달려온 지 한참만이었다. 내부 피해가 있네, 어쩌네 하는 건 파출소 치들과 조금도 다를 바 없었다. 지문감식을 합네, 탐문수사가 어떻고 과학수사연구소에 의뢰를 해야겠다는 둥 하는 것 말고는.

"이런 수상한 사건들이 터지면 언제나 이익을 본 쪽이 있게 마련입니다."

형사반장이 나가면서 혼잣말처럼 중얼거리며 흘리는 걸 영문은 들었다. 기자들이 들락날락거린 다음에서야, 사무실에는 운동원들이 하나 둘 모여들었다. 홍 씨는 사무국장과 따로 있는 곳에서 경찰에 진술했던 아까와는 조금 다른 설명을 했다.

"불을 켤까하다가 귀찮아서 더듬거리며 화장실로 가서 오줌을 누고 터는데, 검은 거울에 한 놈이 비쳐서 순간 겁을 잔뜩 먹었어요. 헌데, 그 놈도 나를 보더니 기겁을 하며 후다닥 도망을 가는 거예요. 놈이 도망을 칠 때 사무실 벽 쪽에서 다른 놈이 함께 튀어나갔지요. 정말 모든 게 순간이었습니다."

홍 씨는 바라보던 사무국장의 얼굴에 의미모를 미소가 지나갔다. 영문은 도대체 뭐가 뭔지 돌아가는 판이 아리송하고 어지럽기 짝이 없었다. 사무실 저쪽에서 누군가 도난사건이 인터넷에 떴다며 큰소리를 질렀다. 갈색 뿔테안경을 쓴 자원봉사자였다. 그 젊은 여자는 후보의 먼 친척 쯤 되는가본데 아주 열성적으로 선거운동을 하고 있었다.

평소에 보이지 않던 지역주민 대여섯 명도 눈에 띠었다. 어디선가 본 듯한 늙은이가 커피를 타마시며 말없이 사무실 풍경을 휘휘 둘러보았다. 벗겨진 이마에 검버섯자국이 어룽졌는데, 아까부터 경찰들이 하는 수작을 그저 지켜보고만 있었다. 불난 집에 구경꾼이 따로 없었다. 동네에서 사는 주민이니까, 차라도 한잔 얻어 마시러온 걸까?

인터넷 사이트에 뜬 내용들은 거의 대동소이하게 짤막했다. ─자작극이라고 보기에는 말도 안 된다. 뒤에서 움직이는 세력들의 소행이 분명하다. 이런 사건으로 덕을 보는 쪽이 누구인가, 따위의.

영문은 이 북새판에서 벌어지던 행태들이 스쳐갔다. 지난번 대통령선거 때나 지금이나 눈이 벌겋게 충혈 되어 불나비처럼 권력의 꼬리를 쫓아다니는 사람들을. 눈여겨본 그들의 행색은 비록 번드르르한 차림새이나 안으로 제각각이었다. 카드 빚에 걸려 궁핍한 이들도 더러 있었다. 자신도 거기에 포함된 부류로서 한 큐 쳐보려고 그렇게 발버둥치는 지도 몰랐다.

그건 욕망을 지닌 사람 모두에게 해당되는 일이기도 했다. 살아서 타인들보다 더 빨리 삶의 동력을 거머쥐는 기회는 그리 빈번하게 오는 게 아니었다. 인생에 있어서 로또복권을 탈수 있는 기회는 그리 많지 않았다. 돈과 권력이 뜬구름 같은 것이라고 입에 올리면서도 정작 자기 자신의 입장이 되면, 미런을 버리지 못한 사람들. 그래서 후보에게 억지웃음을 웃으며 눈도장을 찍으려고 기웃거리는 이들이 한둘이 아니었다.

영문은 어제도 쪼르륵 소리가 나도록 이 골목 저 골목을 쏘다녔다. 그리고 오천 원짜리 순댓국을 우걱우걱 퍼먹었다. 당뇨기가 있으니 조심하라고 병원의사가 신신당부하던 말. 담배는 끊었다니까, 다행입니다마는 음식 먹는 양을 잘 조절해야 합니다. 그런데 튀어나온 아랫배 걱정은커녕, 당장은 못 먹어서 병이었다. 남들이 다 그랬다. 아이구 선생님, 이 판에서는 못 먹어서 환장이지요. 날이면 날마다 생기는 일이 아니랍니다. 선거운동하면서 얻어먹을 거나 제대로 먹는 게 결국은 남는 장사랍니다. 빨아놓은 대추씨마냥 생긴 저 사람 홍 씨가 그랬던가. 이게 무슨 지랄인지 몰라. 골목길로 접어들면서 그렇게 뇌까리자 함께 가던 홍 씨가 고개를 휙 돌리며 쳐다보는 거였다. 물론 입술을 벌리지 않아서 듣지는 못했겠지만, 이상한 얼굴로 쳐다보는 홍 씨의 눈빛과 부딪치자 스스로 겸연쩍은 얼굴빛이 되어버렸다.

이런들 어떻고 저런들 어떠하리. 이 거리 저 거리에 현수막이 나걸리고 무려 여덟 명의 후보얼굴들이 포스터로 나붙으면서 본격적인 게임은 시작되었더라. 하나같이 웃는 얼굴 표정도 각양각색이라니, 가관이 따로 없었다. 찡그리는 우거

지상 보다야 억지로라도 웃는 편이 한 표를 구걸하는데 나은
건 두말하면 잔소리.

　참 별일이었다. 20년 넘게 살아온 동네 아니던가. 더구나
가끔은 학생들 집에 가정방문을 하면서 웬만한 골목은 거의
다 다녀 본줄 알았는데, 그게 아니었다. 선거 덕분에, 팔자에
도 없는 다리품을 팔면서 동네의 이곳저곳을 기웃거리게 되
었다. 낯선 구역이 있었다. 몇 십 년을 살았다고 하나 다 가
보지 않았으니 당연했다.

　설립될 당시만 해도 변두리의 이름 없는 사립학교였다.
학교재단을 운영하는 대학선배의 권유로 오게 되었다. 처음
에는 재단이 그다지 튼실하지 못했다. 학생들의 수준도 도시
의 다른 학교에 비하여 좀 떨어진 편이었다. 원래 태생적으
로 한 구멍밖에 모르는 성품이었는지라 바람이 불거나 비가
와도 천직인양 세월을 보냈던 터. 국어선생으로 발령을 받아
서 교무주임 노릇을 무던하게 했다는 정평을 이사장에게 받
았었다. 여러 해가 지나서 늙은 이사장과 선배도 죽었으니,
후계자가 된 젊은 아들과 코드가 맞을 리 없고 시대에 밀려
퇴물로 전락한 건 세월의 탓이다.

　어떤 집 마당에는 벌써 하얀 목련이 벙긋했고 키 높은 연

립주택 입구에 산수유가 어지간히 노란미소를 터뜨리고 있었다. 정신 없다보니, 세월이 야금야금 화창한 계절을 갉아먹은 줄도 모르고 있었던 것이다. 아무래도 작년 늦가을처럼 스적스적 지날 세월은 아닌 성 싶었다.

그 무렵, 학교에서 명퇴신청을 받을 무렵 한참 고민하였던바, 아내는 아무래도 못마땅했던지 뭐라고 연신 궁싯거렸지만 눈을 딱 감고 신청 해버렸던 것이다. 천년을 살아도 부부는 원수지간이라는 속설처럼, 영문은 무슨 일이건 무조건 반대를 할 거라는 아내에 대한 불신이 도사리고 있었다. 그렇다고 아내에게 자기 자신에 관한 자존심을 속속들이 다 말할 수는 더더욱 없었다.

그도 그럴 것이, 정년퇴직까지 2년을 더해본들 이미 교장자리가 올 것도 아니고 아들 같은 새까만 후배 녀석들이 계속 치고 올라오는 판이었다. 그런 마당에 교감자리에 연연해봐야 낫살깨나 먹은 자신이, 자리에 걸신들린 것 마냥 던적스럽고 얼굴만 뚱칠할 게 뻔했다. 더욱이 구미를 당기는 게 기본퇴직수당에 7천만원을 장려금조로 준다질 않던가. 2년치 봉급을 거저 준다는 것이다. 하여 그까짓 자존심이 밥을 먹여주는 것도 아니고, 제아무리 의기양양해보았자 크나큰 목돈에 머리가 삥 돌지 않을 수가 없었다.

그 무렵이란 다름 아닌 대통령 선거 유세기간 중이었다. 그걸 레임 덕이라나? 임기 말 대통령의 인기가 곤두박질할수록 대선후보들은 난립했다.

고향후배가 만나자는 연락이 와서 갔더니, 웬걸 그간 통 보지 못했던 고향또래들이 여럿 와있었던 것이다. 하긴 영문이 역시 사는 일에 바쁘기도 하려니와, 딱히 죽자 사자 할 일도 아니어서 그 동안 고향 사람들을 만나는 향우회나 여타 모임에 발을 들여놓지 않았다. 구태여 따지자면 무늬만 고향사람이지, 수도권에서 살아 온지 벌써 수십 년도 넘어서 객지사람 다 되었다. 두어 번 참석한 적이 있었지만, 아무개의 아들입네, 누가 잘 되었다는 말……듣기에 따라서 고약하기가 이루 말할 수 없었다. 어쩌면 그건 줄 잘서는 고위공직자 아니면, 벼락부자가 되었다는 뜻을 함축하고 있기도 했다. 누군들 기회가 못되어서 그렇지, 그게 별 거냐고 말하면 우스운 꼴이 되는 낫살인지라 속으로 가슴만 울렁거릴 뿐이었다.

아무튼 아니라고 우겨 봐도, 어쩌면 자기 자신이 그런 속물근성을 은연중 지니고 있는 것 같았다. 뒤늦게 부모가 묻혀있는 고향을 근거로 이 사람, 저 사람 만나는 행태가 그게 아니면 뭐란 말인가. 후배는 법원장을 끝으로 변호사를 개업했던 터다. 그래서 고향사람들 중에서 인품으로 보나 명망으로 보나 썩 괜찮은 사람으로 소문이 나있었다. 정치에 그다지 이력이 난 게 아닌데도 사람들을 은근히 꼬드기는 재주가 있는 사람이었다.

"선배님? 저 모르시겠습니까? 나 중한입니다. 아니, 제 친구의 형님이 되시니까, 저도 형님이라고 부르겠습니다. 형님? 그간 코흘리개들을 가르치시느라고 청춘을 다 보내신 거, 그 훌륭한 업적을 저희 고향사람들은 다 알고 있습니다요. 사실 말이야 바른 말이지, 형님께서 학창시절에 공부를 못했습니까, 집안이 우습습니까? 형님만한 분도 그리 흔하질 않지요. 요즈음 국회의원이나 뭐 한자리 꿰어 찬 놈치고, 형님처럼 양심가지고 있는 사람 별로 없수다. 퇴직도 하셨겠다, 아직 젊음이 창창하시니까, 이제는 공익활동에 한번 관심을 가져보신 것도 괜찮습니다."

유유상종이라고 했던가. 그 날의 모임이 있고나서부터 몇 사람은 아예 후배의 깃발이 되어 나부끼며 돌아다니게 되었다. 떠밀려서 후배가 지지하는 대통령후보를 따라다니며 청중으로 혹은, 자발적인 봉사원이 되었던 것이다.

늦가을은 비에 흠뻑 젖었다가 바람이 불자 을씨년스러워졌다.

대통령 후보의 선거 발대식.

그야말로 권력을 만들려는 사람들로 인산인해를 이루었

다. 행사는 도회지 변두리의 공원에서 열렸는데, 붉고 노란 단풍잎들은 스적스적 내리기 시작한 빗줄기에 젖어 낙엽이 되었다. 가파른 길을 따라 내려가는 사람들과 승용차들이 서로 엉켜 소란이 일었다. 그렇지만 권력이란 욕망의 거울이 아니던가. 빗줄기에도 아랑곳없이 사람들은 모아지고 흩어졌다. 어느 시대에도 권력은 사람들이 부르짖는 가치추구의, 욕망의, 현실의 바로미터였다. 언젠가부터 영문은 사람들이 모이면 자기 자신도 모르게 우쭐한 마음이 들었다. 그러나 한편으로는 가끔 이상한 생각도 들었다. 과연 야당만 하였던 저들이 정권을 창출할 수가 있을까? 왜냐하면 세상 사람들의 마음을 잡는다는 게 그렇게 쉽지가 않으리라는 의문이 들 때가 한 두 번이 아니었기 때문이다.

어떤 실내체육관에서 열린 전국연합회가 주관한 대회장에 따라갔을 적에는 묘한 분위기에 취했다. 대선후보들의 연설이 차례차례 있었다. 체육관을 가득 메운 참석자들은 진지한 경청도 없이 눈초리를 칼끝처럼 번뜩이며 오로지 자기 자신들의 구호와 함성에만 열성이었다. 어떻게 보면 전국에서 전세버스로 실려 온 눈망울들은 벌겋게 뜬 채 전장에 나가는 용사들 같았다.

후배 나 중한은 지지하는 대선후보의 연설이 끝나자마자,

눈짓으로 영문과 패거리들을 불러 모우더니, 대선후보가 나가는 체육관 입구에서 박수를 치게 했다. 그는 사람들에게 떠밀려 앞으로 나가게 되었는데, 우연히 손을 내민 대선후보와 악수를 했다. 손바닥끼리 슬쩍 잡았다가 놓은 후보의 눈길은 그 다음 잡아야 할 사람의 얼굴에 맞춰져있었다. 마음의 속내도 모르는 사람들끼리 웃고 악수하는 꼴이라니. 성취는 아직 저만치 있는데 대선후보는 자신만만한 표정이었다. 주변을 몰려다니는 많은 정치꾼들……좋지 좋아. 그러고 보니, 어느새 자신도 정치꾼이 된 것 같아서 영문은 씁쓸한 웃음을 지었다. 그 또한 삶의 궤적이니 베어버릴 수도 없는 노릇이었다.

그랬다. 사직서를 접수하고 나서 후련하기는커녕 왠지 소슬한 바람을 맞은 것처럼 허전했다. 숭숭 뚫린 구멍에 찬바람이 씽씽 부는 마음을 알기나 한 듯 후배는 유혹했을까. 이상하게도 영문은 저 깊은 곳에서 올라오는 속마음을 다지기 시작했다. 그래, 영화배우출신도 정치를 하고 코미디언출신조차 국회의원이 되었던 마당에 나라고 못할 게 없지.

그런데, 고춧가루를 뿌려도 유분수지. 재수가 옴 붙게끔 청국장을 끓이던 아내가 뒤돌아보면서 조심스럽게 곁들인 말이 귓전으로 스쳤다.

　"당신은 늘 송충이는 솔잎을 먹어야한다고 말했잖아요."

　사실 말이야 바른 말이지, 살아오면서 그랬다. 그런데 그게 어쩌라고? 애오라지 선생질이 천직이거니 했을 적에 해본 말이었다. 우물 안 개구리 적에 말했기로서니, 그게 말뚝 같은 철학이 될 수도 없을 터. 험한 세상에 나와 보니, 입 달린 사람 치고 거짓말에 사기를 치는 건 예사로운 필수과목이었더라.

　"형님, 이번에 저를 꼭 도와주셔야겠습니다. 하필이면 형님이 살고계시는 이곳으로 공천을 받았지 뭡니까. 여러 사람으로부터 형님말씀은 들었습니다. 학부모들이나 학생들에겐 말할 나위도 없고, 여러 해 동안 이곳에 사시면서 동네 분들에게 훌륭한 인품으로 존경받고 계시다고. 그냥 뒤에서 든든하게 정신적인 지도만 해주셔도 제게는 큰 도움이 될 겁니다."

　후보가 사무국장에게 지시를 했는지, 명함을 건네주는데 국회의원후보 나아무개의 자문위원으로 박혀있었다. 으스대지 않았는데도 주변 사람들로부터 '선생님' 소리를 듣게 되었다. 그놈의 선생소리. 학교에 출근할 때 들었던 발음과 같았으나 분위기는 영 딴판이었으니, 신명이 날 법했다.

　남서구는 남1동, 남2동, 남3동, 남4동과 서1동, 서2동, 서3동, 서4동, 서5동까지 모두 9개의 법정 동으로 이루어져 있었다. 얼마나 성급하게 팽창된 지역인지라, 그 빤빤한 동 이름 하나 제대로 짓지 못하고 남쪽과 서쪽이라는 방향에다 1, 2, 3……이라는 행정편의상의 숫자를 냅다 붙여서 이름을 지어버린 것이다. 70년대 초만 하더라도 도시의 남서쪽 불마산에 접한 시골이었다. 전쟁 통에 도심지 가까운 산비탈에 생겨버린 빈민지역이, 골치 아픈 정부에서 대대적으로 정비계획을 발표했었다. 옹기종기 모여 사는 도심의 판자촌과 쪽방동네를 쓸어내더니 그 빈민들을 집단으로 거주하도록 만든 곳이 지금의 남서구였던 것이다.

중심도시는 블랙홀이 되고 도시의 외곽과 변두리를 야금야금 잡아먹다 보니 거대도시로 변했다. 쫓겨난 사람들이 30여 년을 보금자리라고 버틴 결과 이제는 엄연히 도시구역 안으로 편입이 되었다. 원래부터 무계획적으로 만들어진 동네이다 보니, 사는 데 지장은 없지만 좁고 구불구불한 도로며 닥지닥지 붙어있는 주택들의 몰골이 부자촌에 비하여 후졌다.

납작하게 엎드려있었던 상대방 후보가 갑자기 산삼을 처먹었는지 빠르게 움직였다. 태풍이 불 적에 죽은 듯 엎드려 있던 풀잎들이 바람 지나면 일어선 것처럼, 모처럼 재래시장 입구에서 어눌한 말씨로 포문을 열었다. '남 1, 2, 3, 4동을 뉴타운지역으로 지정해주기로 시장과 단독으로 만나서 합의한 바 있다. 모월 모일에 시장님께서 흔쾌히 약속했다. 설탕이 있으면 개미떼가 몰려드는 것이지, 설탕이 개미떼를 만드는 게 아니다. 헌집이 새집 되면 집값이 오르는 건 당연한 이치라고 말씀 드렸더니, 시장님은 옳은 의견이라며 도시 및 주거환경정비법에 어긋나지 않는 한 용적률과 건축제한요소를 최대한 완화해주겠단다. 공급을 늘려 집값안정에 도움을 주고 구닥다리 동네를 개발하여 명품동네로 만드는 것은 나의 소망이자 주민 여러분의 꿈일 것이다.'

여기에 양념으로 그럴싸한 소문까지 덧붙여졌다. 시장과 상대방 후보는 대학선후배관계이고, 시장에 당선될 때 자금지원을 받았으므로 거절하기가 힘들 것이다. 한마디로 핵폭탄이 따로 없었다. 어제까지 나 중한후보의 명쾌하고 논리적인 연설과 도난사고에 집중된 동정표가 관망세로 머물더니, 슬슬 돌아서기 시작한다는 정보가 곳곳에서 감지되었다. 부동산사무실은 말할 나위가 없고 경로당에서, 유치원에서, 오래된 연립주택단지 안에서.

"어허, 이거 낭패로다."

"완전히 뒤통수를 얻어맞았어!"

"이러다가 확 뒤집어지는 거 아녀?"

"나 이럴 줄 알았어. 어쩐지 저쪽이 너무 조용하더라니."

"우리가 저놈들의 작전에 말려들었군."

대책은 없고 한숨과 탄식과 자조 섞인 비통의 목소리만 떠들어대고 있었다. 깃발을 들고 앞장섰던 후보조차 유세를 멈추고 사무실로 들어와서 한숨만 푹푹 쉬었다.

"선생님? 무슨 수가 없겠습니까? 그래도 이 동네에서 오래 사셨으니……."

후보가 우거지상으로 영문을 쳐다보았다. 어제까지의 그 보무당당한 모습은 온데간데없고, 풀죽은 눈빛은 애처롭기 짝이 없었다.

"내 언제 이런 시궁창 같은 놀음을 해봤어야지. 그대같이 정치를 아는 이들이 손을 놓고 있는데, 나라고 뭐 뾰족한 수가 있겠는가? 하지만 어쩌겠나. 무슨 해답을 찾아봐야지. 허참, 내."

영문은 연거푸 헛기침을 해댔다.

시간은 바퀴가 달린 듯 마냥 지나가고 있었다. 선거전도 막바지로 치달렸다. 목표는 보였지만 실상은, 아득한 신기루 마냥 잡히지 않았다. 인간들은 동물적 사냥을 동족에게서 밖에 찾을 수밖에 없는 것인가. 그러나 그런 자문자답조차 사치스런 철학이었다. 어찌되었건 냉엄한 현실에서 해답을 찾아야했다.

며칠 동안을 술만 마셔댔다. 홍 씨 패거리는 영문을 위로

한답시고 술, 해장하자며 술, 바닥난 선거자금에서 술값이
술술 나가고 있었다.

아, 지겨워! 그가 누구든 이제 제발 나한테 술 좀 주지 마.
그러지 않고서야 영문은 입안에 빙빙 도는 말이 금방이라도
터져 나올 것만 같았다. 깬 것은, 날빛이 어른거리다가 지나
간 새벽 무렵이었다.

어정쩡하게 희끄무레한 하늘 아래 바람이 울었다. 성깃한
나무들이 흔들리고 깡마른 땅에 비가 세차게 내리고 있었다.
나무가 흔들리자 우듬지에 매달린 덩실한 까치집도 흔들렸
다. 영문은 나무꼭대기에서 위태롭게 흔들리고 있는 까치집
이 우후죽순처럼 늘어난 고층아파트 같다는 생각이 들었다.
까치집처럼 세상도 흔들리고 있었다. 그렇지만 비가 그치면
새싹들은 충만한 에너지를 담뿍 머금고 잎이 무성하게 자랄
것이었다.

해골복잡하게 엉킨 타래의 실마리를 어디서 찾으랴. 어찌
어찌하여 이런 수렁에 빠져버렸는지 후회막급이었다. 사무
실의 라꾸라꾸침대에서 해방되어 모처럼 집에 들어와 잠을
자도 비몽사몽이었다. 벌써 판이 시작될 무렵부터 이런 조짐
은 그림자처럼 얼쩡거렸고 사무국장으로부터 귀띔을 받은
터. 아니, 애당초 묘하게 바람이 든 것은, 지난겨울 연수원에

서 후보를 만나고 나서부터였을지도 몰랐다.

"어휴, 코를 들들 골더니 그새 일어났구려."

새벽기도를 나가려던 아내가 우산을 찾으려고 주방과 마루방을 오가더니 영문을 보고서 말문을 텄다.

"그런데, 요즘 왜 그래요? 당신이 출마하는 것도 아니면서, 온 세상 고민이란 고민은 죄다 하는 얼굴이라니. 난 뉴타운 말 나올 때부터 알아봤어요. 동네사람들이 이제는 부자가되었다고 얼마나 좋아하는데요. 당연하죠. 돈 벌어준다는데, 누가 안 찍어 주겠어요. 나라도 찍겠소."

영문은 빨리 나가라고 소리를 지르고 싶었으나 제풀에 꺾이겠지 싶어 가만있었다. 그런데 아내가 현관으로 나가면서 휙 던진 말.

"그러나 세상이치가 그렇게 만만치는 않죠. 뉴타운으로 덕을 보는 사람들이 있으면 손해 보는 사람들도 당연히 있겠죠."

그렇지, 그거다. 손해 보는 사람들. 이익을 보는 사람들의 반대쪽. 누굴까? 누구기는? 집주인과 대칭점? 세입자?

얼굴을 씻는 둥 마는 둥, 들뜬 마음이 급했다. 급한 마음처럼 윈도브러시가 빨리빨리 차창을 휘저었다. 고층 아파트들을 지나서는 내리막길이었다. 택시 기본요금 조금 넘은 거리가 수만 킬로미터쯤 되는 것 같았다. 후보와 사무국장이 핵

심참모들을 소집하여 회의가 열리고 모두 금방 얼굴빛들이 번들거리며 웃음기가 돌았다. 으하하하. 두 마리 토끼를 한 꺼번에 잡자는 방안이 나왔다. 세입자와 집주인의 갈등을 부추기며, 상대방 후보의 발언이 도시의 정책과 상반되므로 선거법위반으로 묶을 수가 있다는 것이다. 모두들 집주인도 잡고 세입자도 잡는 묘안이라고 여겼다. 정치꾼들은 역시 실마리만 주면 머리 돌아가는 데는 딱이었다.

남 2, 3동은 특히 낡은 연립주택 밀집지역으로 좁고 작은 집이 대부분이었다. 세입자가 집주인 숫자보다 4배나 많았다. 임대차의 대립구도에 충분히 승산이 있었다. 그날부터 모든 전략과 구호는, 세입자를 보호하라. 떠나가는 동네보다 뿌리내려 살만한 동네로!

선거 끝. 사무실은 텅 비어있었다. 백여 평 가까이 되는 사무실에, 사람들이 비집고 설 틈도 없어 숨이 콱콱 막히던 호시절이 언제였던가. 그 때는 선거의 막바지였고, 승리의 깃발이 눈앞에 보이는 듯 했다. 상승기류를 탔다고 여길수록 후보와 대면하여 말하기도 쉽지 않거니와, 그 측근들의 교만한 폼 또한 장난이 아니었다. 인의 장막이라는 말이 실제로 존재했다. 그러다보니, 적을 알고 나를 반성하는 기류는 중

발하고 상대방 쪽을 얕잡아보는 흐름만 주류를 이루었다. 저쪽은 돈만 있다 뿐이지, 정치경력으로 보나 말솜씨로 보나 이쪽과는 수준 차가 완연하다는데 이견이 없었다.

음료수와 먹을거리들이 타이탄 트럭으로 왕창실려 왔다. 그 많은 먹을거리를 사무실에 들여놓았다 치라면, 몰려든 사람들의 먹새는 대단했다. 막바지에는 주로 빵이나 떡 종류에서 심지어는 찹쌀엿까지 들어왔으니. 아니, 웬 엿? 엿 먹어라! 그 말뜻과 같은 건 아닐 거고……. 그런 돌대가리로 무슨 자원봉사야. 고등학생들이 수능시험 때 엿을 먹거나 학교 담벼락에 붙여놓은 거 못 봤어? 엿처럼 끈끈하게 딱 붙어라 그 말씀이지. 아, 그런 뜻이……. 그 여세를 몰아간다면 유권자들의 마음은 금방 이쪽으로 죄다 돌아올 듯싶었다.

눈에 보이는 바람이 불어왔다. 뭐, 그까짓 것. 별 일 아니겠지 싶었다. 처음에 슬슬 불어오기 시작한 바람을 산들바람 정도로 치부했으니까. 그런데 이거 웬걸, 누가 알았으랴. 바람은 가속이 붙어서 점점 세차지더니 급기야는 태풍, 그것도 A급으로 불어왔다. 태풍도 처음에는 열대성 저기압에서 시작되고 폭우도 이슬비로부터 굵어지는 걸, 왜? 몰랐다는 말인가.

아, 그놈의 뉴타운이 그만 발목을 붙잡을 줄 누가 알았을까. 저쪽 사람들은 자신들이 약하다는 걸 인정하고, 두더지처럼 치밀하게 부지런히 작업을 하여 주민들의 속성과 여망을 샅샅이 파악하고 한 표씩 이삭을 줍고 다녔던 것이다. 거기다 더하여 진원지가 어딘지도 모르게 뉴타운 개발 공약 바람이 거대도시 전체에 불어왔다.

못사는 동네지만 뉴타운 사업을 하여 이른바, 강남의 부자촌처럼 만들어주겠다는 꿈을 곳곳에 현수막으로 내걸었다. 낡은 집들을 포코레인으로 까부수어 초고층 아파트가 즐비한 동네로 탈바꿈시켜 주겠다는데 마다할 사람은 없었다. 처음에는 반신반의하던 주민들이 하나 둘, 눈빛을 교환하더니 급기야 술렁거리기 시작했다. 소문은 소문을 양념으로 곁들여 여론을 부추기자, 주민들의 마음은 꼬리에 꼬리를 물어 바이러스처럼 온 지역에 번졌다.

아무리 후보가 마이크를 잡고 이성에 호소하고 명연설로 소리를 질러 목이 쉰 상태로 읍소해도 청중의 반응은 주춤거렸다. 한번 들뜬 주민들의 마음은 뉴타운 개발사업 물귀신에게 잡혀있었다. 적어도 후보와 측근들이 욕망의 거대도시에서 일어날 변수를 과소평가했거나, 주민들을 우습게보았다는 자만심을 떨쳐 낼만한 변명을 찾을 길 없었다. 거기에 화답이라도 하듯 다른 지역구에서도 약속이나 한 듯 이구동성으로 '너도 나도 뉴타운, 다 함께 뉴타운.' 이라고 떠들었다.

욕망이 바싹 마른 불쏘시개처럼 던져져 있는 상태에서 대박의 꿈은 불길로 활활 타올라 이곳저곳으로 번졌던 것이다. 아무리 세입자를 위한 대책으로 맞불을 질러도, 악마의 혓바닥처럼 날름거리는 탐욕의 불길을 끄기에는 역부족이었다.

여야 박빙 쯤 되리라는 언론들의 예측은 완전히 빗나가고야 말았다. 욕망의 거대도시 전 지역에서는 전혀 예상하지 못한 결과가 나왔다. 야당의 정치 거물들은 추풍낙엽이 되어 버렸고, 거대도시 전역의 40여석 가운데 겨우 5석을 건져냈을 뿐이다. 전국적으로 야당은 개헌저지선에도 못 미치는 참패를 당했다. 참패도 이쯤이면 치욕이었다.

막연한 정치는 현실 앞에 무력했다. 밖에는 추적추적 비가 내리고 있었다. 형광등 불빛이 훤히 비추는 사무실은 휑 뎅그렁했다. 책상들과 의자들은 어지럽게 흩어져있었고, 홍보책자들과 현수막들은 구겨진 것, 둘둘 말려진 채 팽개쳐진 그대로 발에 짓밟힌 자국들이 선명했다.

구름처럼 몰렸던 그 많던 사람들은 다 어디로 갔을까. 꺼지지 않은 텔레비전 화면으로 개표방송이 계속되었다. 그러나 전국의 개표가 종료되지 않았달 뿐, 이미 각 정당의 당선자현황은 자막으로 떠있었다. 후보는 방송국 인터뷰가 끝나자마자 집으로 돌아갔다. 막판까지 목청을 드높였던 참모들도 하나 둘 사라지고 없었다.

영문은 물마시던 종이컵을 들고 정수기통 앞으로 다가갔다. 갈증이 울대로부터 헛바닥으로 번져서 목구멍에 띠앗띠앗 통증이 왔다. 찬물이 울대를 적신 다음에야 그는 자신도 모르게 한숨을 내쉬었다. 허허허. 이게 뭔 개지랄.

승부는 냉혹하다. 사람들끼리의 승부는 더욱 그렇다. 승리자의 길과 패배자의 길은 다르다. 훌훌 털어버리듯 씨익 웃고 돌아서는 후보자만큼 영문은 아직도 실감이 나지 않았다. 패배의 느낌이 선뜻 다가오지 못하고 머릿속이 어지러웠다. 몸이 받아들일 준비가 전혀 안된 탓이다.

달포가 넘은 선거기간동안, 영문은 자정 전에 집에 들어간 기억이 별로 없다. 김밥으로 뱃속을 채우며 라꾸라꾸 침대에서 연거푸 날밤을 새운 게 나날이었다. 자신의 처지보다 가슴이 갈기갈기 찢어졌을 후보에 대한 걱정이 앞섰다. 아무리 현실이라고 하더라도, 정말 이건 어처구니없는 노릇이었다. 상대후보는 정치경력으로 보아도 애송이었고, 언변조차 어눌했다. 그렇지만 재벌의 아들이었고, 돈을 따라 불나방들이 날갯짓을 했을 게 아닌가.

갑자기 피곤이 쓰나미처럼 그를 덮쳐왔다. 영문은 저만치 나동그라진 의자를 일으켜 세워 털썩 주저앉았다.

사무실 벽에는 후보가 웃는 사진포스터와 광고 문안이 덕지덕지 붙어있었다. 게시판에는 핀에 꽂힌 격려 메모들이 어지럽게 공간을 흔들었다. 당선을 기원합니다. 꼭 당선되어 지역발전을 이루어주십시오. 따위 말고도, 그대를 여의도로! 금배지를 달고 입성하라!! 등등.

이미 당선을 기정사실화 해놓은 문구들을 어떻게 처리할 것인가. 인간들은 불과 몇 시간, 아니 한치 앞을 못 내다보고 허장성세를 외치고 있는 것이다. 금방 당선된 것처럼 신이 나서 까발리는 그 말들은 담배연기처럼 허공에 흩어져버린 것이다. 웃기는 일이었다. 이처럼 참담한 결과를 알고서도 그랬을까.

희망사항과 기대치가 빗나간 현실 앞에서 인간들은 무기력했다. 자기 자신들이 스스로 만들었던 탐욕의 풍선이 펑, 터져버린 허망함을 안 느낄 수 없으리라. 영문은 답답한 가슴을 다독거리려고 창문을 열었다. 갑자기 빗방울들이 그의 얼굴을 할퀴었다. 선뜻한 기운이 살갗을 엄습했다. 계절을 재촉하는 비바람이었다. 그는 차라리 바깥으로 뛰쳐나가 밤이 새도록 빗줄기를 맞고 싶은 충동이 일었다.

후보는 집에 들어가 어떤 모습으로 있을까. 독한 술이라도 마시며 울고 있을까. 몸을 뒤척이며 온갖 상념에 잡혀있을까. 아니면, 잠에 떨어져 드르렁드르렁 코를 골고 있을까. 어떤 행태이건, 당사자인 후보의 마음도 빗물처럼 가슴 속을 흐르고 있을까.

　연한 나뭇잎들이 건듯 부는 바람에 살랑거렸다. 사무실 창밖으로 초록의 빛을 더해가는 느티나무 가로수가 창창 우거지려는 수세를 뽐내고 있었다. 어디선가 하얀 꽃가루들과 화사한 봄볕은 현기증이 날 정도로 창 너머 들어왔다. 봄은 흐드러지더니 완연함을 지나 무더움을 왈칵 토하곤 했다.
　누가 왔었나? 아무도 보이지 않았다. 혼선된 전화기의 말소리들과 고장 난 텔레비전의 어지러운 화면처럼, 시끄러운 잡념들이 머릿속을 헤집고 돌아다녔다. 그 순간, 전화벨이 울렸다. 열 번도 넘게 울렸다. 별 볼일도 없는 사무실에 뭔 전화? 영문은 받을까말까 망설이다가 수화기를 들었다.
　― …….
　― 여보세요?
　남자의 목소리는 굵고 탁하여 쉰이나 예순 쯤.
　― 억울하십니까?
　그 순간, 영문은 어떤 얼굴이 떠올랐다. 사무실로 찾아와서 지역주민이라는 말을 꺼내놓은 다음 잠자코 있었던 그,

얼굴과 손등에 검버섯이 어룽어룽 피어있는 늙은 낯살의 그, 꾀죄죄한 몰골과 남루한 옷차림으로 사무실을 찾아와 휘휘 둘러보며 한구석에 앉아 말없이 커피를 얻어마시던 그 정체불명의 묘한 사내.

　─ 어랴? 선생이쇼?

　─ 그렇습니다마는.

　─ 경찰서에 신고 된 도난사건 문제도 여태껏 흐지부지할 거고.

　─ 그게 이제 와서 무슨 상관이란 말입니까.

　─ 원인이 있었으니 결과가 있는 거지요.

　─ 아니, 불난 집에 부채질 하는 겁니까?

　─ 가슴에 남아있는 말이라고 함부로 드러내는 게 아닙니다. 말로 드러낸다고 다 해결된다면 세상이 얼마나 좋겠소.

　─ 이제 다 끝났습니다.

　─ 무지몽매한 유권자들만 탓할 게 아니라, 당신들의 꼼수도 마음에서 버리시오.

　이건 뭔 개지랄. 빈정거리는 말투라 여겼던 것이 생각할수록 현학적인 구석도 있었다. 영문은 전화를 끊고 나서 빈 사무실을 서성거렸다. 삐걱. 화장실 문 여닫는 소리였다. 화장실 문짝과 이를 지탱하게 해주는 경첩이 서로 화해하지 못하여 문을 여닫을 때마다 소리를 질렀지만, 어느 누가 그걸 고치려는 이 없었다. 문이 열리고 하얀 투피스차림의 여자 얼굴이 보였다. 낯익은 모습이었으나 김 아무 뭐라고 한 것 같았는데 얼른 이름이 떠오르지 않았다. 요즘에는 금방 명함을 주고받았어도, 그 흔하디흔한 성씨 뒤에 이름이 따라오지 않은 경우가 점점 더 늘었다. 나이가 들다보니 건망증인지 아니면 치매의 증세인지는 분명치 않았다.

"안녕하세요? 오랜만에 뵙네요."

가느다란 갈색 뿔테안경을 쓴 여자가 미소를 지었다. 선생님 소리가 빠진 인사를 받고 영문은 괜히 겸연쩍은 얼굴이 되었다.

"참 의리가 있으신 분이네요. 그렇게 열광하던 사람들은 코빼기도 안 보이는데, 이렇게 나와 주시다니……."

여자의 야무진 입술은 전혀 막힘이 없었다. 아, 그래 맞다. 그 여자다. 논술선생인가 뭔가 한다는 후보의 친척. 여자는 무슨 시험문제집 자료 같은 걸 책상에 펼쳐놓고 있었다.

"벌어먹고 살아야 하니까, 이걸 여기까지 들고 왔어요."

여자는 묻지도 않은 말을 이었다.

영문은 오랜만에 늦잠을 자고 일어났다. 흐리멍덩한 머리를 흔들었다. 흔들면 흔들수록 생각도 마음도 온통 얽히고설켜서 혼돈스런 머릿속은 무거웠다. 악몽에서 깨어나 벌떡 일어나보니 몇 시간, 아니 몇 달이 훌쩍 지나가 있었다. 어깨가 뻐근했다. 모르긴 몰라도 무슨 병원균들이 속속들이 육신에 잠입하여 들어와 음험한 웃음을 지을 노릇이었다.

마루방으로 나가 바깥을 내다보니, 도시는 부연 띠에 가려 떠있었다. 무연한 생각에서 깨어 꼬집어보니, 삭막한 현실이었다. 생각할수록 울화가 치밀었다. 아무것도 잡히는 게 없었다. 뇌리 안에서 만용을 부추기던 탐욕의 편린들은 어디로 사라졌는가. 허연 거품을 문 파도처럼 밀려온 지난 몇 개월은 막연한 신기루였다. 몇 십 년을 학생들과 살았던 세계와 단 몇 달간의 세상은 전혀 판이하게 달랐다. 한번 잘못 끼워진 단추를 되돌아본들, 경거망동한 시간과 현명하지 못한 판단력이 후회될 뿐. 뼈아픈 후회란 늘 행위가 태풍으로 휩쓸고 지나간 다음, 막다른 골목에서 어정쩡하게 걸려있는 허수아비에 불과했다. 자기 자신을 비켜간 행운의 신을 원망할 이유가 없었다. 악몽이란 언제나 육신 안에 머물러 있을 것이고, 행운의 유혹과 소용없는 후회는 동전의 양면과 같기 때문이다. 영문은 어둠속에서 그를 지켜보고 있을 것 같은 어떤 느낌을 받았다. 심히 부끄러웠다. 어지러운 삶에서 생기는 자잘한 탐욕들은 그 얼마나 많은가.

영문은 보았다. 욕망을 쫓아왔던 사람들이 어떤 움직임으로 다가오고 떠났는지를. 아我와 타他의 대칭점이 무엇이었는지를. 저주와 갈등으로 가득 찬 기호들만 흐느적거리던 싸움판. 생존이란 원래 본능을 위하여 비겁한 것이다. 시대와 자신의 불화가 아니었다. 그에게 정신은 치사한 육신을 위하여 늘 동조하거나 방관할 뿐이었다. 그렇지만 어떤 삶인들 치욕스럽지 않겠는가. 그건 잘 알 수 없었던 또 다른 자기 자신의 모습이었다.

승리는 신의 이름으로 인간이 만든 기쁨이고, 패배는 인간의 슬픔을 기억으로 느낄 뿐이다. 허허허. 그래, 너는 어떤 사람이냐고. ♠

흔들리는 불빛들

　비가 오고 있었다. 지루하고 습한 계절을 알리는 토요일 오후의 장맛비였다. 신도시 중앙도로를 지난 기태는 지하를 통해 바깥으로 올라와 막힌 전철역 플랫폼에 섰다. 승객들은 거의 보이지 않았다. 앞차는 바로 떠난 모양이었다. 기태는 4인용벤치에 앉아서 다음 전동열차를 기다렸다. 벤치는 플랫폼을 따라 띄엄띄엄 놓여있고, 바로 옆 벤치에는 열댓 살쯤 되는 여자 애 둘이 나란히 앉아서 뭐라고 쫑알대며 발을 까딱거렸다.

　기태는 올라온 지하계단 입구를 내려다보았다. 승객들이 하나 둘 올라오면서 플랫폼에 사람들이 늘어났다. 단발머리를 한 여자가 올라와서 우산을 접고는 맸던 배낭을 내려놓더니, 휘휘 둘러보고 나서 여자 애들 옆으로 자리를 잡았다. 빗방울들이 플랫폼 차양 위에서 멈칫거렸다. 기태는 열차가 들어오는 방향으로 고개를 돌리다가 곁눈질로 그녀를 슬쩍 훔쳐보았다. 청바지에 반소매 흰 블라우스를 입은 그녀는, 어느새 꺼냈는지 책을 펼쳐보고 있었다. 그녀의 표정은 자못 진지했고 시선은 책에 고정되어 있었다. 어디선지 사이렌 소리가 들렸다. 역 건너편인 듯싶기도 했고, 반대편인 것 같기도 했다. 사이렌 소리는 무거운 공기를 휘졌더니 사라지고 말았다. 도처에 넘쳐난 일상사의 소음이었다. 그녀는 고개를 들었다가 다시 수그렸다.

  역 구내의 확성기에서 열차가 곧 도착하리라는 안내방송이 흘러나왔다. 어느 새 승객들이 많이 늘어났다. 그녀는 책장을 덮고 배낭 속에다 집어넣더니 발딱 일어섰다. 열차가 들어왔다. 열차가 굴러오는 둔중한 흔들림이 플랫폼 바닥을 통하여 기태의 발끝으로 전이되었다. 문이 열리자 두어 명의 승객이 나왔고, 그녀와 여자애들을 따라서 기태가 들어갔다. 내리는 사람보다 타는 사람이 훨씬 더 많았다. 열차 안에는 듬성듬성 빈자리가 많았다. 종점을 떠나 몇 역을 지나지 않았기 때문이었으리라. 그녀와 기태는 맞은편 대각선으로 앉았다. 그녀는 배낭에서 다시 책을 꺼내어 아까처럼 펴들고 열심히 보았다.

서점을 들러서 책 구경을 하면서 일부러 시간을 보낸 기태는 시청 앞쪽으로 걸어갔다. 영배들이 좀 늦을 것 같다는 메시지가 휴대폰에 떴기 때문이다. 광장의 분위기는 왠지 어수선한 느낌이었다. 넓고 둥근 광장을 가득 메운 시민들은 거의 대부분이 앉아있었다. 사회자의 말소리가 우렁우렁 흘러나오자 주변에 들쑥날쑥 서있던 시민들도 점점 고쳐 앉기 시작했다. 주최 측이 모인 곳이라고 여겨진 동쪽조차 조용하기는 마찬가지였다. 확성기를 단 차량을 불법시위의 장비라고 하여 공권력이 압수를 해갔다는 것이다. 그렇지만 신부들에 의하여 행사는 진행되었다.

사람들이 꾸역꾸역 모여들었다. 그들은 손에 종이컵을 들었거나 구호가 인쇄된 종잇장을 지녔다. 장맛비는 이미 멈칫했고 시원한 바람이 얼핏 스치듯 지나갔다. 날이 어두워질수록 촛불들은 하나 둘 더 늘어났다. 바람에 흔들리는 촛불들은 꺼질 듯 말듯 위태로웠으나 불빛의 물결을 이루었다.

며칠 전의 분위기와는 확연히 달랐다. 그 때도 지금처럼 촛불을 든 시민들이 광장을 가득 채웠었다. 광우병에 걸린 소 수입반대의 구호 이면에는, 정부의 총체적 부실을 규탄하는 흐름으로 번져갔다. 소의 사료에 소뼈다구를 갈아서 섞어 먹이면 소가 미쳐서 지랄을 하며 죽는다는 병이었다. 모를 일이었다. 미친 소고기를 사람이 먹은들 증상은 몇 십 년 후에 나타난다는 것. 나라와 나라 간에 서로 물건을 사고 팔아 주어야 하는 까닭을 국민들이 모를 리 없었다. 그런데도 그들이 뽑은 정권에 대한 불만의 목소리들이 가득 찬 현수막과 구호가 적힌 표지판들이 광장의 이곳저곳에 나붙었다.

― 연행자 석방! 고시 강행 반대!

― 근조 대한민국

― 쥐박이 OUT

― 국민심판 쥐박이

― 독재MB 국민 불복종

― 경찰청장은 퇴진하라

― 무조건 국민이 이깁니다

한총련 대학생이 연단에 올라가 북한의 대남선전방송 아나운서와 비슷한 말투로 목소리를 높였다. 정권퇴진은 물론 반미 구호였다. 확성기에서 들려오는 그 학생의 야무진 목소리는 6.15공동선언을 환기시키려는 의도일 듯싶었다. 그들의 주장이 순수하다고 할지라도, 남과 북이 날카롭게 대치된 상태였다. 정부에게 다분히 강경진압의 빌미를 줄 텐데…….

그 부분이 우려되면서 잠깐잠깐 기태의 머리를 스쳤다.

한참 후에야 무대장치가 된 트럭 한 대가 멈춰 섰다. 화물

칸으로 올라간 까만 옷을 입은 신부의 굵은 목소리가 확성기에 실려 퍼져나갔다. 수많은 사람들과 천주교 성직자들은 오만한 대통령은 회개하라고 기도를 드렸다. 간간히 아침이슬과 헌법1조 같은 노랫소리도 흘러나왔다.

앉아있는 군중 사이로 들어간 기태는 훤칠한 몸을 구겨서 자리를 잡았다. 커다란 시계가 걸린 시청건물 앞 가까운 곳이었다. 주변은 낯선 사람들뿐이었다. 아니, 날마다 오는 사람들도 있었겠지만 기태는 그들이 낯설었다. 모두 하나의 명제로 모였지만 생각의 색깔은 저마다 조금 씩 다를 수 있었다. 종이컵에 든 불꽃들이 가끔씩 붉고 노란 빛으로 흔들거렸다.

기태는 고개를 쑥 빼어 옆으로 돌렸다. 인파의 끝은 얼른 보이지 않았다. 늙은 여인 한사람 건너 웬 여자였다. 흰옷을 입은 그녀는 촛불이 꺼진 흰 종이컵만 달랑 들고 있었다. 단발머리를 한 그녀의 옆얼굴이 왠지 낯익은 검은 형상으로 다가왔다.

바지 주머니에서 살갗을 타고 휴대폰이 울렸다. 휴대폰은 들들거리다가 이내 조용해졌다. 기태는 무슨 생각이 들었는지 촛불을 내려놓고 휴대폰덮개를 열었다. 메시지 확인. ㅡ 기태 형, 어디에요? 한 바퀴 돌고 광화문비각 앞에서 만나요. 박 털이었다. 박 털은 영배와 대학동창이고 미술학원을 시간

강사로 나가는 화가다. 구레나룻을 기른 탓으로 영배와 기태는 그를 박 털보라고 불렀다가, 성씨를 얹힌 호칭이 다시 줄여져 박 털이 되었던 터였다. 박 털 역시, 그 호칭이 그다지 싫지가 않았는지 별로 토를 달지 않아서 그대로 불렀다.

사람들은 요즈음 계속해온 것처럼 거리로 나가 꼬리에 꼬리를 물어 걸었다. 도깨비불마냥 금세 수없이 늘어났던 촛불들의 행렬은 시청 앞을 떠나 남대문 쪽으로 흘러갔다. 그곳은 청와대의 반대 방향이었다. 손에 손으로 촛불을 든 인파의 머리는, 불에 타 거멓게 그을린 남대문 앞에서 왼쪽 명동 방향으로 천천히 움직이며 행렬은 꼬리를 물었다. 깃발들이 흔들리며 사람들을 끌고 갔다. 흡사 시냇물이 모여 강물을 이루어 나가는 급류의 물살 같았다. 기태는 촛불을 들고 무리 속에 섞였다. 긴 행렬은 남대문에서 왼편으로 돌아 한국은행과 신세계백화점 쪽으로 흘렀다. 기태 역시 무리에 휩쓸렸다. 걷느라고 하마터면 주머니 속에서 휴대폰의 진동을 못 느낄 뻔했다.

메시지 확인. - 신문사 앞으로 오세요.

서울신문사빌딩 앞 공터의 어둠 속에서 박 털이 시익 웃으며 기태에게 손을 흔들었다.

"그간 잘 계셨지? 영배는?"

기태가 근방을 두리번거리며 물었다.

"화장실에 갔어요."

"그래서 여기로 장소를 바꾸었구먼. 미술학원 일은 잘 돼?"

"그냥 그렇죠 뭐."

"불경기라서 나 다니는 회사도 마찬가지야."

기태는 빌딩과 가로등에서 내려 비추는 불빛으로 드러난 박 털의 건강한 얼굴을 바라보았다. 커다란 배낭이 박 털의 작은 체구를 짓누르고 있었다. 디지털카메라와 노트북과 1박이 가능한 옷가지 따위가 들어있을 배낭이었다.

"행진대열은 어느 쪽으로 갔을까요?"

"남대문을 돌아서 명동으로 가는 걸 보고 소공동에서 곧장 이리로 왔는데……."

신문사 건물 안에서 하얀 반팔 셔츠를 입고 어슬렁어슬렁 걸어 나오는 폼이 영배가 틀림없었다. 영배의 모습은 여전했다. 툭 튀어나온 배며 어기적거리는 걸음걸이는 급할 것 없는 성품 그대로였다.

"잘 지냈어?"

"아, 형. 오랜만이에요. 나 때문에 늦어서 미안해. 오늘 엄마 제삿날이었거든."

영배는 어둠속에서 하얀 이를 드러냈다. 한없이 사람 좋으면서도 이따금 격한 성격으로 변한 영배를 볼 적마다, 기태는 어눌했던 선생님이 떠올랐다. 영배의 부친은 시골에서 중학교교사를 지낸 기태의 담임선생님이었다. 군대에서 제대를 하고 장가를 일찍 든 탓으로 아이가 둘인 영배는 출판사에 다니는 수입으로 턱도 없는 생활비를 감당하기 어려웠다. 그래서 시간이 나는 대로 논술지도강사로 아르바이트도 하고, 그의 아내는 음식점 같은 데에 허드렛일을 다녔다.

"이러지 말고 우리 생맥주나 한잔들 하지 뭐. 행진이야 이따가 광화문에서 만나면 되는 거 아냐?"

"그래요. 그 까짓것 뭐."

이구동성으로 박 털과 영배가 맞장구를 쳤다. 박 털이 어디론가 전화를 하느라고 뒤로 쳐지고 영배가 기태와 나란히 붙어서 말을 꺼냈다.

"큰 아이가 작은 아이를 잘 돌보지 않고 싸워서 큰일이어요."

"왜, 남매인데 그럴까?"

영배는 기태의 반문이 끝나기도 전에, 아이들 이야기를 술술 이어내기 시작했다. 큰애를 낳을 때만해도 그런대로 보약도 먹이고 했는데, 작은 애를 낳고는 어렵게 생활을 하다 보니 그렇지 못했노라 는 것이다. 원래 병치레가 잦아 허약한 작은 애를 챙겼는데, 큰애가 샘을 내는 통에 야단을 쳤더니 심통을 부리는 모양이었다. 기태는 딸인 큰애와 아들인 작은 애를 몇 번 본 적이 있었다. 딸애는 다부지고 무척 영악해보였다.

그들은 청계천의 상징인 고동 탑을 지나서 무교동으로 꺾었다.

"아참! 형? 누구 하나 불러도 될까?"

"누구 있어?"

"가끔 만나는 잡지편집 멤버인데, 오늘 행사에 왔다고 연락이 와서 말이야."

영배는 기태 옆으로 바짝 다가서며 평소처럼 남의 말을 하듯 슬쩍 제 의견을 자연스럽게 끼워 넣었다. 박 털을 내려다보던 영배가 눈을 찡긋했다.

"그렇지 뭐, 젓가락 하나만 더 놓으면 되는데."

빌딩들이 우뚝우뚝 모여 있는 한가운데 골목길이었다. 생맥주집 바깥 공터에는 손님들이 몇 개의 테이블을 차지하고 있었다. 그들은 하얀 합성수지 의자들이 모여 있는 빈 곳으로 털썩 주저앉았다. 그들이 들어온 골목길이 한눈에 빤히 보이는 자리였다.

"오백 세 개에다 치킨 한 마리!"

뻥튀기 과자 접시가 테이블에 오르자마자, 영배는 메뉴판도 훑어보지 않고 종업원에게 주문을 했다. 그리고 어디서 전화가 왔는지 휴대폰을 뽑아들고 한쪽으로 가서받았다.

"금방 오겠네. 바로 가까운 곳이라네요."

"우리 먼저 마시자."

모두 유리잔에 거품을 물고 있는 시원한 생맥주를 들어 마셨다. 먼발치에서 이쪽으로 한 사람이 걸어오고 있었다. 청바지에 흰 블라우스를 입은 여자였다.

"어이! 민 선생! 이쪽이야, 이쪽!"

영배가 발딱 일어서며 여자를 향하여 팔을 흔들었다. 그녀가 다가와서 자리에 앉았다. 그들과 여자는 전혀 생소함이 없이 자연스런 모습이었다. 그녀는 영배가 기태를 소개시키자, 기태의 얼굴을 보는 둥 마는 둥 단발머리를 출렁이며 고개만 살짝 숙였다.

"우리 고향 형이야."

"민 영이에요."

"강 기태 입니다."

그녀의 목소리는 가늘었지만 또릿한 음성이었다.

"우리 다시 한 번, 미친 소를 위하여 건배!"

박 털이 맥주잔을 높이 들면서 외쳤다. 시원한 맥주가 목구멍과 식도를 타고 짜르르 뱃속을 적셨다. 닭튀김 접시가 놓이자마자, 영배는 뱃속이 출출했는지 다리를 집어 들어 허겁지겁 뜯어 먹었다. 기태는 그녀를 다시 보는 순간부터 조금 긴장이 되었으나 찬 기운이 몸에 서서히 젖어들면서 차츰 안정되었다. 분명히 전철역에서 보았고 광장에서 실루엣으로 비쳤던 그 여자였다.

"그런데 말이야, 오늘은 촛불이 엄청나게 많이 늘어났어. 이젠 종교계가 들러붙었으니까, 만만치가 않을 걸. 개들이 인터넷 아고라를 우습게 봤지, 지금이 어떤 시대인데 보수신문 몇 군데에 정권을 맡겨놓고 국민 알기를 엿으로 아는 건지 이해가 안 돼."

영배가 자신감 있게 뱉더니 호기롭게 맥주를 마셨다.

"누리꾼들도 하도 많으니까 별 놈들이 다 설치는데, 난 그 말도 안 되는 댓글나부랭이를 올려놓은 알바 새끼들을 그냥 패죽이고 싶더라고."

"그거 돈 몇 푼 때문에 지들 영혼을 팔아 그 지랄하는 거 아냐?"

네 사람은 촛불집회의 핵으로 떠오른 인터넷 포털사이트에 관한 불을 지폈다.

"우리 생각과는 조금 다르지만, 논리를 제대로 펴고 토론에 들어오는 사람들도 있긴 해요."

"가끔 좌빨이니, 졸라맨 같은 말로 매도하는 용어를 쓰는 알바들의 막 돼먹은 말장난이 나오지만……."

"촛불주최 측에서도 이제까지 해왔던 그런 상투적인 방법은 버려야 해!"

세 사람은 동시에 의외라는 눈빛으로 기태의 이어질 꼬리말을 기대라도 하듯 바라보았다. 기태는 부지불식간에 자신에게 시선이 모아진 것을 의식하고 겸연쩍은 얼굴이 되어버렸다.

"아니, 아까는 대학생 녀석이 연단에 올라가서 이상한 소릴 지껄이더라고."

"형, 6.15선언 날이니까, 맞물려서 반미 발언을 했나본데……그런 거 아뇨?"

"그게 문제가 아니라, 촛불의 동력이 떨어진 게 문제지."

"아닐 걸. 날마다 이 짓을 계속하니까 힘이 빠져서 좀 그렇지, 다시 이슈만 나오면 또 들끓을 거야."

박 털이 영배의 말을 거들면서 모두 서로를 쳐다보면서 여유 있게 웃었다.

대통령이 취임하면서부터 벌써 두 달 째 나라는 안팎으로 시끄러웠다. 광우병에 걸린 미국산 쇠고기가 수입되는 걸 반대하는 시위가 연일 끊이지 않았다. 미국은 북한이 핵을 포기한다는 보장을 받기로 했는지, 테러지원국 리스트에서 빼주기로 한 6자 회담의 틀을 다지고 있었다. 신문과 방송에서는, 날마다 국제유가의 상승으로 세계경제가 불경기의 바닥으로 빠져들고 있다고, 엄살인지 공갈인지 마구 윽박질렀다. 그런 어마어마한 뉴스야 세상만사 흐르는 데로 돌아갔다. 그날그날 벌어먹고 사는 사람들만 주머니에 돈이 말라서 죽을 맛이었다.

두 달이 다되도록 허둥대는 정부의 처방은 별 수가 없었다. 미국쇠고기 협상문제로 국민들과 평행선을 그었다. 국민의 눈에는 정권이 여전히 오만방자한 것으로 보였다. 국민의 마음을 헤아리지 못한 무지에서 시점을 놓쳐 시간만 허비하고 있었다. 더구나 새로 선출된 여소야대의 국회마저 정략적으로 서로 눈치를 보면서 마치 권투선수들의 탐색전처럼 툭툭 치거니 받거니 했다.

정부 딴에는 심사숙고해서 발설한 언변들이란 것이, 오히려 불길에 기름을 붓듯이 국민을 분노하게 만들었다. 정권의 불편한 심기를 대변이라도 하듯 줄이 닿은 논객들은 양념처럼 틀에 박힌 말들을 되풀이하고 있었다. 야당도 무기력하기는 마찬가지였다.

이제 국민들은 독재정권들을 견뎌오면서 깜냥으로 통치

의 본질을 깨우치고 알만하여, 그 어떤 술수에도 기민하게 받아들이며 만만하지 않았다. 이미 인터넷은 국민들에게 일상화되어 있었다. 진화에 진화를 거듭했기 때문이다. 본질이 정직하지 않으면 그 어떤 감언이설이라도 통할 수 없었다. 그러니 혹세무민이라는 말조차, 그냥 사전에나 있는 사자성어일 뿐이었다.

촛불의 현장에서 과학의 산물들은 빛을 발했다. 젊은이들이 열 손가락으로 두들기는 노트북의 자판은 빠른 속도로 글을 만들었다. 디지털카메라의 줌렌즈는 멀리 있는 사물의 동영상을 빨아들여서 말과 사진은 금세 인터넷으로 퍼졌다. 네티즌의 마음과 마음을 파고 든 내용이면, 복사가 되어 태평양과 인도양을 넘어서 멀리멀리 안테나가 있는 지구의 곳곳에 알려졌다. 그리하여 몇몇 언론이 여론을 독점하던 시대는 지나가며 손바닥으로 하늘을 가릴 수 없는 세상이 되어버렸다.

국민들은 스스로 통치의 시대를 열어가고 있는 중이었다. 세상은 더 불확실하게 다가오고 있지만, 신인류는 짧은 일생의 길을 적당하게 예측 할 줄 알았다. 그 생존의 시기 안에서 교차되는 행복과 불행을 삼키고 뱉을지도 알았다. 일생을 평온하게 살려는 국민에게 불편하고 걸림돌이 되는 정권을 용

납할 어리석은 국민은 점점 줄어들고 있었다.

통치자는 국민을 마음으로부터 떠받들어야 했다. 국민을 하찮게 보려는 통치자에게 오늘의 명예는 내일에 오욕이 될 것이며, 오늘의 영광은 내일의 치욕으로 변하게 될 것이었다. 그가 누구든 인류가 존속하는 한, 보편적 가치를 지녀야 할 인간의 덕목에서 벗어나면 역사에 의하여 가차 없이 베어질 것인바, 통치자의 명예는 오직 국민들에 의하여 회자될 뿐이다.

쇠고기 재협상문제는 발화점으로부터 점점 멀어져 가고 있었다. 금방 잊어버리는 사람들의 속성 때문일까. 그러나 국민은 한낱 정권의 실험대상이 아니었다. 실망과 분노를 안겨준 정권에게 국민은, 언제까지나 기다려만 주는 아량이 부족했다. 그러므로 시점을 잃지 않고 국민과 통치자는 서로 진실이 담긴 소통이 필요했던 것이다.

하긴 직전 대통령시절 춘삼월에도 촛불들이 한 주일 내내 도깨비불처럼 도심을 떠돌았다. 사람들 떼거리는 거리로 쏟아져 나와 다수의 야당에게 소리를 지른 적이 있었다. 그 때는 대통령이 서울에 있는 국가권력기능을 충청도에 만들 행정수도로 옮긴다는 것을 국회에서 탄핵을 해버린 것이다. 결국 헌법재판소에서는 이 눈치 저 눈치를 보다가 아리송하게끔 행정부의 일부만 옮기도록 판결을 내렸다. 집권자가 백기를 든 모양새를 보여선지, 사람들은 금세 잠잠해졌다. 총선거까지 겹쳤으니 정국은 아수라장이 따로 없었다. 거기다가 언론과 권력은 속성대로 모두 물과 기름처럼 서로 핏대를 올렸다. 입으로는 국민을 팔고 제2의 권력을 틀어쥐려는 언론의 속내역시 황금분할이 어쩌고저쩌고 하며 교묘하게 장난을 쳤다. 인터넷 아고라에 뜬 여론이 다르고, 신문의 사설이 달랐다. 방송토론이 대립되는 건 고사하고, 사람들의 마음도 제각각 찢어진 채 어디론가 흘러가고 있었다. 누구의 말마따나 대륙도 아니고 섬도 아닌 어정쩡하게 붙어있는 나라 탓인지도 몰랐다. 지지리 복도 없는 국민들은 반 토막이 되어버린 나라꼴도 모자라, 계속 갈등과 격랑에 휩쓸리면서 살았다.

어두운 밤에 모여든 촛불들은 사람들이었다. 한여름 밤에 청정한 냇가에 모여드는 반딧불처럼, 도시의 가로등 불빛으로 몸을 던지는 불나방 떼처럼, 물 한 방울이 모여 시냇물을 이루고 강물로 도도히 흐르고 있었다. 공허한 마음을 허허롭게 구호로 내지르다가도 국민들은 서로에게 힘이었다. 촛불은 제 몸을 태우면서 어둠을 밝혔다. 촛불들은 빗줄기 속에서도 명멸하는 생명의 존재였다. 종이컵에 든 촛불이 타면서 촛농이 눈물처럼 흐르고 있었다.

"선배님? 주최 측이 너무 정치적인 거 같아요. 정말 소고기가 문제의 본질일까요? 쇠고기 협상 이야기만 해야 하는데, 자꾸 쓸데없는 소릴 하면 일반 시민들은 집회를 점점 외면하게 될 거 같아요."

처음부터 남정네들의 말만 듣고 있다가 모처럼 민 영이 끼어들었다.

"정치적? 그건 아니지."

"아니 뭐, 나쁜 의미로 말씀을 드리는 건 아니고……저흰 논술 지도교사 노릇도 열심히 하고, 돈도 많이 벌자는 거지요. 호호호."

민 영이 부드럽게 말을 건네고는 잇몸을 드러내며 웃었다. 생뚱한 건 아니었지만 반응이 차분하자, 웃음소리는 담배연기처럼 사라지고 말았다. 종업원이 생맥주를 가져와서 빈 잔을 가져간 후 기태는 단호하게 잘라 말했다.

"광우병 촛불집회에서 이념투쟁 같은 구호가 나와선 곤란하지. 잘못하면 공권력에게 탄압의 빌미만 주고 대책이 없는 짓이 되어버리고 말걸."

"이놈의 세상, 갈수록 희망이 절벽입니다."

영배의 말이 끝나기가 무섭게 민영이 닭 날개를 뜯다말고,

"난 잘 모르겠어요. 광우병이 든 쇠고기든 아니든 간에, 아

직도 사람들은 고기를 먹어야하는 동물의 먹이사슬에서 자유롭지 못하거든요. 투쟁의 의미는 알 것 같지만……먹고 사는 게 너무 힘들어서 저기 열심히 나온 사람들처럼 그렇게 깊이 생각해보진 않았어요. 그게 무슨 자랑은 아니지만, 솔직히 말해서 미안한 맘도 많이 없거든요. 나도 그렇고 저 많은 사람들도 그럴지 모르죠. 겉으로는 나라를 걱정하고 미래를 위해서라고 막말들을 하지만, 욕망으로 쌓은 도시니까……욕망들만 가득 가득차서 이제는 모두들 부글부글 들끓어 터지기 일보직전 같아요. 이런 도시에서 그걸 탐하는 사람들이 넘쳐나는데, 누가 누구에게 돌을 던질 수 있겠어요."

"어허! 그러니까, 확 바꿔야한다는 겁니다."

영배가 재차 다그치는 말투로 목청을 높였다.

"그런다고 오염된 세상이 달라질까요?"

"그래요. 설혹 달라진다 해도 또 다시 흐려지겠지만…그렇지만 사람들은 이제까지 그렇게 환경을 바꾸면서 살아왔습니다."

기태가 나서서 천천히 말했다. 야무지게 입술을 달싹거리던 그녀는 무슨 말인지 더 꺼내려다말고 그냥 맥주를 홀짝홀짝 마셨다. 박 털은 가끔 씩 일어나 몇 발자국 떨어진 곳으로 걸어가서 휴대폰을 받았고, 영배는 비시시 웃으며 의미모를 표정을 지었다. 빌딩들이 내비치는 네온사인도 꺼졌고 사방의 불빛들이 사위어졌다.

"어지간히 들 마셨네. 더 마실래요?"

박 털이 손목시계를 보면서 말했다. 그러자 바로 이어 영배가 한쪽 눈을 찡긋하면서 말을 받았다.

"형? 우리는 또 갈 데가 있어. 아, 그리고 민 선생도 집에 들어가야지요."

"우리가 좀 도와주러 가야 해. 아마, 광화문에서 한바탕 시끄러울 거야."

"기태 형? 우리 먼저 간다아. 술값계산은 박 털이 아까 화장실에 가면서 했어."

"아냐, 나도 함께 가야지."

그들은 모두 일어섰다.

그날은 모든 일이 엇박자였다. 촛불들의 행진은 청계천 광장을 돌아서 시청 앞을 지나 태평로 남대문에서 왼편으로 꺾었다. 깃발들이 앞장을 서고 행렬이 뒤를 따랐다. 광교를 넘어서였다. 후드득, 갑자기 굵은 빗방울들이 쏟아졌다. 비가 왔던 탓으로 몇몇 사람들은 더러 비옷을 입었거나 우산을 받쳐 들었다. 대부분은 빗줄기를 피하지 못하고 우왕좌왕했다.

기태는 사위를 두리번거리다가 보신각을 보았다. 얕은 철제 담을 훌쩍 뛰어넘어 건물 아래로 바짝 다가가 섰다. 종로 1가 쪽에는 교통경찰들의 호루라기 부는 소리, 집회 측 차량의 확성기 소리와 사람들 와자지껄하는 소리로 몹시 시끄러웠다. 종루누각 아래는 아무도 없이 조용하기만 했다. 희미한 불빛과 어둠이 목조건물의 기둥과 기둥 사이를 지그재그로 교차했다. 얼마나 지났을까.

"거기 누굽니까?"

"저 말입니까아?"

"선생 말고 누가 있습니까?"

"왜, 그러시죠?"

"선생께서는 문화재보호법을 위반하셨습니다."

"제가요? 저는 그런 일이 없는데요."

"일단 이리로 따라오십시오."

땅땅하게 생긴 사내는 딱 잘라 말했다. 기태는 어리둥절하여 검정바지에 흰 셔츠를 입고 있는 사내를 따라 보신각 뒤편으로 향했다. 이건 뭔가 잘못되기는 된 것 같은데, 도대체 알 수가 없었다. 그렇다고 이렇게 영문도 모르고 끌려가는 것처럼 따라가는 일이 죄인과 다를 게 무엇인가. 기태는 어정쩡한 자세로 한걸음 두 걸음 따라가고 있었으나 그 짧은 순간, 머릿속에서는 여러 가지 생각들이 어지럽게 부딪치며 튕겨나갔다.

몇 개월 전에 추운날 밤 남대문에서 화재사건이 일어난 적이 있었다. 어떤 칠순의 늙은이가 토지보상에 불만을 가지고 있었는데, 법원 같은 요로에 여러 차례 진정을 넣었으나 받아들여지지 않아서 불을 지른 것이다. 서울 한복판에서 수백 년의 세월을 민족의 상징물로 자리매김 되어 온 국보 1호가 아닌가. 날름거리는 불길에 휩싸여 순식간에 와르르 무너져 내렸다. 무슨 영화의 한 장면 같았다. 아마 그 장면을 본 사람들은 모두 허전하고 멍한 상태였으리라. 사람들의 눈을 피할 요량으로 늙은이는 밤늦은 시간을 택했다는데, CCTV에게 잡힌 것이다. 그 늙은이가 플라스틱 용기에 신나를 담아서 접이용 사다리를 타고 남대문 이층 누각까지 침입하여 움직이는 모습이 텔레비전 화면에 나온 기억은 생생했다.

갑자기 문화재에 대한 경비가 강화된 건가? 아니면, 데모대들을 잡아들이기 위해 별 수단을 다 쓰는지 감을 잡을 수가 없었다. 그리고 저 사내! 아무래도 사내를 순순히 따라가서는 낭패일 것 같았다. 사내는 경찰이거나 종각을 경비하는 사람 같았다. 아니, 정체가 불분명했다. 기태는 그냥 자리에서 튀는 게 상책이라고 맘을 다졌다. 왠지 그 주변의 낌새가 이상했던 걸 혼자서만 멍청하게 몰랐다니. 생각해보니 빗줄기가 억세게 쏟아지는데도 사람들이 그냥 있는 것도 그랬다. 가까워서 소나기를 피하기에 안성맞춤인 보신각 건물 안으로 아무도 따라오지 않은 점도 이상했다. 그제야 기태는 갑자기 심장이 퉁탕거리며 빨리 뛰었다. 앞서 가는 사내가 뒤를 돌아보자 몇 걸음을 따라가는 척 했다. 순간이 결과를 좌우하는 건 당연했다. 그래서 슬금슬금 눈치를 보다가 사내가 안심을 하고 뒤를 돌아보지 않는다싶어 잽싸게 반대로 뛰어 담장을 넘었다. 인도를 오가는 인파에 섞여 신호등과 상관없이 사람들이 오고가는 사이에 건너편 쪽으로 냅다 달아났다. 그리고 긴 숨을 토하며 뒤를 돌아다보았다. 사람들과 빗물에 아른거리는 네온사인의 불빛들이 어질어진 탓인지 사내는 보이지 않았다.

휴대폰 메시지가 날아와서 기태는 박 털들을 청계천에서 다시 만났다. 그리고 따로 따로 헤어졌다. 민 영은 기태와 같은 방향이었다. 박 털이 기태에게 눈을 찡긋했다. 기태는 민 영과 함께 다시 시청 방향으로 걸었다. 행렬이 휩쓸고 간 거리는 한산했고 드문드문 버스와 택시들이 지나고 있었다. 버스 정류장에는 몇몇 사람들이 의자에 앉거나 서성거리고 있

었다. 민 영이 앞서 걸으며,

"일단 여길 빠져나가야 버스든 뭐든 잡히겠죠?"

"그래야지요." 라고, 기태는 오후에 그녀가 탔던 전철역을 떠올리면서 말했다. 거리에 서있는 은행나무 가로수들의 검은 잎을 나트륨가로등 불빛이 비추고 있었다. 어떤 빌딩꼭대기에서 네온사인이 휘황찬란한 빛으로 반짝이며 움직였다. 고층빌딩과 빌딩 사이로 빛을 잃은 반달이 허옇게 걸려있었다.

시청 광장은 텅 비어있었다. 아까만 해도 그토록 시끄러웠던 확성기 소리에서 들리던 앙칼진 여성 사회자의 목소리는 들리지 않았다. 해 뜨는 동해에서~ 로 시작되는 '광야에서' 의 노랫소리도 들리지 않았다. 왜, 무슨 까닭으로 희망은 절망으로 바뀌려는 것일까. 어떤 바이러스들이 군중들의 몸에 틈입했기에, 너울거리던 분노의 불길조차 시간 속으로 함몰되는 걸까. 기태는 민 영과 함께 광장을 가로 질러 걸었다. 그 많던 촛불의 물살로 일렁이던 장면이 떠오르면서 쓸쓸한 느낌이 들었다.

"군중 속의 고독이 따로 없네요."

"모두 쓰나미처럼 빠져 버린 모양입니다."

"저는, 전철인데요."

"저도 1호선입니다."

"전 4호선인데요."

"물론이죠. 저도 서울역에서 갈아 타야하니까요."

광장 횡단보도를 건너며 의아스런 눈으로 바라 본 민 영을 느끼며 기태는 애써 모른 척 했다. 시청지하철역에 다다른 둘은 막 들어오는 열차를 탔다. 열차 안에는 승객들로 가득 차 있었다. 기태는 배낭을 멘 민 영과 노약석 앞에 서있었다. 열차가 다음 역에서 멈추자 그들도 승객들과 함께 내렸다. 뒤따라 내리는 기태를 돌아보고 민 영이 눈을 똥그렇게 뜨면서 목소리를 높였다.

"4호선으로 갈아탄다니까요."

"그렇다니까요."

환승역으로 걸어가는 동안 서로의 얼굴을 마주 보았다. 늦은 시간임에도 오가는 사람들은 의외로 많았다. 그녀는 기태에게 무슨 말인지 하려다가 말고 미소를 띠었다. 하늘색 띠가 둘러진 지하 벽을 따라 계단을 내려갔다.

"혹시, 오늘 다른 곳에서 저를 본 기억이 없어요?"

"글쎄요……."

"난, 보았는데……전철역에서 책을 보고 있었지요?"

"아……그랬구나. 암튼 한 도시에 사는 분을 만났으니 놀랍고, 반갑고……."

착 갈앉은 말을 듣던 그녀는 놀란 눈으로 기태의 얼굴을 뚫어지라고 쳐다보았다. 그리고는 혼잣말처럼 끝을 못 맺으며 하얀 얼굴에 웃음을 가득 베어 물었다. 사당역을 지나서 빈자리가 생기자 민 영이 앉고 배낭을 받아 건네주던 기태는 그녀 앞에 섰다. 속도는 시간을 따라왔다. 문이 열리자 플랫폼의 바닥이었다. 나무 벤치가 보였다. 공교롭게도 아까 오전에 열차를 탔던 그 지점이었다. 그녀는 휙 뒤를 돌아보며 느닷없이 기태에게 말을 던졌다.

"나, 소주 한잔 사주실래요?"

둘은 식당으로 들어가서 삼겹살을 씹고 참이슬을 마셨다.

"사람들은 참 이상해요. 자신들이 선택해서 뽑은 사람을 촛불인가 뭔가로 심판한다며 손가락을 자르고 싶다는 둥 헛소리만 해대니."

"시행착오라 할까? 기대가 실망으로 바뀐 탓이겠지요."

"그런데요. 강 선배님? 정말 좋은 세상은 언제나 올까요?"

"영원히 안 올지도 모르지요. 인간이 인간들의 탐욕을 끝없이 채워줄 수는 없으니까."

촛불들과 인파와 확성기에서 울렸던 소리가, 조각난 파일처럼 기태의 뇌리를 휩쓸고 지나갔다. 어떤 이명이 귓가에 맴도는 듯 했다. 되돌아보니 이제 촛불 따위는 자기 자신과 아무런 관계가 없는 일처럼 느껴졌다. 긴 침묵이 흘렀던 탓일까. 고기 타는 냄새가 배어든 몸을 털며 일어섰다. 그리고 드문드문 불이 꺼진 상가들을 지나 2층으로 올라갔다. 그들은 알딸딸한 취기를 녹이려고 생맥주를 거푸 마셨다. 민 영이 입을 열었다.

"이제 갈까요?"

"그래요. 우리, 나가요."

"어디로요."

"그냥 거리로……."

우리? 기태는 우리라는 말이 걸렸다. 흐릿한 대꾸가 못마땅했던지, 갑자기 그녀는 미소를 머금은 듯 했던 입술을 야멸스럽게 닫았다. 이미 술기운은 짜르르 기태의 온몸을 휘감고 있었다. 생맥주를 마시고나서 그녀는 초점이 흐려진 눈으로 일어섰다. 오뚝한 코와 투박하게 생긴 입술이 어른거렸다. 중심을 놓친 그녀의 몸이 흔들거렸다. 기태는 자기 자신도 모르게 그녀를 부축하려고 어깨를 잡았다. 그러자 그녀는 순식간에 정신을 차린 듯 손을 내저으며 야멸스럽게 기태를 밀어버렸다. 술김에도 기태는 변덕스런 그녀의 마음을 헤아리기 어려워 당혹스러웠다. 마치 혼돈스런 불빛들처럼. 의자에서 빠져나와 홀의 입구를 향해 발걸음을 옮기는 그녀의 몸은 언뜻언뜻 중심이 뒤뚱거렸다. 기태는 흐흐거리며 그녀를 물끄러미 바라보았다.

호프집 바깥은 어두웠다. 나무계단이 삐걱거렸다. 나무계단은 그들의 무게를 견디지 못하여 마찰음을 냈다. 계단이 꺾어지는 곳은 평평하고 넓었다. 바로 그 때였다. 귀밑으로 후끈한 술 냄새를 풍기며 그녀가 기태의 허리를 붙잡았다. 조금 전과 전혀 다른 그녀의 행태에 기태는 머리가 어뜩하여 종잡을 수가 없었다. 기태도 돌아서서 그녀를 와락 껴안았다. 그러자 본능적으로 몸을 슬쩍 빼내려하던 그녀는, 무슨 생각이 들었는지 기태를 꽉 부둥 켜 안았다. 그녀의 손목에서 전달되는 힘이 힘껏 기태의 몸으로 스며들었다. 목이 조여서 숨이 꽉 막힐 정도로 으스러지도록 껴안은 그녀를 기태는 아무 말 없이 받아들었다. 그녀가 등에 맨 배낭이 기태의 양손에 거추장스럽게 걸렸다. 아무래도 좋았다. 그들은 온몸으로 퍼진 술기운인마냥 한참동안 어둠에 잠겨있었다. 계단을 올라오던 웬 여자가 그들을 비켜서서 주춤거리다 빤히 쳐다보더니 고개를 돌리며 계단을 올라갔다. ♠

안개가 훔친 넋

자시子時가 지났다. 사위는 캄캄했다. 눈발이 떨어지면서 뺨에 묻었다. 치상은 선뜻한 기운을 느낄 겨를도 없이 마음이 조급했다. 휘청거리는 키를 오그리고 손전등 불빛을 휘저으면서 어둠을 건져내었다. 어디선지 가끔 개 짖는 소리가 컹컹 들렸다. 개는 멀리 떨어진 인기척을 냄새로 알았을까, 아니면 가끔 번쩍거리다가 명멸한 손전등의 불빛을 보면서 짖었을까.

치상의 불안한 손놀림은 쫓기듯 흙을 거칠게 파헤쳤다. 꽃삽을 챙겨놓고도 차에 싣지 못한 것이다. 그러나 미처 땅을 팔 연장도 없이 급히 왔던 일을 후회할 겨를이 없었다. 등을 굽혀 뾰족하게 생긴 돌을 집어 들었다. 꽁꽁 얼어있는 땅

잔바람에도 흐느끼는 잎새의 아픔이
마디마다 나날이 농익어간다.

미술을 배운 적 없이, 어이타
늦둥이로 어설픈 시인이 된 내가
그린 대나무 숲,
적요한 봄날의 이 실수를
벽에다 걸까 말까 망설인다.

겨울나기 3

겨울비가 다 비우라고 다그친다.
통보는 미리 하였단다. 가을 햇살에 넣어서
핏기 마른 이파리들 더는 버틸 수 없어
예고된 아픈 이별을 결행한다.

철새가 날아오는 하늘가
혹한이 서서히 두께를 부풀리고
홑겹의 허수아비는 하릴없이 무저항이다
거리에 행인도 움츠린 몸짓으로
낙엽처럼 몰려가고

시장통마다
겨울을 팔고 사는 종종걸음들
강추위를 물리칠
방한용품들이 즐비하다

나목들, 가녀린 뿌리로
땅속의 온기 붙들고 동면에 드는데
하늘과 땅으로 갈라져, 아리도록 눈짓하는
저 별에게 거리를 좁히고 있는, 나는

이 혹한의 계곡을 건너간다
저 나목들과 함께 서서…

내 몸에 사는 쥐

찌든 몸 용케 알아본 뒤
허락 없이 들어온 쥐,
새벽마다 곤한 잠을 갉아먹고 있다.

뾰족한 이빨에 물어뜯긴 종아리
통증이 온몸으로 번져간다.
이리도 부족한 잠에 웬 심술인가
마비된 잠, 한참 동안 풀리지 않는다.

달리 묘약이 없다.
손끝과 발톱 위에 침을 바르며
내 몸에서 떠나라고 통사정한다.

허기를 채운 쥐, 애원과 통정한 뒤
시나브로 절름거리며 일어서도록 풀어준다.

쥐 오줌으로 얼룩진 시골집 천장 같은
얼룩무늬의 하루 하루

언제부터인가
쥐의 입맛에 맞춰진 나의 살맛, 그것은
무너져가는 체질과 피의 선로가 녹슨 때문이지.

어디쯤에서 나를 놓아줄 것인가?

껍질論

톱날에 제 속살을 드러낸 나무들
드센 바람과 햇볕을
촘촘히 나이테로 새겼다. 그 배경엔
속살을 단단히 감싸준 수피가 있었다.

폭풍우가 껴안으려 날뛰어도
그 깊이와 중심을 간파한 수피樹皮가
제 그늘 넓이만큼 땅속 깊숙이
뿌리의 길을 내어두었었다.

가을볕에 잘 여문 호두열매도
갑옷처럼 단단한 껍질이 있었다.
껍질 없이, 그 어떤 열매가 떫은맛을 익혀낼 수 있을까.
나무들은 수피를 껴입고
어떤 공격도 기꺼이 견디었다.

종일 밭이랑에 엎드린 억척 어머니,
나의 듬직한 껍질이었다.
그 껍질의 힘으로 나는 독하고 매운 세상도
무사히 건널 수 있었다.

외톨이

숲속에서
우레에 떠내려 온 돌멩이 하나,
되돌아갈 길을 잃었다.

땡볕에 뜨겁게 달아올라
까맣게 타들어가는 이 마음 뉘 알까.

고우苦雨에 또다시 휩쓸려
산자락 외진 강가로 밀려가
조약돌에 몸 비비며
얼굴 묻고 잠들려 해도
산새소리 솔바람소리…
강변에 뒹굴어도 숲속의 기억뿐.

배부른 사람이 있고 배가 고픈 사람도 있게 마련이다. 사는 자는 살고 죽는 자는 죽는 게 이 세상의 이치가 아닌가.

너도나도 자식들의 장래를 위해 유학 열풍이 불었다. 바람이 들어 아내와 딸아이를 호주에 보낸 4년은 무척이나 긴 세월이었고, 시들한 회사마저 그만 두게 된 것은 아이의 학비와 생활비를 대기 위한 몸부림이었다. 넓은 아파트를 팔고 작은 아파트를 전세로 얻었다. 새옹지마라고나 할까. 그 돈의 나머지로 부동산펀드에 투자했던 것이 생각보다 더 짭짤한 수익을 안겨주었다. 그렇지만 짐의 무게는 여전하며 부피도 그대로였다.

휘황찬란한 불빛은 무더운 도시의 어둠에 섞여 어지러웠다. 콘크리트 구조물들이 들어찬 밀림지대는 폭염으로 지글지글 끓어올랐다. 거대한 도시는 짐승들의 먹이사슬이 빽빽하게 얽혀진 아프리카였다. 치상은 택시를 타고 가다가 갑자기 내렸다. 그런데 왜, 불현듯 물장구치던 어린 시절의 생각이 났었는지 알 수 없었다. 무작정 거리를 걷고 걸었다.

그 카페는 간선도로에서 골목으로 들어간 1층이었다. 겨울 나그네. 유리문에 파란 네온 글씨로 표시된 카페의 이름이었다. 슈베르트가 무더위에 방황하는 치상을 유혹했던 것이다. 은은한 조명이 비추는 공간을 에어컨 바람이 장악하고

있었다. 테이블이 다섯 뿐인 홀 안에는 조용필의 고독한 목
소리로 '킬리만자로의 표범'이 흘렀다.

"혼자세요?"

긴 머리를 한 여자가 흰 얼굴로 치상을 슬쩍 훑어보며 물
었다.

"뭘로 드릴까요?"

치상은 고개를 끄덕거리며 바텐더테이블 앞에 놓인 간이
의자에 앉았다. 여자가 구석진 냉장고에서 맥주병과 마른안
주를 가져올 동안 치상은 홀 안을 휘휘 둘러보았다. 홀 안 구
석진 곳에는 나이 어리게 뵈는 또 다른 여자와 손님 서넛이
술을 마시고 있었다. 길게 둘러쳐진 바텐더테이블 뒷벽으로
많은 양주병들이 조명에 반사되어 갖가지 빛을 발했다. 그리
고 그 옆 진열장에는 음악시디가 가득 들어 차있었다. 맥주
거품이 유리컵가장자리에 이르도록 따른 여자가 치상을 쳐
다보며 싱긋 웃었다.

"방금 나온 그 노래, 다시 들을 수 없나요?"

"킬리만자로의 표범 말에요?"

가수의 독백으로 묻어난 절규는 낙숫물이 떨어지듯 한 음
씩 애수의 음정에 섞여서 되풀이되었다.

"음악을 너무너무 좋아하시나 봐요?"

낭랑한 목소리로 올가미를 걸어온 여자는 묻지도 않았는데,

"베토벤도 있고, 모차르트도 있어요. 우리 카페에."

"내 이름은 강 치상."

처음 시작은 그랬다. 외롭고 굶주린 하이에나에게는 먹이로 배를 채우는 일이 급했다. 누구든지 망가지거나 잘 되는 일은 언제나 그 다음이었다. 카페를 들러 집에 오게 되는 횟수가 늘었다. 순댓국집에서 혼자서 감자탕에 소주를 마시고 들렀던 어떤 날, 여자는 검은 블라우스에다 흰바지를 입고 혼자 달랑 있었다. 갑자기 밖에서 내리기 시작한 빗줄기가 굵어졌다.

마른수건을 가져와 회색 싱글웃옷을 눌러주던 여자에게서 샤넬향냄새가 훅 끼쳤다. 친구들이 마시다가 남긴 술이 있다며, 여자는 양주잔 두 개를 가져왔다. 꾹 다문 입 아래 긴 턱에 머문 여자의 시선을 치상은 느꼈다. 가물거리는 물결의 무늬처럼 카페의 끈끈한 어두운 조명이 졸고 있었다. 치상은 떠밀려오는 물결에 오락가락하며 생각의 조각들을 주워 담지 못하고 무연히 표류했다.

치상은 자리를 건너온 여자의 샤넬향냄새의 유혹을 견딜수 없었다. 수컷을 갈망하는 여자눈빛의 정체는 쾌락과 절정으로 연결돼 보였다. 가슴이 끓어오르며 물밀 듯이 솟구쳐오

는 정염의 불꽃을 감당하기 어려웠다. 물끄러미 바라보다가 포개진 손은 우연이 아니었다. 알 수없는 전류가 사타구니로 전이되어 힘이 불끈 솟았다. 치상은 여자를 와락 껴안고 입술을 더듬어 빨았다. 여자는 아무 말 없이 눈을 감고 있었다. 멀리 있는 아내는 당장 현실이 아니었다.

바깥에서 왁자지껄한 카페손님들의 소음만 아니었더라면, 갈증이 적당히 해소되었을지도 몰랐다. 오히려 그랬으므로 단초는 더 끈끈하게 작용했다. 그들의 만남은 적어도 표면적으로 술집주인과 단골손님이 되어 불길이 바깥으로 퍼져나가는 걸 억지로 막았다. 여자도 적당한 탐색과 관찰이 필요했을 것이다. 만나서 술을 퍼마시고 깔깔거리며 음악을 듣고 시시껄렁한 말장난을 늘어놓았지만, 서로 작업의 일부분이었다. 그리하여 시일은 흘러갔으며 탐닉, 육욕 따위에 몰입했다. 단지, 집착했다고 하여 인간 누구나 가졌을법한 신뢰, 믿음까지 아울러 챙긴 건 아니었다.

승용차를 타고 두 줄기 강물이 모인 수원지에서 더 거슬러 올라갔다. 카페들과 모텔건물들이 강 연안을 따라 줄지어 있었다. 강물은 훨씬 더 아래에 위치한 거대도시로 흐를 거였다. 짙푸른 숲은 야산들로 번져 온통 생명의 천지였다.

유럽의 오래된 작은 성처럼 생긴 모텔이었다. 치상의 승용차는 조수석에 탄 여자의 허락 없이 주차장으로 들어섰다. 더블침대가 작아 보일 만큼 넓은 방은 강 연안과 바짝 붙어 있었다. 여자가 커튼을 제키고 베란다에 붙어있는 유리문을 열자, 정체모를 하얀 영혼들이 뭉게뭉게 달려들었다. 안개였다. 산들이 모여 있는 시원에서 물결은 안개를 뿜어내며 쉼 없이 흐르고 흘렀다.

먼저 누구랄 것 없이 서로 힘껏 껴안았다. 입술을 열면서 여자는 침대 위에서 꿈틀거렸다. 치상이 뜨거운 입김을 뿜으며 살코기를 찢어먹고 물을 찾아 헤매는 표범처럼 아래로 내려갔다. 여자의 샅에서 나는 냄새는 샤넬향보다 더 짙었고 깊었다. 하나가 되려는 몸부림은 말이 필요하지 않았다. 가쁜 숨결이 점점 더 거칠어지며 살과 살이 결합되었다. 신경의 고압선은 머리에서 발끝까지 목이 타오르고 정신이 멍멍해지도록 온몸을 감전시켰다. 죽음도 극치에 이르면 황홀감과 같은 신호를 보낼까.

여자의 손톱은 저번과 달리 분홍 매니큐어로 칠해있었다. 치상은 여자와 강물이 맞닿은 모텔의 산책로를 걸었다.

강의 언저리로부터 물안개가 자우룩하게 번져나갔다. 안개는 더 가까이 밀려왔다. 아니, 안개는 숨어 있다가 날빛이 돈 뒤에도 휘휘 돌아다니며 강을 따라 노닐었을 것이다.

"우리, 여기서 얘기 좀 하고 가요."

여자가 두툼한 입술을 열어 치상에게 속삭였다. 우리라는 말이 아주 생소하게 들렸다. 말의 꼬리를 따라 불현듯 잠재의식을 낳았다. 오랜만에 들어본 호칭이었다.

손을 까닥거리던 여자는, 말장난처럼 자기 자신의 사연을 남의 이야기를 하듯 했다.

"……나의 과거를 알고 난 뒤부터 남편의 잦은 손찌검 있었죠.……남편을 알기 전부터 어떤 사람이 있었지요."

"사랑했다면, 나이라는 건 아무 것도 아닐 걸."

치상이 생각난 대로 대꾸를 했다. 여자는 흘러내리는 머리칼을 손으로 쓸어 올리며 크게 눈을 뜨다가 시무룩한 표정을 지었다.

"사랑? 어머 말이 되네. 그렇겠죠, 바람도 사랑이니까. 죽은 우리 엄마도 아버지를 무척 사랑했는데, 아버지의 바람기 때문에 이혼한 뒤에 죽었죠. 전생에 버림받은 집안인가 봐요."

"우연의 일치겠지."

"옆에 사람들이 무당을 찾아가 굿을 하라고 해서 굿을 한 적도 있어요. 근데 참 알 수 없는 이상한 일이 벌어졌어요. 죽었던 사람들이 영혼으로 나타난 거예요. 엄마는 그렇다 치더라도, 그 남자의 넋이 내게 소리를 질렀어. 살아있을 때처럼. 그리고 배가 고프다며 고사상 위에 놓인 음식들을 마구 먹는 것이었어요. 굿을 하던 무당의 얼굴은 마치 굶주린 아귀 같았죠."

여자는 뭔가 더듬으며 담담하게, 그러나 몸서리쳐지는 듯 가끔 씩 말을 멈칫거렸다. 습한 바람이 나뭇가지들을 흔들고 사라졌다. 상류에서 떠내려 온 흙탕물이 하류로 내려가면서 조금 씩 수면이 차오르기 시작했다.

"참, 이상한 일이죠. 한을 머금고 죽은 넋들이, 어떻게 그 오랜 일들을 아직껏 살아있는 사람들에게 저주하고 있는지 알 수가 없네요."

"모든 건 생각하기에 달렸어요."

"당신도 영혼으로 묶어진 내 운명인가?"

치상은 대답대신에 담배를 꺼내 물었다. 여자가 손을 내밀며 담배 한 개비를 가져갔다. 잘못된 결합이라도 좋아하는 순간이 끈끈할 때면 모든 질시조차 숨어버리는 법이다.

일들은 잘 풀어지고 있었다. 쪼들렸던 돈 문제도 가닥을 잡았고, 여자에게 몰입하여 그간 허전하리만큼 숭숭 뚫린 마음도 붙잡고 있질 않던가. 그럼에도 치상은 무엇인지 애매모호하고 불안한 기운에 젖어들었다. 뱃속은 불덩이를 삼킨 듯 뜨겁고 메스꺼웠다. 아내와 아이를 보낸 그 무렵부터였다.

무엇인가 불안하다거나 신경을 곤두세우면 곧잘 그랬다. 몸과 마음의 관계란 털실로 짠 스웨터였다. 올이 풀리면 옷은 실타래로 남는다.

　돈을 아낀답시고 진즉, 혼자서 소주와 솥뚜껑 위에 기름진 삼겹살을 구워서 트림이 나오도록 꾸역꾸역 삼켰던 일조차 후회가 될 정도로 여자에게 빠져들었다. 그런데 어디서부터 여자와 어슷하게 빗나가게 되었을까. 뜨거웠던 이메일은 단 줄의 문장으로 남겨졌거나 끊기기 일쑤였다. 한동안은 여자의 갈구어린 메일공세에 귀찮을 정도로 거의 날마다 답신을 보냈었다. 메일이 안온다고 짜증을 내면, 전화로 치졸한 핑계를 대면서까지 이어져왔었다. 그건 여러 가지 소통의 방법 중 하나였다. 사이버상의 감정과 육신의 감정과, 실상과 허상마저 교감되고 엉켜 붙어 정염의 불꽃이 되었던 것이다. 육신의 탐닉은, 치상에게 더 짙은 샤넬향냄새로 마비시켰다. 그것뿐만이 아니었다.

　"자기야? 지금 내가 말하는 건 부담을 갖지 말고 그냥 듣기만 해. 집주인이 보증금을 올려달라는데, 카드 때문에 한 삼천 모자라거든. 몇 달 후에 곗돈 타면 갚을게."

　거래도 아니고, 보시도 아닌 애매모호한 현실 역시 정염의 불길에 녹아버렸다. 그런가하면 여자의 휴대폰은 금방 꺼져 있다가도, 치상에게는 바로 벨소리가 들렸다. 일방통행이었다. 시나브로 복부에 축적된 비만처럼 모든 불신과 증오는 시간과 비례했다. 치상은 피가 거꾸로 돌았던 일들을 하나둘 되새겨 보았다.

"이봐? 요즘 뭐 생겼어? 한잔 하자고 하면 미꾸라지처럼 살살 빠져버리고……하긴 이해는 하지. 이놈의 세상, 펀드고 증권이고 재미가 있어야지. 시팔!"

걸걸한 목소리가 금방이라도 달팽이관에 울리는 듯 했다.

"혜정이가 쓰는 돈이 한두 푼이 아네요. 또 환율은 얼마나 올랐는데. 이번 여름방학 땐 들어갈 거니간 돈 준비해놔요."

모처럼 통화된 아내의 모습이 딸아이의 앳된 얼굴과 겹쳐서 어슴푸레하게 떠올랐다. 여자의 얼굴이 아내를 덮어버렸다. 치상은 여자가 원했으므로 아파트에 서너 차례 데리고 왔었다. 아내와 누워 지냈던 침대에서 여자는 질퍽한 흔적을 남겼다. 땀범벅이 되도록 정사를 치루고 나서, 또록또록 기계적인 목소리로 들렸던 말.

"함께 살던 딸아이가 제 아빠한테 가버렸죠. 요즘에 머리가 빠개질 정도로 아픈 일이 많아요. 자꾸 아무 일도 아닌 걸 가지고 그런 의심쩍은 눈으로 나를 바라보면 곤란하죠. 나는 당신을 내 운명이라고 생각하는데……처음에 말했잖아요.

이런 장사를 하니까, 나를 이해하려면 간섭해선 안 된다고."

치상은 측은한 마음이 잠깐 가슴을 적시면서도 공명 없는 말을 비스킷처럼 씹어 삼켰다. 여자의 말처럼 죽은 옛사랑대신 운명적으로 만났다는 일도, 여자에게 푹 빠진 것도 어쩔 수 없었다. 좋아하는 만큼 긴장이 풀리고 권태는 갈등을 불렀다. 그렇지만 사람이란 얼마나 간사한 동물인지, 육신에 불이 붙으면 갈등은 수면 밑으로 착 갈앉고 말았다.

그들이 하도 성화를 부려 치상은 걸걸한 목소리들을 딱 한번 카페에 데리고 간 적이 있었다. "이렇게 술값 싸고 좋은 집이 있는 줄 몰랐네. 이봐? 그래선 안 되지."

어느 날이었던가, 늦게까지 치상은 혼자 술을 마시고 있었다. 그날따라 여자는 휴대폰을 들고 카페 밖을 자주 들락거렸다. 손님들이 다 나가고 종업원아가씨까지 퇴근했을 무렵이었다. 여자가 여느 때와 다르게 시큰둥하게 입을 열었다.

"오늘은 피곤해서 집에 일찍 들어 가려고해요."

"내 아파트로 갈까? 아침 일찍 집에 데려다 줄게."

"그럴 필요 없어요."

여느 때 같았으면, 아파트에 데리고 가지 않는다고 앙탈을 부리던 여자였다. 카페의 덧문을 내려주는 것을 마다하고 정리한 뒤에 나갈 거라고 말했다. 치상은 택시를 타고 가다가 휴대폰이 든 가방을 미처 챙기지 못한 것을 알았다. 택시를 돌렸다. 카페 문은 그대로였다. 문을 열었다. 여자는 테이블을 사이로 걸걸한 목소리와 술을 마시려던 참이었다.

　"강 치상씨? 나 말이야……지금, 막 왔어."

　"문을 닫으려고 했는데……."

　걸걸한 목소리가 당황한 얼굴빛을 금세 바꾸며 너스레를 떨었다. 여자는 일어서서 어쩔 줄 모르다가 침착한 표정을 지었다. 돈 때문일까? 술집 여자의 우연일 수도 있었다. 아니, 우연이아니라도 별 수 없었다. 그렇다면 비슷한 일은 다른 사람과도 있을 수 있었다. 짝짓기에 있어서 암컷의 이중성과 배신감. 그랬을 때 수컷의 낭패감. 가슴 한복판으로부터 부글부글 끓어오르는 질투의 불길. 그래, 그건 누구의 잘못도 아닐 수 있지. 어제 오늘의 일이 아니었기에.

　치상은 눈을 떴다. 바깥에서 간간히 빗방울들이 유리창을 두드리고 있었다. 빗방울들은 귓속으로 들어와 잠을 몰아냈다. 귀에 들리는 낙숫물 소리는 추측이 만드는 환청일지도 몰랐다. 높은 층에서 빗물이 낙하하여 땅에 부딪친 소리가 들린다는 게 가당키나 것인가.

　이제 여자를 애타게 기다렸던 밤은 다시 오지 않아야 할 것이다. 아니, 이제 여자가 와서는 안 되었다. 시디가 들어있는 전축의 리모컨을 눌렀다. 스르륵 하는 소리가 들리더니 아주 작은 음이 리듬으로 흔들리며 달팽이관으로 빨려왔다. 소리들은 침울한 어둠을 잡아당기며 점점 빨라지면서 불안하게 뭔가를 재촉했다. 바이올린과 첼로는 애틋한 슬픔을 잔뜩 머금었다. 치상은 자기 자신이 떠돌며 알 수 없는 운명의 밑바닥을 헤매는 것 같았다. 불이 꺼진 어두운 방 안에서 차이콥스키의 비창은 벽을 긁으며 떠돌았다.

꼼짝없이 미로에 갇혀있었다. 육면체의 공간에서 내젓던 공허한 소리의 영혼은, 귀신의 휘파람소리처럼 울부짖고 발버둥 치다가 굵은 금관악기의 체념으로 변했다. 그런 다음 물 흐르듯 유연하다가 번개와 뇌성을 꽝꽝 쳐댔다. 변덕스러운 선율은 추운 러시아의 변덕스런 날씨처럼 촛불이 꺼지 듯 여린 음을 사위어버렸다.

전등을 켜고 냉장고 문짝에 든 소주병을 꺼냈다. 지난밤에 먹다 둔 술병이었다. 치상은 머릿속으로 헤아려보았다. 이 아파트로 이사 온지 4년이 지났다. 증발한 그 세월을 관성으로 살았던가. 어설픈 생명을 지키기 위해 얼마나 구차하게 육신을 다독거렸던가. 어차피 유한대의 변화무쌍한 세상에서는 누구든 언젠가 소멸할 것이다. 여자와 자신 둘 중, 패배한 쪽은 아무도 없다. 승리도 패배조차도 순간 속으로 사라지니까.

그간 너무나 머저리 같은 짓에 화가 치밀었다. 타인들에게 손가락질을 했던 자신이, 무연하게 다가왔던 충동을 행운이라고 착각했던 까닭이다. 공짜라고 마구 처먹다보니, 먹이가 먹이를 먹어치운 것이다. 조금만 방심하면 나락으로 빠진다고 스스로 다짐했던 일을 망각했었다. 아니다, 운이 나빴을 뿐이다.

"자기가 거길 가보지도 않았고 애 엄마가 언제 나올지도 모르는데, 이건 너무하다. 혹시 알아요. 호주에서 딴 남자를 만나고 있을지……."

질투의 불꽃을 일으키려고 발칙한 주문을 서슴없이 지피는 여자였다. 빌려준 돈 중에서 우선 500을 통장에 입금시켰다며, 여자는 늘 하던 대로 아파트에서 팬티를 벗었다. 만나기 전까지 미웠던 마음을, 동물적인 본능이 치상을 뱀 혓바닥으로 날름거리며 유혹했다. 그것은 이중성이었고 중독성이었다. 흘러간 날들에 대하여 잊을 수없는 추억이 남았던가.

치상은 입을 사려 물었다. 아무튼 이제는 이곳을 떠나야 한다. 집이란, 삭신의 일부분이었다. 육신을 입혔던 옷을 벗어 던진다는 의미로 생각해버리면 그만이다. 결심은, 여자의 일그러진 마음으로부터 생겼다. 당장 이곳을 소리 없이 떠난 다고 해도 아무 일도 없을 거였다. 어지러웠던 흔적은 시간 이 지나면 감쪽같이 지워지거나 희미해질 뿐이었다.

사람들이 사는 세상의 방식으로는 안다고 다 아는 건 아 니었다. 안지 2년 밖에 안 되는 여자도 혈육보다 더 애증이 교차하고 있지를 않았던가. 누가 누구를 사랑한단 말인가. 아내도, 여자도 현실을 사는 막연한 동반자일 뿐이었다. 차 라리 혼자 사는 동안 마주치면 고개를 끄덕이며 아는 체라도 했던 이들이 더 나았다. 슈퍼마켓 아줌마나 땅딸막한 세탁소 주인은 그렇다 치더라도, 거의 일주일마다 마른기침 소리를 해대며 아파트 일을 해주었던 도우미 아줌마는, 닭 쫓던 개 마냥 숨이 차서 어이없는 얼굴이 되리라. 그들에게 치상은 어떤 존재였을까. 이상한 노릇이었다. 치상은 자기 자신의 머릿속에 저장된 그들의 기호가 아직 지워지지 않고 있음을 느꼈다. 그들과 자기 자신의 비루한 삶이 대차대조표처럼 비 교되었다. 삶이 세상의 틀과 방식대로 휩쓸린다 해도 그들의 삶은 아주 건강해보였다.

자신은 무엇인가. 뜬금없이 아주 오래 전, 굵은 혹을 등허 리에 단 낙타였을지도 모른다는 생각이 들었다. 별들이 돋은 막막한 사막을 타박타박 걸었던 그 천형의 동물을.

술을 마실수록 애매모호한 인식의 사슬은 서로 떨어져 겉돌았다. 정신이 흐릿하면서 흘러간 것들은 무질서하게 어렴풋이 스쳤다. 앞으로 다가올 미래보다는 이미 폐기해야 할 것들조차 어지럽게 치상의 머릿속에 찍혀있었다.

숨 막힐 지경으로 후텁지근했다. 넥타이를 맨 치상은 불현듯 마개에 막힌 병모가지가 떠올랐다. 각진 굵은 콘크리트 기둥들이 떠받치는 천장에 붙은 닥트와 배관파이프들 아래 승용차량들이 드문드문 주차되어있었다. 그는 소리를 최대한 죽이며 발걸음을 빨리 디뎠다. 하이힐 소리가 또각또각 벽에 부딪쳐 넓은 지하차고를 울렸다. 여자는 벌써 비밀번호가 있는 출입문 가까이 다가가 있었다. 문이 열리더니 여자가 사라졌다.

치상은 두근거리는 가슴을 누르며 비밀번호 #0311*를 눌렀다. 열쇠대신 네 자릿수가 손가락과 접촉하여 문이 열렸다. 아파트단지 세대 수를 나타내는 비밀 숫자였다. 문이 열리자마자 승강기를 타는 어둡고 좁은 공간이 자동불빛에 드러났다. 벌써 승강기는 B2층에서 숫자를 바꾸며 올라가고 있는 중이었다. 맨 꼭대기 15층까지 올라갔던 승강기가 내려왔다. 치상은 초조했다. 그는 열린 승강기 문 안으로 들어갔다. 향수냄새가 훅 콧속을 통하여 폐부로 흡입되었다. 샤넬 향냄새는 조금 전 하얀 투피스를 입었던 여자의 뒷모습을 불쑥 떠올리게 했다.

1층에서 승강기가 섰다. 문이 열리자 들어온 늙은 여인이 잠시 주춤거리더니 치상을 흘끗 쳐다보며 승강기의 숫자를 눌렀다. 5층이었다. 스테인리스 벽에 비친 늙은이는 레이스가 달린 짧고 검은 블라우스차림이었다. 그는 혹시 뚱뚱한 늙은이가 놀래지 않을까하여 헛기침을 두 번 했다. 악마가 그에게 귀띔이라도 하고 사라지듯 긴장이 되는 찰나에도 인기척은 사람을 안심시켜주었다. 치상은 갑자기 답답하여 넥타이를 느슨하게 풀었다. 땡―문이 열렸습니다. 5층을 멈춘 승강기벽에서 어른거리던 늙은이가 고개를 돌리려다 무슨 생각이 들었는지 그냥 나갔다. 그는 당황한 나머지 머물던 승강기의 열림 버튼을 잘못 눌렀다. 숫자의 빨간 불빛이 지워져 다시 눌러야 했다.

15층까지는 지루하고 아득한 시간이 지나갔다. 승강기 안에서 땡 소리와 함께―문이 열렸습니다. 라는 녹음된 목소리가 크게 들렸다.

여자는 아파트 현관문 앞에서 머뭇거리고 있었다. 여자는 하얀 뒷모습을 돌려 앞으로 틀었다. 치상은 여자에게 얼굴을 들켰다. 눈과 눈이 마주쳤다. 치상은 무 자르듯 단호하게 말했다.

"이제 돌아가!"

무슨 말을 하려는 듯 여자는 비시시 웃음을 베어 물었다.

"못 가요."

"개 같은 년!"

목에서 풀어 내린 붉은 넥타이를 치상은 오른손에 감아들었다. 그리고 달려들어 이를 악물고 여자의 가느다란 목을 잽싸게 감았다. 여자가 눈을 부릅뜨고 팔을 손사래 치듯 내저으며 발버둥 쳤다. 넥타이가 목을 더욱 세게 조였다. 여자의 하얀 몸은 깩소리도 없이 아래로 축 늘어져 주저앉았다.

여자의 웃음이 사라지기도 전 치상은 기어코 발작하고야만 것이다. 순간, 머릿속이 온통 하얀 안개로 가득 차면서 정신과 육신의 행동은 전혀 별개였다. 누군가가, 혹은 또 다른 혼이 비웃음을 흘리며 몸 안으로 스며들어 유영하지 않고서야 그런 일은 있을 수 없었다. 귀신이 몸 안으로 들어오지 않고서야 어찌 그런 일이 있겠는가. 누구나 처음 세상에 태어났을 적에는 천진난만했을 생이 삶으로 자라면서부터 선과 악은 켜켜이 몸에 쌓였을 거였다. 통렬한 건 짝짓기뿐만이 아니었다. 주체하기 어려운 배신과 분노는 악마가 되어 그를 꼬드긴 것이 분명했다.

무더위가 기다린 듯 왈칵 달려들었다. 땀으로 범벅된 치상은 온몸이 떨렸다. 그는 수축된 마음을 억지로 추스르며 여자의 시신을 붙잡아 계단으로 질질 끌어올렸다. 그리고 지붕바닥의 비상통로와 연결된 마지막 계단 앞에서 철문을 열었다. 치상이 서있는 곳은 아파트 맨 꼭대기 지붕바닥이었다. 누워있는 시체를 옥상 한쪽에 튀어나온 창고 안으로 드밀었다.

으흐흐흐. 치상은 난간을 붙잡고 웃음도 울음도 아닌 소리를 흘렸다. 사방은 우뚝 멈춘 것 같았고 정적이 감돌았다. 여자의 혼을 빼앗은 게 인연이었단 말인가. 치상은 머리가 어뜩했다. 운명은 시간 속에 꽉 짜였는데, 파멸을 예고하는 시간의 장치를 무시했던 자만에게 빚을 진 것이다. 주고받았던 분노로 따지자면, 파멸이 모두 죄악으로 연결되는 건 아닐 거다. 가끔 비상문을 열고 올라와서 도시를 내려다보았던 기억났다. 초점 없이 무연히 도시를 보면서 치상은 떨리던 마음이 체념의 파도로 밀려왔다.

안개의 시원은 어딘가. 도심은 안개로 지워져 형체의 부분들만 내밀었다. 안개가 가득 펼쳐져서 그의 시야를 가로막고 있었다. 바로 아래에는 아카시아 숲이 바람으로 일렁거렸다. 눅눅한 안개를 잠깐잠깐 움직이는 배후가 바람이었다는 것을, 치상은 생각 속에서 어렵사리 찾아내었다. 짙푸른 숲은 자잘한 나무 잎들이 모여 이루어졌지만, 안개에 쌓인 숲과 하늘을 한꺼번에 보면 그것들은 보이지 않았다.

치상은 아무 것도 보이지 않은 안개의 치맛자락을 뚫어지게 주시했다. 그것은 손으로 몸으로도 휘휘 저어본들, 감아낼 수 없는 거대한 악마의 그림자였다. 그러자 점점 머리도 꼬리도 보이지 않는 짐승들의 숨소리를 들었다. 희뿌연 안개의 늪에는 자연의 여러 가지가 숨어서 저희들끼리 놀고 있는 것 같았다.

해 저물어 어둠과 날빛이 지나서 부윰한 아침이 다시 와도 저 헤아릴 수 없는 하얀 포말들은 물러가지 않을 것인가. 입자들과 한 많은 혼들이 한데 섞이어 강 연안이고 도시의 구조물들 사이로 감돌고 있음이 분명했다. 안개는 일시적으로 몰려왔다가 흔적 없이 사라지는 허망한 꿈이었다. 후드득 빗방울이 떨어졌다. 치상의 몸은 점점 내리는 빗줄기에 젖어들었다. 검은 구름이 몰려가는 장마철이었다. ♠

바람 지나간 자리

1.

아침이 되어도 남자의 하루는 달라질 것이 없었다. 남자의 희망은 늘 어제보다 더 값이 나가고 많은 고물을 줍는 일이다. 후덥지근한 요즈음은 온종일 돌아다녀도 하찮은 그 희망마저 품어보기가 그리 수월하지 않았다. 경제가 불황의 늪으로 빠져들수록 버리는 건 줄어들었다. 고철은커녕 종이 상자들도 그리 쉽게 눈에 띠지 않은 탓이다. 기껏 해보아야 빌딩 뒤편이나 아파트 빈터에 너더분하게 버려진 신문지, 넝마 따위였다. 고급 아파트촌에서 잘못 버려진 금반지나 명품시계 같은 노다지를 주웠던 일은 까물까물 잊어버린 지 오래였다. 그나마 어디서 몰려오는지 경쟁자들의 수효는 늘어만 났다.

무척 긴 장마와 윤달이 든 때문인지 무더위는 맹렬했다. 거리는 폭염으로 지글지글 타오를 것만 같았다. 날마다 온도가 올라 부글부글 끓는 비등점을 넘어서려 하고 있었다. 복사열과 빠져나가지 못한 열기로 도시는 온통 후끈 달아올랐다.

남자는 숨이 턱턱 막히고 물을 뒤집어 쓴 듯 땀으로 멱을 감았다. 노동으로 꽉 찬 몸의 세포조직은 땀과 열기에 그 무게를 감당하기에 버거웠다. 경비원의 눈치를 보며 빌딩 화장실에서 땀구멍을 질질 흘러나온 육수를 씻어냈건만, 마르기도 무섭게 체온은 올라만 갔다. 등뼈가 휘어질 정도로 일하다보면 폐기물과 온갖 쓰레기에서 나는 썩고 쿠린 악취 따위는 이제 땀에 섞이고 몸에 배어서 의식조차 없었다. 그 냄새만큼은 아무리 비누로 씻어도 달아나지 않았다. 몸은 무섭게 면역에 적응되어만 갔다.

해 그림자가 길게 늘어질 무렵, 남자는 동네의 오르막길 빈터에 트럭을 멈추었다. 적 벽돌로 지어진 연립주택이며 다세대주택들이 닥지닥지 붙어있는 추레한 동네였다. 뉴타운으로 지정되었다는 현수막들이 전신주 사이에 걸려있었다. 재개발이 될 욕망의 지역이었다. 남자가 사이드브레이크를 올리자 엔진룸에서 끼익 소리가 들렸다. 가진 돈을 몽땅 털어서 어렵사리 구입한 미니중고트럭은 가끔 툴툴거리며 시동을 꺼먹기가 일쑤였다.

남자는 수건으로 땀이 난 얼굴을 문지르며 차에서 내렸다. 하루는 지겹다가도 새로운 시간의 연속이었다. 면역이 된 하루하루도 삶의 전체로 들어와 일상으로 굳어졌고 세월의 자락이 되었다.

앞바퀴를 괴려고 깨진 벽돌을 찾아 두리번거렸다. 빈터 끄트머리의 벽돌이 떨어져있는 곳에서 먼지와 흙이 뭉텅이진 위에 돋은 질경이풀 두어 포기를 발견했다. 경이로웠다. 이 푸른 생명은 어제까지만 해도 전혀 보지 못했던 것이다. 광합성을 얻으려고 칙칙한 숲을 뛰쳐나온 위험천만한 식물이었다. 나무들이 울창한 숲속에서 연약한 식물들의 삶은 매우 신산했을 거라고, 남자는 뜬금없는 생각을 했다. 그리고 한동안 하잘 것 없는 풀에다 시선을 꼬나 박았다.

남자는 트럭이 올라왔던 방향을 거꾸로 걸어 내려갔다. 더운 바람이 후끈 불면서 지나갔다. 재래시장이 시작되는 초입에는 작은 가게들이 빽빽하게 줄지어있었다. 그는 두 사람이 스치면 어깨가 부딪치는 좁다란 시장 골목을 지나갔다. 가끔 일을 쉬는 날에는 좌판들을 가득 채우고 있는 물건들을 둘러보았다. 생선, 야채, 족발 따위가 든 까만 비닐봉지를 들고 집으로 갈 때도 있었다. 양쪽 가게들이 마주보는 비좁은 길 위로 해가림으로 쳐놓은 비닐 막은 천장이었다. 거기를 벗어나면 돼지순대와 해물파전, 튀김 따위를 파는 가게 옆에 듬성듬성 호프집들이 있었다. 그래서 이제 시장 안에 있는 가게들의 물건들과 자주 다니는 주인들의 맘 씀씀이까지 알만했다.

남자는 버릇처럼 하루가 지날 무렵, 곤고한 몸을 끌고 닭튀김냄새가 풍기는 생맥주집에 들어섰다. 생맥주 500CC 두 잔을 들이켰고, 양념치킨조각을 아삭아삭 씹으며 위장을 채웠다. 밥통에 들어있는 밥은 아침에 다 먹었다. 그럴 때는 설렁탕을 사먹거나 집에서 라면이라도 삶아야 하는데 그건 번거로웠다. 무더울 적에는 밥을 먹는 일이 더욱 그랬다. 지나간 일을 생각만하면 지겨운 닭튀김이었지만, 이제 한 끼니 정도는 밥처럼 에너지가 되었다. 그래서 남자는 시원한 거품으로 오장육부를 채우고 비칠비칠 걸어 집으로 돌아왔다.

피곤했던 하루는 그저 아무 일 없는 것처럼 되돌아갔다. 입을 다물고 보고도 못 본 척, 하루 또 하루 하다보면 세상은 남자와 서로 공모라도 하듯 조용히 돌아가는 것이다. 시간이 지나면 뜨거운 태양과 무더운 여름도 훌훌 도망갈 터. 도시의 어두운 뒷골목에는 산들바람이 불어와 삭신을 견디게 해줄 것이다.

변기 옆에 뱀처럼 늘어진 고무호스를 들어 물줄기를 맞았다. 하루에 찌든 뜨거운 몸을 찬물기가 쏟아지며 어루만졌다. 비누거품이 미끈미끈하게 남자의 가운데 다리를 건드렸다. 쉰두 살이 된 남자의 육신도 세포의 어디서부턴가 속절없이 허물어지고 있었다. 눈에 보이지도 어루만져서 알 수 없지만, 육신이 점점 버그러지기 시작하면 걷잡을 수 없이 진행되리라. 그렇지만 죽는 날까지 에너지를 받은 몸이 생리작용으로 반응하는 건 어쩔 도리가 없었다.

어둠이 왈칵 몰려들면 고독이 슬금슬금 다가왔다. 남자는 단칸방으로 들어와 아침에 개켜둔 요를 펴고 홑이불 속으로 들어갔다. 입으로 꾸역꾸역 밀어 넣은 먹이들이 몸 안에서 분해되면 어디로 가겠는가. 여름이 작열하여 질식할 것 같은 이 대도시에서 삶이 처절할수록 동물적인 욕구는 더 살아있었다.

남자는 자기 자신의 몸을 제어해주는 두 팔 중 오른 손을 빌렸다. 그리고 뇌리 안에 떠도는 기억들. 아내의 몸매와 황홀했던 기억소를 끄집어냈으나 피뜩거렸다. 안타까운 그 자리를 대신하여, 벽에 붙은 달력 속에서 비키니 수영복을 입은 금발의 여성이 나타났다. 눈을 감고 있으면 금발머리도 사라지고 앞장에 그려진 나체의 여인이 떠오르다가, 이내 아내도 아닌 또 다른 얼굴들이 나타났다간 사라졌다. 암컷들의 아른아른한 모습들은 순간순간 겹치면서 조각난 사진들 마냥 구겨지다가 흩어졌다. 남자는 머릿속에서 사라지려는 환상을 붙잡으며 본능을 놓치지 않으려고 애를 썼다. 질을 대신하여 거칠어진 손가락들이 용두질하면서 여자의 환영을 만나고, 안타까운 현실을 헤맸다.

쾌감의 본질은 무엇일까. 고환에 정액이 고이고, 만유의 씨앗이 섞인 그 누런 찌꺼기는 몸 밖으로 나가야 했다. 이윽고 발아되지 못할 뜨거운 씨앗들이 몸 밖으로 사정되었다. 밖으로 분출된 수 억 마리의 낱알들은 나오자마자 제 구실을 못하고 바로 공기의 미립자로 변했다. 싸늘한 주검도 아니었다. 하긴, 세상에서 하나의 생명이 만들어져 자연의 이치대로 스러지는 행운은 아무에게나 주어지는 것이 아니다. 남자는 축 늘어진 자신의 남성을 내려다보며 귀찮았지만 화장지로 닦아냈다.

전등을 끄면 기웃거리던 어둠이 금세 방안으로 틈입하여 사방의 윤곽을 지워버렸다. 아무리 시간을 기다려도 암흑 속에 유폐된 영혼이 다시 빛을 보기는 어려울 터였다. 태초에도 원래 빛이 없었을 거라고 남자는 뜬금없는 생각을 하면서 다시 다리를 쭉 뻗었다.

어디선가 앵앵 소리가 나더니 종아리가 가려웠다. 기분 나쁘게 모기한테 한방을 물려버렸다. 손톱을 세워서 물린 부분을 박박 긁었으나 쉬이 아물어 지지 않았다.

남자는 눈꺼풀이 내리감기는 와중에도 내일 할 일이 떠올랐다. 새벽에 일어나면, 현대아파트상가 A동과 B동 사이에 버려져있을 종이상자를 수거한 다음, 또 다른 아파트로 달려갈 생각이었다. 재개발구역으로 고시된 그 아파트가 내일부터 철거작업에 들어갈 거라는 소식을 곰보에게 귀띔 받았기 때문이다.

살아 움직이는 몸은 돈 한 푼에도 멍이 들만큼 그를 쩨쩨하게 만들었다. 쩨쩨하다보니 일 자체가 몸에 흡수되어 자꾸 그 속으로 빠져들었다. 그의 눈에 비친 모든 사물은 거의 돈으로 환산되었다. 종이상자 몇 장이면 무게는 얼마 나가며 시세로는 얼마라는 금액을 계산기로 두드려 보지 않아도 알 정도였다. 동사무소 한쪽에 묶어놓은 폐지뭉치를 차에 싣다가 파출소에 인계되었는가 하면, 식당 앞에 놓아둔 부탄가스통을 버린 것으로 잘못 알고 집었다가 절도범이 될 뻔한 적도 있었다.

2.

여자는 구석진 곳에 놓인 냉장고 안에서 술안주 재료들을 꺼냈다. 땅콩과 마른 오징어 따위는 물론 과일들도 있었다. 그러한 물건들은 여자가 시장에 들러 직접 골라 사가지고 왔다. 때로는 고용된 여종업원에게 심부름을 시킬 경우도 있었다.

무더운 여름에는 매상이 뚝 떨어졌다. 양주를 마시던 단골손님들이 주로 병맥주를 마시거나 숫제 얼굴조차 내밀지 않았기 때문이다. 특히 휴가철에는 아가씨와 자신에게 치근덕대던 손님들마저 뚝 떨어졌다.

카페는 간선도로에서 골목으로 들어간 중간 쯤 있었다. 김밥 집과 치킨 집을 지나서 노래방이 있는 빌딩의 1층. 유리문에 파란 네온 글씨가 표시된 이름, 겨울 나그네. 슈베르트가 무더위에 방황하는 손님들을 유혹하기에는 술집의 규모가 너무 작았다. 그렇지만 문을 열면 은은히 공간을 비치는 조명등과 시원한 에어컨 바람이, 먹이사냥으로 하루를 지친 취객들을 꼬드겼다.

수십 개의 양주병들이 벽에서 여러 가지 빛을 반사했다. 출입문 옆에는 손님 서넛과 여종업원이 맥주를 마시고 있었다. 냉장고의 문을 닫고 일어서던 여자는 출입문을 바라보았다.

키가 훤칠한 사내 한 명이 문을 열고 들어오면서 안을 휘휘 둘러보더니, 바텐더테이블 앞 키 큰 의자에 올라앉았다. 테이블이 다섯 뿐인 홀 안에는 CD로 복제된 조용필의 목소리가 '킬리만자로의 표범'을 부르고 있었다.

"혼자세요?"

여자가 양주병들이 놓인 선반 아래로 다가와서 사내에게 호기심 가득한 눈웃음을 흘리며 착 가라앉은 목소리로 물었다.

"방금 나온 그 노래, 다시 들을 수 없나요?" 라고 사내는 음악CD가 가득 들어있는 진열장을 눈으로 가리키며 물었다.

"킬리만자로의 표범 말에요?"

사내는 테이블에 놓인 메뉴판을 대충 뒤적거리더니 병맥주와 과일안주를 시켰다. 여자는 다가와 맥주를 유리잔 입술 부분까지 차도록 따랐다. 사내는 아무 말 없이 맥주를 마시다말고 여자에게 한잔을 권했다. 그러자 사내에게 강렬한 눈길을 주며 맥주를 마시던 여자는,

"음악을 너무너무 좋아하시나 봐요? 베토벤도 있고, 모차르트도 있어요. 우리 카페에."

갸름한 얼굴이 긴 목에 돋은, 긴 머리의 여자는 반듯한 콧날처럼 군살 없이 길게 뻗은 몸매였다. 검은 블라우스에다 하얀 바지를 걸친 여자에게는 손님이 돈이었고, 밥이었고, 동반자였다. 그렇다고 카페로 모여든 모든 손님이 여자의 마

음속으로 다 들어앉는 건 아니었다. 가끔 여름소나기처럼 지나가는 사내들이 있는가하면, 아련하게 떠오르다가 잊어버린 사람도 있었고, 진눈개비처럼 질척거리며 귀찮게 하는 놈도 있었다. 처음부터 게슴츠레한 눈빛으로 끈끈하게 달라붙는 수컷들도 있었다. 그러나 뭐랄까, 그들은 짐승 수컷의 본질을 지녔으되 접근해오는 방법은 제각각 달랐다. 서당 개 삼년이면 풍월을 읊고 식당 개 삼년이면 라면을 삶을 줄 안다고 했던가? 술장사 사 년 쯤 되니 손님들의 외양을 대충 훑어봐도 짚이는 느낌이 있었다.

가끔은 무기력한 허무감이 맹목적으로 그녀를 꼬드겼으나 용케 떨쳐왔다. 살아오는 동안 어떤 형태로든지 사는 일은 늘 그랬다. 여자에게 운명의 신은 가혹한 편이었으나 그녀는 좌절보다는 긍정하는 마음으로, 이상보다는 현실을 헤쳐 나왔다. 그렇지만 중년의 나이에 이르러 짊어진 짐의 무게는 여전히 가벼워지지 않았다.

3.

깨어나면 4시였다. 그 시간이면 사발시계에 바늘을 맞추지 않아도 남자는 예외 없이 눈이 떠졌다. 새벽은 부스럭거리며 벌써 달려오고 있을 거였다. 일어나 보면 잠을 못 이루고 뒤척거리게 했던 번민은 어디론가 숨어버렸다. 언제부턴가 그건 일종의 습성처럼 몸의 리듬에 접속이 되었다. 거대도시의 구조 속에 길이 들여진 것은, 시골저수지의 잔잔한 수면을 잊고 나서부터였다.

남자는 외로움 속으로 점점 깊이 들어갔다. 그러나 슬픔이나 고독 따위에 함몰되어 내면의 숨소리를 현실에 들켜서는 안 되었다. 살과 살을 비비고 육질에서 느껴진 그 기억들. 식욕 같았던 그 기억들도 점점 지워지고 있었다. 그는 아내와 갈라서고 깊은 숨을 몰아쉴 때부터 이미 고독과 합의를 한 것이다. 그가 지니고 있었던 침착과 차가움은 어쩔 수 없이 진즉 몸의 세포가 되었다. 그는 신발 뒤꿈치에 몰래 붙어 떼어지지 않은 껌처럼, 구질구질하게 자신을 따라왔던 외로움을 탓하지 않았다. 외로움은 그저 팔랑거리는 휴지나부랭이조각처럼 바람이 불면 날아가 버릴 거라는 생각이 들었다.

어디선가 디젤에너지를 먹는 차량엔진소리가 고요를 깨웠다. 그리고 남정네들의 말소리가 들려왔다. 며칠 전부터 골목길을 파헤치며 일하는 듯 마는 듯 했던 가스관 매설 공사를 하는 게 분명했다.

밖은 부윰하게 날빛을 흘리고 있을 거였다. 남자가 바깥의 낌새를 달팽이관으로 짐작하는 까닭은, 창문이 없는 집 탓이었다. 햇빛이 아예 들지 못하는 연립주택의 지하실 쪽방이 몸을 온전하게 보존하는 공간이었다. 1층에서 계단을 여럿 타고 내려와 컴컴하게 막힌 문을 열면 바로 집이고 현관이며 방이었다. 방 한쪽에 두어 뼘 넓이의 싱크대가 있고 붙여지다 만 듯 타일 벽에 고무호스가 늘어져 있었다. 천장에 붙어있는 형광등을 켜지 않으면 암흑이니 한밤중도 낮이요, 한낮도 밤중인 셈이다. 공기가 탁하면 출입문을 열어놓아 바깥의 기운을 어렵사리 끌어올 수 있지만 자연의 빛은 어쩔 도리가 없었다. 태어나서부터 몸이 길들여진 자연의 빛은 잡아올 수가 없었으나 길 하나를 두고 들려오는 소음은 어지간하면 다 들렸다. 소리의 파장이 암흑에 퇴화된 남자의 눈보다 밝은 귀청을 더 유혹한 탓이었다.

남자는 칫솔을 물고 나서 터질 듯 방광을 압박한 오줌을 내질렀다. 기세 좋게 내뿜었던 오줌줄기가 언제부턴가 찔찔거리는 게 영 개운치 않았다. 점점 어둠의 덫에 걸려 한발 한발 다가가는 육신으로 더 늙은 몸을 혼자 감당하기에도 벅찰 노릇이었다. 남자는 수도꼭지를 틀어 대야에 물을 받아 몸을 씻었다. 그리고 냉장고 문을 열어 반찬가게에서 사온 김치와 소시지볶음 통을 작은 밥상에 꺼내놓았다. 전기밥통에 먹다 남은 쌀밥이 어중간하게 적었지만, 그대로 숟갈질을 했다.

거대한 도시는 눈을 비비고 있었다. 아직 북쪽의 불빛들은 캄캄한 공간을 점령하여 도시의 윤곽을 드러내 보이지 않았다. 스카이라인은 잠이 든 채로 산봉우리에 돋아있는 뾰족하고 높다란 안테나 타워 아래, 그대로 지워져있었다. 간선도로변의 가로등불빛들과 편의점 숫자보다 더 많은 붉은 십자가들이며 덜 꺼진 네온사인이 사그라지려고 했다.

남자는 체크무늬 남방셔츠 위에 노랑등산조끼를 걸친 채 모자를 들고 집밖으로 나왔다. 이 시간이면, 늘어나기 시작한 차량의 엔진소리, 간헐적으로 귀청을 후벼 파는 신문배달꾼들의 오토바이소리, 지하철역을 향하는 사람들의 발걸음소리들이 서로 다투며 새벽을 깨웠다.

코에서 뭔가 주르륵 흘러내렸다. 차디찬 콧물 같이 흐르는 물질은 코가 닳아진 낡은 등산화에 뚝뚝 빨갛게 떨어졌다. 남자는 주머니에 든 화장지를 빼서 크응, 하고 코를 풀었다. 검붉은 체내의 찌꺼기가 묻어있었다. 왜, 육신이 배출한 이 불순물은 빨강이어야 하는가. 가끔 뱉어낸 가래침의 색깔은 누렇거나 담갈색을 띠고 있었는데, 마치 그건 덜 연소된 기름찌꺼기와 다름없었다. 육신의 기능이란 그렇게 세월에 종속되어 하릴없이 마모되었다. 딱히 콕 집어 알 수는 없지만, 모래를 움큼 꽉 쥐면 모래알이 술술 새어나가듯 몸의 어느 한구석부터 그렇게 망가지고 있을 것이었다. 치사한 육신에 대하여 얼마나 더 저항할 현실이 남아있을까.

아직도 불찰과 업보라고 핑계를 대며 체념하기에는 너무 아쉬운 걸까. 아내의 얼굴이 떠올랐다. 십년을 품고 반추해봐야 잘잘못의 결과는 사라지지 않을 것이다. 자신을 배신하고도 매서운 눈초리로 쓰레기 같은 냉소와 저주를 퍼부으며 떠난 여자를 수소문하여 무릎이라도 꿇어야 하는가. 제발 내가 잘못했으니 딸아이를 봐서라도 다시 한 번 잘 살아보자고. 가망 없는 짓이다. 누가 누구를 용서한단 말인가. 삶의 숨소리 속으로 분노 역시 사라진지 오래였다. 분노는 관심이었다. 서 푼어치의 인정머리와 동물의 본능에 빌붙어서 비겁하지 않겠다고 다짐했었다. 남자의 자존심은 점점 내면으로 착화되어 타들어갔으나 그뿐, 타인들에 의하여 시비될 성질은 아니었다. 그렇지만 마음의 한구석 어딘가에 욕망의 그늘이 여전히 미련으로 남아있는 게 분명했다. 남자는 머리를 도리질했다. 아직도 뇌쇄된 자기 자신이 너무나 미워졌다. 그건 자신 안에 숨어있는 간사한 승냥이의 그림자에게 휘둘리는 꼴이었다.

한파나 태풍이 지나간 뒤에 세상의 하늘은 티 없이 맑고 푸르렀지만, 인간에게 고통이 지나가면 마음은 더없이 무거움만 남았다. 차라리 그 화냥기 있는 년을 흉기로 푹 찔러버리고 감옥소에 들어갔더라면 어땠을까. 그렇다면 딸아이가 어른이 되어 애비를 더럽고 파렴치한 놈이라고 그럴까. 아닐 것이다. 애비를 이해하지 못한다고 해도 아주 나쁘게 생각하지는 않으리라. 그렇지만 모든 일은 원인이 있고, 설마해서 일이 터질 적에는 방심하거나 고의적으로 내버려두었던 자신의 불찰도 있었을 것이다. 어떤 일을 해결함에 있어서 시간의 접점이 필요했는데, 그 시점을 지나쳤다고 해야 할 것이다.

아무래도 생각해보니, 현대아파트 상가 쪽보다는 재개발 아파트로 가는 편이 나을 듯싶었다. 원자재가격이 워낙 많이 오르다보니 비철이고 철이고 할 것 없이 하늘 높은 줄 모르게 고철 값이 뛰었다. 아파트 구조물을 헐기 전에 알루미늄 창틀이며 전기선, 수도배관 따위와 운이 좋으면 집주인들이 챙겨가지 못한 전기기기 같은 물건들도 건져 낼 수 있었다.

행여 누군가 먼저 현장에 간 게 아닐까 하는, 생각이 스치자 마음이 급해졌다. 욕심의 충동을 못 이긴 남자는 트럭에 올라 시동을 걸자마자 재개발 아파트가 있는 곳으로 달려갔다.

높은 가림 막 뒤에서 푸석푸석 먼지가 났다. 호스에서 길게 뿜어져 나오는 물줄기가 허공으로 피어오르는 뿌연 먼지를 덮어버렸다. 포클레인들이 여기저기서 굉음을 지르며 굴

삭기를 손바닥처럼 퍼더니 콘크리트구조물을 허물어뜨리고 있었다. 바윗돌 같은 콘크리트 더미가 와르르 쏟아졌다. 서로 엉킨 철근 가닥들이 콘크리트 덩어리 속에서 삐죽삐죽 묻어나왔다. 불과 몇 십 년 전에 호기롭게 지어졌던 아파트는 시멘트가 삭아지기도 전에 헐린 것이다.

머리가 띵하니 한방 얻어맞은 느낌이었다. 예감이 현실로 왔을 때 희망은 좌절로 곤두박질쳤다. 재개발아파트들이 몰골사납게 폐허로 변하는 순간에도 이득을 얻는 자들이 있다는 게 거대도시의 속성이었다. 곰보가 잘못 알았거나 역정보를 흘려서 골탕을 먹게 한 것이다. 포클레인들이 난장판을 만들 지경이면 고물장이들은 벌써 일주일 전 쯤 일을 끝냈다고 봐야 했다. 이럴 줄 알았더라면 차라리 현대아파트 상가 쪽으로나 갈 걸 목표를 잘못 설정한 것이다. 지금 현대아파트 상가로 간다한들, 시간이 훨씬 지났으므로 할인마트에서 버렸을 종이박스는 이미 다른 사람이 실어갔을 게 뻔했다.

4.

월요일이었고 비가 오고 있었다. 그런 날에는 손님이 별로 들지 않아서 종업원아가씨도 쉬었다. 오토바이를 타고 온

중국집 종업원이 냉장고 밑으로 밀어놓은 우동그릇을 찾아간 후로 사람그림자는 얼씬 거리지도 않았다. 여자는 안개꽃이 든 화병에 물을 갈아주고 진열장 속의 얼음 통들을 닦아서 차곡차곡 놓아두었다.

세찬 빗줄기가 내지르는 소리를 들으며 여자는 자신도 모르게 콧노래를 불렀다. 그건 무연히 뇌리에 스친 슬픔이 불러오는 소리였다. 그리고 CD장식장에서 최진희의 '꼬마인형'을 찾아 오디오 입에 밀어 넣었다. 여성가수의 허스키한 목소리가 울먹이며 떠나간 사내를 그리워하고 있었다. 노래에 겹쳐 얼굴의 윤곽도 흐릿한 모습으로 아슴푸레하게 떠올랐다. 누군지 알 수 없었다. 헤어진 딸아이의 아빠도 아니고, 오래전에 죽은 그 분도 아니었다.

겨울 나그네. 카페 유리문에 붙은 파란 네온사인 글자들 위로 빗방울들이 튀기며 번쩍거렸다. 슈베르트의 외투자락은 눈발이 휘날릴 때야 제격이었다. 늦은 밤에 손님들을 내보내고 혼자 앉아있을 경우, 가게는 낡고 휑한 공간이었다. 빗물은 점점 많아져 유리문을 타고 줄줄 흘렀다.

여자는 문득 슬픈 꿈처럼 고즈넉한 저수지 둑길에서 딸아이와 함께 걸었던 일을 기억해냈다. 집은 저수지를 돌아서 언저리에 낮게 자리를 잡고 있었다. 그 아이가 무럭무럭 자

라서 자기 자신보다 더 큰 아가씨가 되었고, 이제는 갈등의
씨앗이 되었던 것이다.

　그 때, 누군가 문을 열고 불쑥 들어섰다. 그 사내였다. 우산
도 없이 비를 잔뜩 맞아서 회색 신사복이 후줄근하게 젖었다.
여자는 마른수건을 카운터 서랍에서 꺼내어 사내 옆으로 다
가갔다. 사내는 여느 날답지 않게 촉촉한 눈빛을 하고 있었다.

　훤칠한 사내는 언제나 혼자서 들어왔다. 그리고 한동안
아무 말 없이 음악을 들으며 병맥주 몇 병을 마시다가 슬며
시 사라지곤 했다. 카드를 긁지 않고 현금을 척척 내는 사내
를 여자는 주의 깊은 눈으로 보았다. 카페에 온 손님 중에는
간혹 매너가 넘치는 척 은근슬쩍 신사처럼 폼을 잡다가 수컷
의 정체를 무식하게 드러내는 사내들도 있긴 했다. 그렇다고
종업원아가씨에게 팁을 듬뿍 주는 것도 아니고, 값비싼 양주
를 자주 마시는 편도 아니었다. 아직은 그런 쪽으로 분류되
지 않은 사내였다.

　"오늘은 아무래도 맥주보담 양주가 더 나을 것 같은데요."

　"아무거나 하죠 뭐."

　"아참, 잘 됐네. 저번에 내 친구들이 와서 마시다가 남긴
술이 있어요."

　여자는 양주잔에 남실거리도록 술을 따랐다. 사내는 여느

때와는 달리 마치 갈증이 난 것처럼 연거푸 두 잔이나 게걸들린 사람마냥 쭉 마셨다. 그러더니 불타는 듯한 눈빛을 거두며 느닷없이 여자를 와락 껴안고 입술을 더듬어 빨았다. 여자는 숨이 꽉 막힐 것 같았다. 왜 사내의 무지막지함을 뿌리치지 못했을까. 아무리 술장사를 했어도 이상하게도 몸과 마음이 유리된 이런 일은 별로 없었다. 사내의 행동은 대담하게시리 남이 되어버린 남편과는 전혀 달랐다.

쭈글쭈글한 대추마냥 키가 작고 수줍었던 그 남자. 씨앗 하나를 휙 던지고 헤어진 그 남자. 세월은 알지 못하는 사이에 얼마만큼 삭아버렸는데, 이제는 사무치는 그리움이라든가, 추억의 허전한 그림자라든가, 그런 것들은 꺼져버린 비눗방울 같이 되었고, 만약에 남자가 막연하게 찾아오거나 행여 손짓을 한다고 해도 기다리는 일 따위는 없으리라고 굳게 마음을 먹은 지 오래되었다. 그렇지만 마음이 힘들고 허전할 때면, 성깔머리가 밴댕이 속보다 좁은 남자는 아이의 아빠로 여자의 뇌리를 스쳤다.

비가 멎었는지 갑자기 바깥에서 와자지껄한 소리가 들렸다. 자주 오는 골프 팀 패거리가 분명했다. 손님들이 자리를 잡고 있는 사이에 여자는 술과 안주를 준비했고, 사내는 혼자서 남은 술을 홀짝홀짝 마시더니 슬그머니 사라졌다.

공휴일이었고 늘어지게 늦잠을 잤다. 웬만하면 손님에게 번호를 잘 알려주지 않은 휴대전화의 벨이 울려서 눈을 떴다.

"오늘 가게 쉬는 날 맞지요? 나도 특별한 일 없는데, 계획 있어요?"

"아뇨."

"지금 우리 만납시다."

"왜, 우리가 만나야하죠?"

"어허! 전 지금, 작업을 거는 중인데, 그래도 잘 모르시겠어요?"

사내는 탱탱하게 바람이 잔뜩 든 풍선처럼 헛심을 돋우는 말로 억지를 부렸다. 거절하고 말고 할 것도 없었다. 여자는 가급적 자신의 말을 삼켰다. 그건 시미치를 뚝 떼며 사내의 의도를 은근히 부추기는 짓거리였다. 하긴 돈 냄새를 살짝 풍기는 욕정적인 사내들만 여자에게 꼬이는 건 아니었다.

"……그래요. 알았다구요."

여자가 약속장소로 걸어왔을 적에 사내는 승용차를 타고 여자가 사는 동네 첫 주유소에서 기름을 넣고 있었다.

"히야! 정확하시다. 나는 우리사장님이 거절할 줄 알고 얼마나 마음이 조마조마했는데……."

사내의 소나타승용차 안에서는 CD가 트럼펫을 불었다.

여자는 조수석에서 발을 까딱거리며 바깥을 내다보았다. 흐린 하늘 아래 야산과 들판은 짙푸른 파스텔로 칠해졌고 강물은 하얗게 흘렀다. 강물을 따라서 거슬러 올라가는 오른편으로 라이브카페들이 모여 있었고, 더 멀리 가다보면 모텔들이 띄엄띄엄 자리를 잡고 있었다.

"물이 보이면 마음이 차분해져요. 옛날에 살았던 집 앞에는 커다란 저수지가 있었거든요."

"아, 좋은 전원주택이었던가 보다."

"사계절 어느 때나 경치가 좋았는데……바쁘게 살 때는, 그걸 못 느꼈어요."

사내는 트럼펫이 연주하는 '해변의 길손'을 따라 휘파람을 불며 주차장으로 들어섰다. 차 안에서 서로 승강이가 있었지만 이내 서로 입을 다물었다. 더블침대가 작아 보일 만큼 넓은 방은 강 연안과 바짝 붙어있었다. 여자가 커튼을 제키고 베란다에 붙어있는 유리문을 열자, 정체모를 하얀 영혼들이 뭉게뭉게 달려들었다. 안개였다. 어느 먼 곳의 산들이 모여 있는 시원으로부터 물결은 안개를 뿜어내며 쉼 없이 흐르고 흘렀다.

그들은 먼저 누구랄 것 없이 서로 힘껏 껴안았다. 육신의 반응은 묘했다. 이질적인 몸과 마음이, 어떤 때는 싸우지 않고 이해하는 것처럼 슬며시 서로 양보했다. 그랬을 적에 몸과 마음은 야합했다. 원한다고 다 얻어지는 건 아니었지만, 원치 않아도 우연의 틀 속으로 들어갈 때가 있었다. 지킬 것도 없었지만 여자는 서두르지 않았다. 욕실에 들어가 거울을 보며 샤워를 했고, 천천히 방으로 나왔다. 사내는 벌거벗은 채 기다란 다리를 침대에 걸치며 담배를 꼬나물고 있었다.

수시로 가게를 단골로 드나들며 귀찮게 구는 게걸스런 뚱뚱이와 사내의 몸매가 머릿속에서 겹쳤다. 거만하고 속물적인 품격으로 숨을 할딱거리며 입에서 구린내를 풍기던 그 중늙은이의 안간 힘이라니. 감정이 정리되지 않은 건 정말로 어리석은 일이었다. 빛은 유리문 밖에서 서성거리고 있었다. 북쪽에서 들친 빛은 알 수없는 틈입자의 그림자가 어른거린 듯 했다.

"커튼을 닫아주세요."

스스로 브래지어를 벗은 상태였고, 흰 살빛이 침대 위에서 꿈틀거렸다. 사내는 뜨거운 입김을 뿜으며 살코기를 찢어 먹고 물을 찾아 헤매는 표범처럼 아래로 내려갔다. 사내의 얼굴은 바윗돌처럼 커졌다. 몸은 그림자와 일체화되어 그녀를 덮쳤고, 몸과 몸이 비벼질 때 사내의 해면체는 고개를 빳빳하게 쳐들고 들어왔다. 여자는 젖었고 가랑이의 각도를 더

벌렸으며 허벅지에 힘을 잔뜩 주었다. 여자는 자신도 모르게 하나가 되려는 몸부림에 길들여지고 말았다.

"아."

후끈한 숨결이 점점 더 거칠어지며 살과 살이 결합되었다.

"더!"

거친 호흡소리가 이글거리는 용암이 분출되기 직전의 고요로 밀려왔다. 얼었던 몸이 뜨거운 물속에서 무너지는 느낌이었다. 욕망이 견딜 수 없도록 한계에 다다른 막바지에서 여자는 두 팔을 사내의 목에 세게 감았다가 휘어진 허리로 절정을 향해 긴 신음소리를 질렀다. 부르르 떨린 신경의 고압선은 머리에서 발끝까지 감전시키며 정신이 멍멍해지도록 온몸을 이완시켰다.

욕망이란 그토록 무서웠던 것인가. 마음이 가면 몸도 따라가기 마련이었다. 그 순간만은 상대방이 남편도 사내도, 그동안 스쳐지나간 그 어떤 누구도 아니었다. 또 다른 자신의 그림자였거나 몸의 일부였다. 여자는 나른한 몸을 뒤척이며 아주 다정스럽게 말했다.

"거칠어도 좋았어요."

온몸을 쾌감으로 휘감을 때 죽음의 영역과 겹치는 건 아닐까. 죽음도 극치에 이르면 황홀감과 같은 신호를 보낼 것인가. 안개는 그 때까지 물러가지 않았다. 그들은 아주 오래된 연인처럼 자연스럽게 모텔 계단을 내려섰다. 근처 식당에서 여자는 뱀장어구이를 야채로 쌈 싸서 사내에게 먹여주었다. 여자는 사내에게 손을 잡히고 강물이 맞닿은 모텔의 산책로를 걸었다.

강의 언저리에서 안개는 무럭무럭 피어올랐다. 수면으로 물안개가 자우룩하게 번져나갔다. 마치 안개의 영혼들은 서로 속삭이며 점점 가까이 다가오는 것 같았다. 습기는 안개의 추동력이었고, 햇볕은 안개의 저승사자였다. 안개는 더 가까이 밀려왔다. 산야는 안개로 지워져 형태조차 보이지 않았다. 여자는 문득, 오래 전 거성산이 올려다보이던 저수지에 피어오르는 안개가 생각났다.

"우리, 여기 좀 있다가요."

툭 튀어나온 엉덩이로 나무벤치를 깔고 앉던 여자가 장난기어린 표정을 지으며 두툼한 입술을 열었다.

"우울병에 걸린 나를 치료해줄 신사가 필요해요."

"혼자 사는 일 자체가 자유 아뇨?"

"어떤 누구에게도 구속되고 싶지 않아요."

"그건 나도 마찬가지. 다른 기러기 아빠들처럼."

"돈 많이 있으면 오히려 더 홀가분하지 않나요?"

"집 사람과 딸애의 얼굴을 본지가 오래라서……가끔 보고 싶을 때가 없다면 거짓말이겠지. 오래 떨어져 있다 보니, 부부가 무촌이고 타인이라는 말이 생각납니다. 싸워도 가까이 있어야 부부인게지. 몸이 멀어지면 마음도 멀어진다는데."

간절한 말일까. 사내는 언젠가도 술을 마시며 똑같은 말을 했던 걸 기억하지 못하고 그대로 되풀이했다. 그런데 왜, 불현듯 생각하기도 싫은 좁쌀만 한 그 남자가 떠올랐을까. 알 수 없었다. 여자는 눈을 돌려 강을 내려다보며 뇌리에 흐르는 남자의 모습을 억지로 지웠다. 그리고 손을 까닥거리며, 조심성 없이 게임 같은 말장난으로 사내의 형편을 낱낱이 들었다. 은밀한 과거이야기가 풀어지기 시작한 것은 긴 입맞춤이 있고나서였다.

"……남편은 의처증이 있었죠. 남편은 병적일 정도로 너무나 내게 집착을 했어요. 술만 마시면 날뛰고 나를 죽이지 못해 안달이었어요. 결국 잦은 손찌검 때문에 헤어지고 말았죠. 하긴……남편을 알기 전에 어떤 분을 만난 적이 있어요. 지금은 죽고 없지만, 마흔이 넘었던 그분은 내가 여자라는 걸 알려주었다는 거. 부인이 가끔 도시락을 가지고 회사에 찾아올 정도로 금실이 좋았죠. 그때 난 제품 관리 직원이었고 미스였어요. 유부남을 좋아하게 되었다는 사실이 무척 부담스러웠지만, 순수한 감정을 지키면 괜찮을 거라는 믿음이 얼마나 어린아이 같은 생각이라는 건 훨씬 나중에야 알았으니까……고통스런 기억도 오래되면 희미해져요. 저는 태어날 때부터 그런 여자였나 봐요."

5.

씨팔! 입안에서 뱅뱅 돌다가 남자 자신도 모르게 뱉어놓은 욕지거리가 누구에게 향하는 것인지 몰랐다. 밖에는 아침부터 비가 부슬부슬 내리고 있었다. 비오는 날이면 공치는 날이었다. 사람들은 집안에 있는 쓰레기를 버리지 않았고 모아두었던 재활용품들도 밖으로 나오지 않았다.

어제도 비가 왔는데 지하철역 부근에서 오토바이와 접촉사고를 냈었다. 미처 백미러를 보지 못했던 남자의 탓이었다. 퀵서비스오토바이를 탄 사내의 왼손 새끼손가락 뼈마디가 부러져 입원을 시켰던 것이다. 이쪽의 차량이 보험을 들지 않았기에, 보험혜택은 아예 꿈같은 노릇이고 합의도 해줄지도 의문이었다. 딸애에게 보낼 거라며 모아 둔 돈까지 보태봐야 해결이 될지 말지였다. 아무리 이를 악물어도 인생길은 엇박자였다.

천장에 떠도는 형광등 불빛이 파리한 남자의 얼굴을 비쳤다. 불현듯 벽에 붙은 달력을 쳐다보았다. 씨팔! 어제는 쉰두 살이 된 생일이었다. 그걸 지금에야 기억해 내었다. 분명히 며칠 전에 달력을 보다가 생각했던 귀 빠진 날을, 잊고 있다가 이제야 알았던 것이다. 하기야 생일을 알았다고 한들 축하해 줄 사람도 즐거워할 까닭도 없었다. 작년에는 우연히 생일을 기억해내고 시장 골목에 있는 족발 집에서 혼자서 막걸리를 마신 적이 있었다.

며칠 전, 가끔 들르는 부자동네로 일컬어지는 곳에 트럭을 세워두고 이집 저집 기웃거리며 돌아다닌 적이 있었다. 원래 그런 부류의 동네는 별 재미가 없었다. 버리는 물건들은, 대개 구청차량이 순회하며 치워버리거나 가까이서 자주 돌아다니는 손수레꾼들의 차지였다.

남자는 어떤 집 앞에서 발길을 멈췄다. 오르막길이 시작되는 저택의 대문이 열려 많은 사람들이 들락날락하는데다가 가끔 얼굴을 마주치는 고물장이 동료까지 대문 안에서 탐욕스런 눈길을 보냈기 때문이다. 동료는 안으로 들어와도 된다는 시선을 턱짓과 함께 남자에게 보냈다.

잘 다듬은 잔디가 넓게 깔리고 굵은 소나무들과 갖가지 정원수가 자연석과 높은 담장을 따라 서있었다. 수영장과 농

구대의 맞은편으로 대리석을 붙인 삼층 저택이 사람들을 내려다보았다. 가운데는 연극무대마냥 병풍이 둘러쳐졌고, 주인인 듯 칠순 노인이 두루마기차림으로 태어난 지 얼마 안 되는 딸아이를 안았다.

사람들이 와자지껄하며 잔디마당 한쪽에 마련된 뷔페음식을 가져다 먹었다. 마당 끝에 매달린 확성기에서 노인의 목소리가 들렸다. 노인은 웃을 듯 말듯 한 얼굴로 아이의 돌잔치에 참석해준 축하객들에게 인사를 했다. 행사는 유명 개그맨이 나와서 진행하는 중이었다. 요란한 박수소리와 함께 며느리와 아들이 일어섰다. 시커멓고 우락부락하게 생긴 동료가 접시에 가득 퍼 담은 음식들을 들고 남자 옆으로 와서 입을 움질거리며 말했다.

"어이, 이봐! 이렇게 운수좋은 날이 가끔 생겼으면 좋겠어. 빨리 가서 많이 퍼오라고."

시커먼 얼굴이 들고 온 접시에는 갈비찜과 닭다리만 수북이 쌓여있었다. 사람들의 눈치를 보며 가져온 남자의 음식접시를 보면서, 입으로 닭다리를 뜯고 있던 시커먼 얼굴이 눈살을 찌푸렸다.

"아, 또 자주가지 않으려거든 많이 좀 담아오지, 그게 뭐야! 우리가 뭐 거지새끼들도 아니고, 경사스런 집에 들어와

축하해주고 얻어먹는 건데, 뭘 치사스럽게 그렇게 눈치를 보고 그래."

김밥과 수육, 잡채 따위를 담아온 남자는 부끄럽게 웃었다. 집주변을 여기저기 살펴보면서 잡채를 먹을 때 시커먼 얼굴이 남자에게 대뜸 퉁명스럽게 한 마디 덧붙였다.

"어이, 이런 집 처음 봐? 이런 놈들은 다 도둑질로 크게 한탕을 했거나 부모 잘 만나 운수 좋은 놈이거나 둘 중 하나지. 부러워 할 것도 없고 미워할 것도 없어. 다 제 복대로 살다가 뒈지면 끝이니까."

남자는 계속 무어라고 뇌까리는 동료를 무연히 처다보았다. 개그맨이 마이크를 놓고 잠시 자리를 비운 사이에 사람들이 떠드는 말소리가 잡음처럼 확성기를 통해 귀에 들렸다.

"아이고 녀석 참 잘 생겼다."

"이 다음에 크게 되겠는데."

"어쩜 이리 잘 생겼을까."

멀리서 보아도 이날 주인공인 딸아이는 축하객들의 덕담처럼 잘 생기지도 않았다. 축하객들은 자기들끼리 하는 말 중에, 가끔 늙은 집주인이 어마어마한 부자라며 4대 독자인지라 자손복은 지지리도 없는 편이라는 것이었다.

남자는 예전에 딸아이를 안고 저수지를 거닐었던 생각이

퍼뜩 지나갔다. 그리고 배가 빵빵하도록 음식을 먹은 다음, 내버릴만한 폐품이라도 있을까하여 그 집 뒤뜰을 둘러보았다. 주차된 차량은 모두 스무 대 남짓 되었다. 남자는 대문을 빠져나왔다. 바깥은 점점 어두움이 스며들었다.

이제까지 남자에게 황금의 시절은 없었다. 더 이상 기다려보아도 봄날은 찾아오지 않을 것 같았다. 산다는 일은 어느 누구나 비굴하고 치사한 것이다. 혼자 살다가 죽은 젊은 사람들은 덜 치욕스러웠을까. 살아있으므로 욕망은 굳은살처럼 깎을수록 돋아난 게 아닌가. 그건 모든 동물이 마찬가지다. 표범이 사냥한 사슴새끼를 다른 동물들에게 뺏기지 않으려고 나무 위에 올라가면, 하이에나는 표범이 지칠 때까지 밑에서 기다린다. 갈매기 떼는 어부가 그물을 끌어올릴 때까지 배 위를 떠돈다. 그건 사자가 사냥을 못하고 굶주려 초원을 미친 듯 헤매는 것과 마찬가지로 모든 동물이 그러했다.

남자는 여자와 갈라서고 한참 만에 딸아이를 만난 적이 있었다. 고등학교교정에서 웅성거리던 학생들은 교실 배치와 시험 치를 유의사항에 대한 교사의 설명이 끝나자, 종알대며 우우 몰려갔다. 어른 티가 나는 학생들 중에 그 동안 돌봐주지 못한 딸도 섞여 있었다. 딸아이는 아가씨가 되어있었다. 딸은 제 엄마를 닮아 흰 피부와 기다란 목덜미를 드러내며 속눈썹이 까맣고 긴 눈을 반짝이며 웃었다. 비록 수능고사장이 있는 학교 안이었지만, 여자와 헤어지고 나서 오랜만에 딸과 오붓한 만남이었다.

말이 시험이지, 일 년을 준비한 재학생부터 재수생까지 들끓은 교정은 부모와 당사자들의 초조함이 넘치고 있었다. 아이의 인생을 단 몇 시간의 시험으로 바꾸어버릴 거라서 남자는 안쓰러움만 느꼈다. 그동안 딸아이에게 해준 게 가끔씩 돈 몇 푼 보낸 것 말고는 아무것도 없었다.

"아빠? 우리 짜장면 먹자."

아이는 친구들을 보내며 남자에게 따스한 눈빛을 보냈다. 턱 끝을 스치고 지나가던 싸늘한 바람이 중국집 문 앞까지 쫓아왔다.

"탕수육도 하나 추가요."

종업원이 음식 주문을 받고 주방 쪽으로 떠나자, 아이는 하얀 팔목을 드러내며 남자의 손을 잡아주었다.

"떨지 말고, 보통 하던 대로 하면 되겠네?"

"뭐야아? 아빤. 보통 하던 대로 하면 낙동강 오리알이지."

"엄마는 잘 있어?"

"그런 거 같아요."

"그런 거 같다니?"

말도 마요! 너무너무 지겨워 죽겠어. 맨날 집에도 늦게 들어오고."

"이제까지 엄마 고생하는데, 그런 말 하면 되냐."

남자는 여자에 대하여 입도 뻥긋하지 않으려다가 마음을 고쳐먹었다. 아이의 말 몇 마디를 듣고 여자의 일상을 모두 짐작할 수는 없지만 괜히 마음이 심란해졌다. 그렇지만 아이의 말을 듣기만 하고, 어떻게 사는지, 무슨 일을 하며 살고 있는지에 관해서는 불문율처럼 입을 다물었다. 해결될 수 없는 상황인데 여자에 관하여 더 알아 무엇 하리.

"아빠, 지금도 그 회사에 다녀? 옛날 나 어렸을 때처럼 우리 다시 모여 살면 좋겠다. 그 저수지 동네는 지금도 그대로 잘 있어요?"

수면으로 갈앉았을 추억이 수험으로 긴박해야 할 아이의 뇌리로부터 튀어나왔다. 음식들이 나오지 않았더라면, 아이의 말꼬리는 더 이어졌을지도 몰랐다. 그러나 이미 아이는 어른스러울 만큼 가족사의 아픔을 잘 견디고 있는 듯 보였다. 몇 개월 전인가, 중국으로 유학을 간다며 떠난 딸아이를 본 것이 마지막이었다. 가끔 온라인통장으로 입금한 돈이 인출되는 걸 보면, 별일은 없으리라는 생각은 들었던 터다.

하루에 밥을 세끼니 이상 먹는 사람은 별로 없다. 인간들에게 삶의 질에서 변별력이란, 욕망으로 드러난 외형에서 찾는다. 어떤 사람은 넓은 집에서 살면서도 버스나 전철을 타고 다니고, 어떤 이는 단칸방에 잠을 자면서도 고급승용차를 몰고 다닌다면 맞지 않다고 한다. 사람들은 서로를 비교하면서 일상의 평균치를 만든다. 동물적 한 갈래의 인간이므로 끊임없이 욕망은 돋아나며 분출구는 다양하다. 먹이사슬에 깃든 동물적 본능을 벗어날 수 없으므로 슬픔은 계속 이어지고 내내 상존하리라. 허우적거리며 되는대로 살았거나, 죽기 아니면 살기로 삶을 치열하게 살았다고 해도 언젠가는 죽는다. 누가 누구의 삶을 인정하고 말 일도 아니었다. 아내였던 여자가 어떤 껍데기로 포장해서 살고 있건, 이미 남자가 간섭할 시기는 훨씬 지났을 터이다.

발품을 팔아 돌아다니는 중소기업 영업사원을 때려치우고 빈둥빈둥 논 것도 잠시였다. 가끔은 아비로서 딸에게 돈을 보내야했다. 물론 여자가 딸을 데리고 있는 한 모르쇠로 간들, 별 일이야 있을 턱이 없었다. 하지만 그 일만은 여자와 자신과의 기 싸움에서 자존심이 걸린 문제라는 생각이 들었다. 물론 헤어질 적에 서류상에 의무사항으로 명기한 것도 아니었다.

몇 해 전, 어둠이 채 가시지 않은 도심의 거리에 나간 것도 그 때문이었다. 뺨에 찬 기운이 묻어났다. 싸늘한 날씨가 조금 풀어진다싶었더니 기어코 눈발이 휘날렸다. 비슷한 키의 빌딩들이 모여 있는 구 도심지였다. 빌딩들 이마빡에는 임대 문의 현수막이 여럿 걸려있었다. 뿐인가, 작은 상가 유리문의 복사지에도 점포정리가 큼직하게 박혀있었다.

큰 시장 초입 약국 앞으로 몸을 웅크리며 사람들이 하나 둘 꾸역꾸역 모여들었다. 건너편 가전제품 대리점 쪽에는 승합차 예 일곱 대가 줄지어 서있었다. 일꾼들이 몇몇 몰려가며 차량은 시동을 걸었다.

로터리가 시작되었다. 삶이 고단한 그들은 인력시장을 무슨 까닭인지 로터리라고 불렀다. 어둠이 가라앉은 시간부터 소나기처럼 반짝하던 인력시장도 날빛이 다가올 쯤 이면 아쉽게 파장이었다. 일거리를 물고와 일꾼들에게 일을 나눠주는 우두머리와 함께 봉고차를 타는 정원이 채워지고 떠나면 로터리는 금방 파장분위기가 되었다. 인부들은 눈치껏 일감을 찾아 종종 걸음으로 떠나거나, 하나 둘 슬며시 자리를 빠져나가는 눈치였다. 기대가 실망으로 바뀌면 몸뚱이 어딘가부터 무너지는 느낌이었다.

"에이 씨발. 나는 흔하게 연결되는 오야지도 없어!"

남자 앞에서 얼쩡거리던 검정 방한복에 누런 운동모자를 쓴 구레나룻이 양미간을 찌푸리더니 가래침을 돋우어 길바닥에 카악 내뱉었다.

　"기술도 없고 재주도 없는 초짜가 이놈의 로터리에 와봐야 아는 놈 없으면 뻔하지 뭐. 그렇게 일감 구하기가 쉬우면 누가 이른 새벽에 오돌 오돌 떨며 여길 오겠어. 오늘 소개비는 굳었군. 그걸로 막걸리나 마시고 늘어지게 한잠 자야겠어."

　바로 옆에서 작달막하고 핼쑥한 얼굴이, 담배연기를 날리며 두어 모금 더 빠끔빠끔 빨아대더니 발로 비벼 끄고 나서 맞장구를 쳤다.

　"그래도 몇 년 전에는 하루 전날 일이 생길지 알 수 있었는데, 요즘은 그마저 옛날이야기가 되어버렸으니 꿈자리가 불안할 수밖에…….

　등이 구부정하고 늙수그레한 사람이 입김을 날리며 낮은 소리로 말했다. 남자는 호기심 가득한 눈빛으로 그 사람을 다시 한 번 바라보았다. 낯이 익었으나 어디서 보았는지 얼른 기억이 나지 않았다. 핼쑥한 얼굴은, 남자와 키 크고 등이 구부정한 사람을 번갈아 쳐다보다가 툴툴거리며 내질렀다. 그러자 구레나룻이 끼어들어 굵은 목소리로 반말을 지껄였다.

　"글쎄 말이야. 난 벌써 일주일이나 팔리지 못했는걸. 오야

지만 믿고 왔는데……좆같이 일감이 없으니 오야지인들 별
수가 없겠지."

철근, 콘크리트 작업자들의 일감은 나은 편이었지만, 초짜
들의 일이라고 해봐야 건설현장의 잡일이 대부분이었다. 어
둠이 물러갈수록 가늘게 흩날리던 눈발은 점점 더 굵어졌다.

"나 좀 잠깐 봅시다."

"나 말입니까?"

키는 컸으나 등이 굽은 사람이 뱁새눈을 크게 뜨며 남자
를 내려다보았다. 크게 뜬 뱁새눈은 분명 낯이 익었다. 남자
는 그를 어렴풋이 떠올릴 수가 있었다. 구레나룻과 핼쑥한
사람이 그들을 힐끔힐끔 보면서 자리를 떴다.

"혹시 탄약창에서 근무하지 않았소?"

"예, 그렇습니다마는……그렇다면, 행정과장 나 소령님?"

"맞아요, 맞아!"

큰 키는 얼굴을 붉히며 반갑게 남자의 손을 맞잡았다. 그
들은 약국 뒤편 골목에 접어들어 순대국밥 집으로 들어섰다.

"정말 오랜만이요. 박…?"

"박 이상입니다."

"아, 그래요. 맞아요. 박 이상 씨."

참이슬 한 병과 선지 해장국에 곁들여 고춧가루가 옅게

묻은 깍두기가 나왔다. 뜨거운 국밥에서 모락모락 하얀 김이 피어올랐다. 그들은 누가 먼저랄 것도 없이 숟가락을 들고 밥을 떠 넣었다. 예전에 7급 군무원과 현역 소령으로 만났던 상하급자의 관계는, 구인시장에서 막노동일꾼으로 만나는 처지가 되었다. 직장을 자의 반 타의 반으로 사직하게 되었을 적에 상대방은 지휘관 편에서 남자의 입장을 어렵게 만들었던 장본인이었다.

"그땐, 창장님이 좀 너무했었지. 박 이상 씨처럼 착실하게 근무했던 사람을 그렇게 처리하는 건 아니지. 그때 누가 그랬는데, 식당을 했었던 박 씨 부인 때문이라는 소문도 있었지만……."

키다리는 국물을 홀홀 마시다말고, 말실수를 느낀 듯 화들짝 놀라며 손을 내저었다. 남자는 음흉하고 능글능글하게 생긴 창장의 얼굴이 금세 떠올랐다. 가끔 칭얼대는 아이를 안고 식당에 갔다가 아내를 탐욕스럽고 끈끈하게 바라보고 있었던 그 음흉한 수컷을.

"아, 됐습니다. 저는 이제 그 까마득한 일은 별로 기억하고 싶지도 않고요. 참, 박 과장님은 언제 제대를 하셨나요?"

얼굴이 긴 뱁새눈은 깍두기를 우둑우둑 씹더니 물 컵을 입에 갖다 대고 억지로 헛웃음을 흘렸다. 소주 석 잔을 단숨

에 비운 뱁새눈은 그제야 먼지를 털듯이,

"아, 오래되었소."

그는 원래 솔직한 성격이었다. 여러 차례 진급에 탈락되자 제대를 했는데, 세상살이가 보통 팍팍하기 이를 데 없노라고 실토하면서 처음에는 정수기 회사에 들어갔다고 운을 뗐다.

"먼저 제대한 동기생이 재벌회사에서 정수기 판매담당부장으로 취직을 했는데, 수입이 여간 아니라고 부추겼어. 사실 그게 요즘 유행하는 다단계 피라밋 조직과 별 다를 게 없었고, 부장이라는 건 명함에만 찍어준 허울뿐이었지. 집에서나 아는 지인들에게 우선은 명함을 내밀면 군에서 고급장교를 지낸 경력으로 봐서 상품을 사주었지만, 결국에는 보증금이라고 회사에 맡긴 돈만 거덜 나고 말았어요. 애들이, 아빠! 천원만! 하고 손을 내밀 때는 가슴이 철렁하여 죽고 싶었소. 어두운 시절이 이토록 오래간다는 건 다 내 못난 탓이지만, 하루 이틀, 막연히 희망을 가지며 버틴다는 게 어디 쉬운 노릇이오? 애들을 학교에 보내는 것도 벅차서 마누라는 식당에 파출부로 나가고 나는 심근경색증을 얻었소. 사실 그건 군대에 있을 적에 얻은 병이었는데, 치료하기도 쉽지 않고 보훈처 심사에서도 인정이 안 된다고 합디다. 아는 분의 소개로 아파트 경비원노릇도 좀 해보았지만, 그 까짓 박봉에다 아파트 아줌마들의 치맛바람이 어디 보통 거세야 말이지. 이런 곳을 기웃거린 지도 몇 개월 되어 가는데…… 박 이상 씨? 참내, 아니, 이제는 여기가 군대도 아니고, 박 형께서도 나이가 꽤 되었을 텐데, 박 형이라고 말하리다. 그러고 보니 우리 인연도 보통은 아니네. 박 형은 언제부터 이런 로타리에 나오게 되었소?"

현실은 밥이었다. 불확실한 삶을 용케 이겨내고 살아왔으므로 내일도 그러리라는 보장은 없다. 삶이 늘 풍요롭지 않으니 인생길에 관한 이정표는 거듭 변할 수밖에. 그 신기루 같은 이정표를 믿어야 할지 말지는, 시시때때로 다가오는 감정이 현실을 냉엄하게 바라보면서 결정되는 것이다. 그러나 몸뚱이는 얼마나 간사스러운지……. 나이가 들어 자신이 감당할 수 없는 일은, 이제까지 시퍼런 칼날을 세웠던 적의를 버리고 체념하려들었다. 체념하는 버릇이 길들여진 까닭은 세상과 화해가 아니라, 포기에 가까운 것이리라. 갈수록 자신이 발휘할 수 있는 역량 안에서 움직이며 살아왔다. 너덜거리는 육신의 한계도 얼마 남지 않았는데, 기억이 아물아물한 것도 그러려니와 망각이란 얼마나 좋은 일인가. 생애의 뇌리에 기억되는 것 중에서 잊어버리고 싶은 기억을 사그리 지워낼 수만 있다면 얼마나 좋을까.

"박 형도 마찬가지일 거라 생각하오만, 인간들의 먹이사슬로 지탱하는 도시에서 어떻게라도 살아보려고 하니, 장난이 아닙디다. 한번 실패해서 추락하면 웬만해서는 다시 제자리로 올라가는 일이 천운일 겁니다. 천운이다마다요. 아무튼이거, 여기 로타리도 아주 어렵게 돌아가는군. 내 동기생이 그러는데, 차라리 폐품수집하려 다니는 게 훨씬 실속이 있고 알짜라고 합디다. 나도 그쪽을 좀 더 알아보는 중이요. 박 형도 생각 있으면 한번 알아봐요."

뱁새눈과 헤어지면서 라면 다섯 봉지와 감귤 천 원어치를 사가지고 집으로 돌아왔다. 남자는 여느 날처럼 전혀 짜증이 나지 않았고, 허무의 그림자가 쫓아오지도 않았다. 산다는 일은 어차피 이런 행태의 높낮이가 연속적으로 찾아오다가 그치면 스러질 뿐이었다.

6.

마을에는 이름처럼 넓은 저수지가 있었다. 봄이나 가을아침나절이면 수면 위로 보얗게 안개가 뭉글뭉글 피어올랐다. 안개는 어두운 밤에 머리를 풀고 귀신처럼 슬그머니 나타났다. 그리고 사위를 질식시켜 까무러지게 했다가 햇볕이 쨍쨍해지면 슬며시 사라지곤 했다. 안개 덮일 무렵에는 저수지가 있을 성 싶지 않을 정도로 아카시와 잡목 숲이 어우러져 있었다. 안개가 걷히면 저수지의 수면은 언제 그랬냐는 듯, 말간 눈을 뜨고 살며시 다가온 바람을 맞으며 은빛물결로 반짝거렸다.

저수지의 동쪽으로는 웅장하고 완만한 능선을 지녀 푸른 그림자로 떠있는 거성산이며 서쪽에 질펀하게 널려있는 들녘 한가운데 1번 국도가 지났다.

마을 1리와 2리는 서울로 향하는 읍내 변두리 도로가 갈라놓았다. 전쟁 직후에 외국군 방공포부대가 주둔 한 뒤 군인들의 소비경기로 흥청거렸던 마을은, 80년경부터 국군부대로 바뀌면서부터 썰렁해지기 시작했다. 외국군을 상대로 장사를 해먹고 살던 주민들은 갑자기 생계의 방향을 잃고 삶이 뒤죽박죽되었다. 거의 십여 년이 다 지났어도 갈피를 잡지 못하고 막노동이나 인근 중소기업의 공장에서 잡일을 하며 그날그날 목에 풀칠을 하며 살아가는 사람들이 많았다.

그 흔적들은 쉽사리 지워지지 않아서 예전의 외국군들이 다니던 단골 술집간판은 땅에 떨어져 텃밭의 울타리가 되었고, 헐거워진 집들의 시멘트벽 곳곳은 아직 지워지지 않는 알파벳 글자들이 또릿한 낙서로 묻어있었다. 외국군들이 아스팔트로 포장해주었던 마을길을 나서면, 오히려 읍내로 나가는 간선도로는 흙먼지가 풀풀 날리는 신작로였다. 아침저녁으로 읍내나 서울 방향으로 직장을 찾아나가는 젊은이나 학생들은, 농업전문대학을 미처 못가는 그 흙먼지 길 끄트머리의 버스정류장 푯말 앞에 서 있다가 회오리바람처럼 몰려오는 흙먼지를 뒤집어쓰기 일쑤였다.

남자는 서른 살로 가무잡잡하고 작달막한 체구가 다부졌다. 읍내 외곽에 있는 탄약창 부대의 정비공장에 다니는 7급 기능직 군무원이었다. 아버지 때부터 이곳으로 흘러들어와 살았던 터였다. 아버지가 남긴 유산이라고는 불량주택과 그의 지방대학교 졸업장이 전부였다. 그러나 남자는 한 번도 아버지에 대해서 원망을 하거나 불평 같은 것을 입도 뻥긋한 적이 없었다. 어려서부터 고생으로 인생을 도배질한 일을 어쩌면 당연한 것처럼 받아 들였던 것이다. 남자는 농촌 아닌 농촌, 아니 빈촌이라고 해야 할 마을이 없어지지 않고 아직 남아있을 무렵에 여자를 만났던 것이다.

탄약창 철조망 울타리에 붙은 8검문소에서 가까운 저수지 둑길 끝으로 가다보면 담장도 없는 남자의 집이 있었다.

아장아장 걷는 딸아이도 있었다. 외할머니와 노는 아이를 보면 볼수록 남자의 마음은 늘 아렸다. 남자는 부대에서 퇴근하면 곧 바로 집으로 들어왔다. 천진난만한 아이의 순수한 눈빛을 보면 고된 하루의 모든 일이 고마워서 스스로 하늘에게 감사했다.

남자는 아이를 번쩍 안고 저수지의 가장자리까지 걸어 나가 수면을 내려다보았다. 잔잔한 수면은 붉게 물든 석양의 빛살로 타올라 퍼덕였으며 반사된 황금빛은, 아버지와 딸의 얼굴을 동시에 감싸 안았다. 휘파람을 불면 남자를 금세 알아보고 생글거리는 아이는 발을 뻗치며 손을 흔들었다. 휘파람 소리는 새 지저귀는 소리와 흡사해서 아이의 귀를 울려 핏줄을 잡아당기는 신호였다. 아이와 놀면 아이가 되었다. 아이가 될수록 행복해졌다. 아이와 놀다가 살포시 잠이 들면, 남자는 저수지 부근에서 그가 뛰어놀았던 유년이 떠올랐다. 아이는 활발한 몸놀림으로 나대고 건강하게 자랐다.

피가 당기는 이치는 뭘까. 어쩌면 저리도 티 없이 맑은 자연 그대로인가. 그런데 사람들은 시간이 갈수록 얼룩지고 오염되어 추해진단 말이지. 전생의 어떤 사이에서 아비와 딸로 또다시 만나게 되었을까.

친정엄마로부터 아이가 크기 전에 빨리 돈을 모아야 한다며, 여자는 장사 할 것을 권유받았다. 음식 잘 만드는 친정엄마의 솜씨 있는 도움이 있어 겁도 없이 해물탕 전문식당을 차린 게 그 무렵이었다. 바닷게와 미더덕과 조개 따위, 콩나물과 미나리를 양념에 섞어서 얼큰한 국물 맛을 내어 술꾼들의 입맛을 사로잡았으니 술손님들이 자연히 북적거렸다. 그러니까, 주로 해물탕을 찾는 손님이 많았지만 쾌활한 여주인을 찾아서 한정식 위주의 고급 손님들도 더러 찾아왔다고 해야 할 것이다.

제법 넓은 식당의 규모와 맛깔스런 음식은, 젊은 여주인의 상냥함과 더불어 입에서 입을 빌려 손님들이 바글바글하게 들끓었다. 하긴 조그마한 읍내의 형편으로 보아 입성으로 소문이 날만한 식당도 별로 없었던 터였다.

거기다가 키가 늘씬하고 하얀 살갗으로 각선미를 자랑하는 여자가 빨간 투피스를 입고 인근 도시에 나섰다 치라면, 아가씨로 착각한 사람이 한둘이 아닐 정도였다. 뽀얀 얼굴에 짙은 눈썹 아래 맑고 속눈썹이 긴 눈을 보고 반한 손님도 여럿이었다. 더구나 그녀의 성격은 서글서글하고 시원한 편이었다. 그러나 왠지 어두운 그림자가 드리워진 느낌을 지울 수가 없었다.

서울에 가족이 있는 부대의 창장이 숙소에 혼자 기거하면서 아침저녁을 식당으로 와서 밥을 먹는 일이 잦아진 것도 그 무렵이었다. 한번은 일하는 아줌마대신 방안으로 밥상을 들고 갔는데, 우악스런 손으로 여자의 허리를 잡는 것이었다. 여자는 도발적인 눈빛을 얼핏 느꼈으나 엉큼한 창장의 자존심을 상하게 하여 남편에게 악영향을 미치게 되는 게 두려워서 얼른 방을 나와 버렸던 일이 있었다.

원래 부대 주변에서 1.5 킬로미터 떨어진 데까지를 군사시설보호구역으로 정하여, 집의 증개축이나 하다못해 가축을 키우는 축사까지 짓는 것을 금하고 있었다. 무식의 소치였는지 몰라도, 남자는 다 쓰러져가는 아버지의 집을 헐고 그 자리에서 새집을 지었다. 손바닥만 한 불량주택을 헐고 붉은 벽돌로 지은 작은 집이었다. 몇 년 동안 쥐꼬리만 한 봉급에서 떼어낸 돈으로 농협에 부은 적금과 신용대출을 보탰던 전부였다. 그런데 시멘트 냄새와 도배지가 마르기도 전에 누군가가 찾아왔다. 입을 벙싯거리며 맞이한 손님은 축하객이 아니라 불청객이었다. 군청 건축계 직원이 종이 한 장을 달랑 들고 와서는 철거하라는 소식을 전했다. 몸뚱이나 진배없는 집을 헐라니 청천벽력도 이만저만이 아니었다. 벽돌 한 장 문틀 하나가 자신의 뼈와 살덩이가 어우러져 만든 집을 헐어버리라는 것은, 어떤 이유에서건 도저히 승복할 수 없는 일이었다. 차라리 혀를 깨물고 그냥 죽으라고 말을 했다면 억울하거나 분하지는 않을 것이었다. 마른하늘에 날벼락이 따로 없었다.

아내는 남자에게 버티는 데까지 가보자고 했지만 속으로는 끙끙 앓고 있었다.

하루는 반장이 주의 깊은 이상한 낯빛을 하더니 행정과에서 호출명령이 떨어졌다는 것이다. 자전거를 타고 부랴부랴 행정과를 찾았다. 평소 같았으면 남자 같은 기능직 군무원이 감히 창장인 육군대령을 대면하는 일 따위는 어려웠다. 부대에서는 하늘같이 떠받드는 지휘관이었기 때문이다. 직할독립부대인지라 지휘관이 모든 부하장병들의 인사라든가, 신상필벌에 관한한 모든 권한을 행사했다.

남자는 은근히 속으로 무척 긴장하면서도 나쁜 일이야 있으랴 싶었다. 우선 행정과에 들러서 무슨 일인가 알아보려고 했더니 과장은 미리 C·P로 올라갔다는 것이다. 남자는 둥글둥글 깎인 가시향나무가 종대로 줄지어선 시멘트 계단을 올라갔다. 행정과장 나 소령이 뱁새눈을 치뜨며 기다리고 있었다.

"아, 박 이상 씨 왔어요. 나 잠깐만 봅시다."

키가 훤칠한 소령은 남자에게 손짓을 하며 당번병이 앉아 있는 구석진 곳으로 불렀다.

"박 이상 씨? 창장님께서 말씀을 하시면 대꾸하지 말고 고분고분 잘 들어야 합니다. 창장님 성질 알지요? 지난번에 잘린 이 씨처럼 괜히 승진 고가표에 점수 잃지 않도록 잘 하시오."

"그런데 제가 뭘 잘못했는지 잘 모르니까……."

"모르다니요? 뭘 모릅니까. 벌써 부대에 그 집 짓는다는 소문이 떠돌아다닌 지가 얼마나 지났는데, 시침을 뗍니까."

그 말을 듣고 나서부터 남자는 주눅이 들어 괜히 심장이 퉁퉁 뛰었다. 당번병이 노크를 하며 문을 열어주었다. 창장은 뚱뚱한 모습으로 의자에 앉아 신문을 보고 있었다. 그리고 남자를 빈정거리는 눈빛으로 흘끗 쳐다보며 앉으라는 말도 없이, 공무원 신분으로 법을 어겼으니 보직을 변경시키겠다고 으름장부터 놓았다. 빠른 시일 안에 해결하지 않으면 탄약 재고분과 인력에 관한 통계 행정 일을 맡은 보직을 그만 두게 하고, 정비공장으로 보내버릴 수 있다는 말도 서슴없이 뱉었다. 정비공장으로 보내준다고 해서 못할 것도 없었다. 아니, 어쩌면 되려 정비공장이 더 마음 편할 듯싶었다.

창장 실을 나오면서 남자는 뒤틀린 심사로 울화가 슬슬 치밀었다. 창장이 직장의 상급자라고 해도 그렇지, 아무도 집을 지을 적에 벽돌 한 장을 보태준 일도 없었다. 더더욱 집들이 할 때에 부하들 편에 휴지 한통 보내준 적 없었다. 아무리 열 번을 이해한다고 해도 이건 말도 아니었다. 집 문제는 분명히 사생활에 해당하는 일이었다.

"씨팔, 하도 성질이 복받쳐서 홧김에 폭탄더미와 함께 저세상으로 날아 가버릴까도 했지요."

"그러면 쓰남."

고용원으로 함께 다니던 이가 참아야 한다며 만류하지 않았더라면 자기 자신의 집에다 불이라도 싸질러버리고 싶은 걸 간신히 참았다. 남자는 바람 빠진 풍선마냥 풀이 죽어있었다.

7.

살림을 뒷바라지해오던 친정엄마가 길을 건너다가 트럭에 치었다. 태풍의 끝자락을 잡고 또 하나의 태풍이 오면서 빗줄기는 게릴라처럼 들고났다. 병원에서 몇 달밤을 지새운 여자는 긴 머리가 헝클어지고 부스스한 얼굴이었다. 아이는 가끔 앙앙 울었지만, 남자는 아카시 숲이 바람에 일렁이는 집 마루에서 함께 흔들리며 잠을 재웠다. 아이는 배고프면 울고 잠이 오면 새근새근 잠이 들었다.

머리를 다친 엄마는 의식을 되찾은 듯 했으나 가끔 헛소리를 했다. 간호사에게 "나 좀 집으로 데려다 주라."고 했다던가. 몇 달을 병원에서 오락가락하더니 저 세상으로 떠나버렸다.

살아있다는 것은 얼마나 불확실한가. 그러므로 불확실한 삶은 머리 위에 죽음을 놔두는 것과 다름없다. 죽음이 있으므로 온전하게 존재의 의미가 살아있는 걸까. 웅숭깊은 친정 엄마는 치욕스러운 인간의 삶을 더 연장하지 않는 일이 자연의 이치라고 알았을지도 몰랐다. 동물적 육신의 한계에 이르러 인간의 의지는 얼마나 괴로운가. 그래도 그녀의 죽음은 비루하지 않은 편이었다. 엄마는 죽기 전까지 비교적 평온한 모습이었다. 여자는 임종을 보지 못하고 섧게 울다가 눈물샘이 마르고 메말라서 곤고한 마음조차 엄마의 시신과 함께 불에 태워버렸다.

"저거 좀 보아요."

"어디?"

한줌의 재가 되어버린 엄마의 유골을 절에 모시고 사방이 부연 안개로 덮여있던 날, 여자는 남자에게 말했다. 여자가 손가락 끝이 가리키는 곳은 산신각 너머 소각장굴뚝 옆이었다. 소나무가지에 잿빛으로 움직이는 정체모를 물체가 보였다. 산비둘기 한 마리가 앉아있었던 것이다. 사십구재 마지막 날이었다. 엄마의 죽음을 내세의 인연으로 생각했을 여자는 서럽게 울었다. 남자는 아이를 업은 채 그 날짐승을 말없이 올려다보았다.

횅하게 비어버린 엄마의 자리는 컸다. 여자는 식당운영을 하는 둥 마는 둥 흐지부지 하다가 남의 손에 넘길 수밖에 없었다. 그 무렵에 남자는 식솔들의 숨소리를 이어가는 방법을 소홀히 했다. 생활이란 가장의 중요한 의무였지만 군무원을 그만두고 실직한 상태로 집에서 놀았다. 속절없이 시간을 기다리기에는 세상살이가 너무나 각박했고, 집안일은 급박하게 돌아갔다. 부부는 살았던 집과 식당을 모두 정리하여 아이와 함께 그곳을 뜨기로 했다.

거성산 아래 널따란 들녘은 벼 베기가 끝나서 채워지지 못한 채 횅뎅그렁하게 비어있었다. 쓸쓸한 저수지와 저편 마을 뒷산사이를, 안개는 느릿느릿 돌아다니며 멀리 빠져나가지 못했다. 가을이면 저수지 수면 밑에 숨어있던 안개가 머리를 풀어헤친 여인의 한처럼 그 주변을 휘휘 하얗게 감돌았다.

마을과 집에는 남자가 태어나서 지금까지 살아왔던 모든 삶이 묻어있었다. 아버지의 삶까지 고스란히 남아있었다. 먼 마을 사람들의 모습은 보이지 않았으나, 식구들이 도란도란 앉아서 저녁밥을 먹었던 추억이 새록새록 떠올랐다가 사라졌다. 뭐라고 딱히 형언하여 집어낼 수는 없었으나 무수한 기억들이 얼키설키 머릿속에 떠돌았다. 그러나 소소한 기억들은 참담한 기운 속으로 거친 황야의 흙먼지처럼 부옇게 흐려지다가 멀리 날아갈 뿐이었다.

　남자는 눈물이 핑 돌았다.

　한동안은 부부 모두 힘들었다. 고비사막에서 날아온 누런 흙먼지가 하늘을 뒤덮고 벚꽃 잎 떨어져 햇빛이 길어질 무렵이었다. 그들이 전 재산을 정리하여 서울 변두리에 마련한 건 방 두 칸짜리 연립주택 전세와 치킨 가게였다.

　아파트로 들어가는 입구에는 보증금과 권리금이 높아서 주택가와 아파트 사이에 있는 어정쩡한 곳에다 가게를 얻었다. 그렇지만 여자는 상냥한 성품과 예전의 식당을 해보았던 경험으로 열심히 일을 했다. 노란색 바탕으로 치장된 가게에서 부부는 식용기름에 찌든 옷을 입었고 남자는 오토바이배달로 바쁘게 돌아다녔다.

　튀김 닭 가게에서는 튀김 닭다리와 튀김 양념 닭만 파는 게 아니었다. 바늘에 실 가듯 반드시 생맥주를 곁들였다. 배달하는 대상은 가정집이지만, 호프를 마시러오는 손님들은 대부분 남정네들이었다.

　반반하게 생긴 여성을 볼수록 사내들의 눈빛은 거의 게슴츠레해지거나 엉큼한 욕망을 담고 불타는 눈빛이 되어버린다. 때때로 여성의 친절을 유혹으로 잘못 받아들이는 사내들은 얼마나 많은가. 더구나 술을 파는 여성이라면 사내들의 끈끈한 눈초리에서 절대로 자유로울 수가 없는 법이다.

남자는 가게 문을 닫고도 별로 입에 대지 않았던 소주를 마시기 시작했다.

"왜, 당신은 가게에 들락날락하는 손님들만 보면 실실 웃는 거야?"

"무슨 말이에요?"

"당신이 더 잘 알 거 아냐!"

"나, 더 살고 싶어요. 이렇게 사는 일이 무의미하고 몸이 지쳤어도 아이하고 살려고 이러는 거라구요.

"하여튼 그 버릇은 옛날 해물탕집 할 때나 지금이나 알아 줘야 해."

"무슨 말이 더하고 싶은 거죠?"

"당신이 아무에게나 불필요하게 과잉 친절을 베푸니까 하는 말이지."

"당신이 나가서 돈만 많이 벌어와 봐요. 누군 이 짓이 좋아서 하는 줄 아세요. 그렇다면 내일부터 당장 내가 주방에 들어 갈 테니까, 당신이 홀에서 손님들에게 서빙을 한번 해봐요. 아마 밤톨만한 그 몸으로 왔다 갔다 하면 가게에 왔던 손님들이 기겁하고 다 도망갈 테니."

"뭐가 어쩌고 어째!"

남자가 홧김에 집어던진 조리기구가 홀 바닥에 땡그랑, 던져졌다. 툭, 와장창. 생맥주잔이 둔탁한 소리를 내며 가게 유리문을 박살내었다. 여자가 던진 유리잔이 남자의 마음을 도려냈다. 남자는 여자의 긴 머리끄덩이를 잡고 바닥으로 패대기를 쳤다. 여자도 지지 않을세라 아무거나 마구 집어던졌다. 부부의 냉전은 도를 넘어 시일이 지나도 풀릴 기미가 전혀 보이지 않았다.

설상가상으로 조류독감에 걸린 닭과 오리들이 땅속에 묻어지는 일들이 벌어졌다. 신문과 방송은 날마다 도살된 닭이 몇 십만 마리라느니, 감염에 걸린 닭을 먹은 환자가 발견되면 해당 지역을 봉쇄한다고 어마어마한 뉴스를 토해놓았다. 아파트에서 주문하여 배달되는 일은 아예 뚝 끊겼다. 차라리 가게 문을 닫는 게 편할 성 싶었다.

"처음에는 사람 착하다고 믿었지만, 인생을 그렇게 살아서 뭐해요. 융통성이라고는 눈곱만큼도 없는 사람과 살기에는 나도 이제 지쳤어요."

"세상이 어려우면 누구나 다 그렇게 힘들게 살아."

"그렇다고 가만히 있으면 누가 밥 먹여준대요. 그렇게 잘난 척 하지 마."

"이제 보니 아주, 나하고 싸우려고 작정을 했군 그래."

"울 엄마도 울 아버지하고 싸우고 살았어. 세상 부부들이 다 싸우면서 사는 게 정상 아닌가. 세상을 조금 더 멀리 보라구."

무능하면 성질이나 부드러워야지. 자존심도 아닌, 치기를 드러내는 남편의 꼴을 점점 보기가 싫었다. 애당초 파국은 삶속에 숨어있기 마련이었다. 날이 가면 갈수록 쌓이는 권태와 신산한 삶은 양념처럼 어슷하게 그들 부부를 타인으로 몰아넣었다. 그들은 서로의 의중을 짚어보며 불투명한 장래를 느꼈다.

이혼이 새로운 인생으로 행복하게 출발시켜주는 일 따위는 없었다. 시간이 지나면 이루 다 말할 수 없는 절망과 온몸을 혼란에 빠뜨리는 분노, 늘 머릿속을 어지럽게 만드는 슬픔조차 기억에서 멀어져 가는 것이다.

8.

그런데 어디서부터 사내와 어슷하게 빗나가게 되었을까. 뜨거웠던 이메일은 단 한 줄의 문장으로 남겨졌거나 끊기기 일쑤였다. 한동안은 사내의 갈구어린 메일공세에 파김치가 되어 집에 들어온 늦은 밤에도 귀찮을 정도로 거의 날마다 답신을 보냈었다. 메일이 안온다고 짜증을 내면, 전화로 치졸한 핑계를 대면서까지 이어져왔었다. 그건 여러 가지 소통의 방법 중 하나였다. 사이버상의 감정과 육신의 감정과, 실상과 허상마저 교감되고 엉켜 붙어 정염의 불꽃이 되었던 것이다. 육신의 탐닉은, 그래서 더 짙은 샤넬 향처럼 여자를 마비시켰다.

"자기야? 지금 내가 말하는 건 부담을 갖지 말고 그냥 듣기만 해. 집주인이 보증금을 올려달라는데, 카드 때문에 한 삼천 모자라거든. 몇 달 후에 곗돈 타면 갚을게."

거래도 아니고, 보시도 아닌 애매모호한 현실 역시 정염의 불길에 녹아버렸다.

여자는 사내가 원했으므로 아파트에 서너 차례 따라왔었다. 어쩌면 사내와 사내의 아내가 누워 지냈을지도 모르는 침대에서 여자는 질퍽한 흔적을 남겼던 것이다. 땀범벅이 되도록 정사를 치루고 나서, 사내에게 괜히 쓸데없는 말을 한 것 같았다.

"내게 너무 집착하여 억압하려고 하지 마세요. 집착이 심하면 병이 될 수 있죠. 함께 살던 딸아이가 제 아빠한테 가려고 해요. 요즘에 난, 머리가 빠개질 정도로 속상한 일이 많아요. 아무 일도 아닌 걸 가지고 자꾸 그런 의심쩍은 눈으로 나를 바라보면 곤란하죠. 당신이 내 운명이 되려면 현실을 직시해야죠.……처음에 말했잖아요. 이런 장사를 하니까, 나를 이해하고 간섭해선 안 된다고."

사내는 여자의 공명 없는 말을 비스킷처럼 씹어 삼키는 듯 무관심한 시선을 벽으로 돌렸다. 옛사랑대신 운명적으로 만났다는 일도, 여자에게 푹 빠진 것도 어쩔 수 없었을 것이다. 좋아하면 좋아하는 만큼 긴장이 풀리고 권태는 갈등을 불렀다. 그렇지만 사람이란 얼마나 간사한 동물인지, 육신에 불이 붙으면 갈등은 수면 밑으로 착 갈앉고 말았다.

언젠가 사내가, 걸걸한 목소리를 지르는 이 사장을 동료라고 카페에 데리고 온 적이 있었다.

"이렇게 술값 싸고 좋은 집이 있는 줄 몰랐네. 이봐? 혼자만 이런데 다니고 그래선 안 되지."

"알았어요. 암말 하지 않을 테니 알아서하지 뭘."

어느 날이었던가, 늦게까지 그 사내가 혼자 남아서 술을 마시고 있었다. 그날따라 여자는 딸애가 휴대폰을 자주 울려서 카페 밖을 자주 들락거렸다. 아이는 친구 집에서 자고 들어가겠다는 것이었다. 손님들까지 다 나가고 종업원아가씨까지 퇴근했을 무렵이었다. 여자가 여느 때와 다르게 시큰둥하게 입을 열었다.

"오늘은 피곤해서 집에 일찍 들어 가려고해요."

"내 아파트로 갈까? 아침 일찍 집에 데려다 줄게."

"그럴 필요 없어요."

여느 때 같았으면 사내의 아파트로 함께 가서 지냈을 수도 있었다. 며칠 전에 '쪼그만 게 담배를 피운다.' 고 소리를 질렀더니, 남편과 이혼한 상처를 들먹거리는 딸의 머리채를 잡아 흔들었던 것이다. 어미에게 대들었던 딸아이는 며칠째 집에 들어오지 않았다. 머리가 지근지근 아프고 복잡할 때 사내가 들어왔던 것이다. 사내가 카페의 덧문을 내려주려는 것을 마다하고 정리한 뒤에 나갈 거라고 여자는 말했다.

사내가 나간 바로 뒤에 누군가 문을 두드렸다. 사내인줄 알고 열린 문을 뒤돌아보니, 사내의 친구라는 낯익은 바로 그 이 사장이 탐욕스런 눈빛으로 바라보고 있지 않은가.

"오랜만에 오셨는데, 어쩌죠? 지금 막 끝났어요."

"어허, 뭘 그래. 입가심으로 딱 한잔 만 하고 후딱 갈 텐데."

느물거리는 손님을 떨쳐버리기가 쉬운 일이 아니었다. 여자는 하는 수없이 테이블을 사이로 두고 걸걸한 목소리에게 술을 내왔다. 게슴츠레한 사내의 엉큼한 눈빛이 발뒤꿈치에 붙어버린 껌처럼 끈끈하게 달라붙었다. 사내들이 자기 자신의 부인이 아닌 다른 여자에게 무엇을 원하는지 알고 있었다.

술집에 오는 사내뿐만 아니라, 대개의 사내들은 삶에 젖어 세상의 부속품이 되어버린 자신을 슬프게 생각한다. 그래서 자기 자신을 퉁기어 일어나서 원시동물로 돌아가 수컷의 야성을 드러내고 싶은 것이다. 허물어질지라도 모래성 같은 야망과 무질서하게 흐르는 권태와 도저히 장악하지 못할 현실의 벽을 남성으로 흔들어 보려는 것이다.

　그 때 또 문이 열렸다. 금방 헤어졌던 사내가 노려보았다. 술잔을 앞에 놓고 있던 걸걸한 목소리는 매우 당황한 얼굴이었다.

　"강 치상씨? 나 말이야……지금, 막 왔어."

　"문을 닫으려고 했는데……."

　걸걸한 목소리가 당황한 얼굴빛을 금세 바꾸며 너스레를 떨었고, 여자는 일어서서 어쩔 줄 모르다가 침착한 표정을 지었다. 돈 때문일까? 여자의 우연이었다. 아니, 우연이아니라도 별 수 없었다. 사내 말고도 비슷한 일은 다른 사람과도 있을 수 있었다. 짝짓기에 있어서 암컷은 선택의 권한이 있다. 그건 어느 누구의 잘못도 아닐 수 있다.

　며칠 지나서 여자는 사내에게 휴대폰 메시지를 넣었으나 답신이 없어서 아파트로 찾아갔다. 에어컨 바람이 아파트 거실을 가득 채워서 써늘했다. 사내는 눈으로 탐욕스럽게 웃으며 입으로는 애써 시무룩한 표정을 짓고 있었다.

"아무리 생각을 접어도 당신은 문제가 있는 거 같아."

"저번의 일은 우연이라고 말했잖아요."

"영업상 손님들과 밤늦게 만날 수 있지만, 내게 거짓말을 할 필요는 없을 텐데? 그건 내게 모멸감을 주는 거야."

"빙빙 돌려서 말하지 말아요."

"여태껏 당신은, 내게 사랑한다는 말을 한 적이 없는 걸로 기억해."

"그랬어요? 난 집착 같은 게 싫을 뿐이에요."

말의 비수로 심장을 깊숙이 찔렀던 남자들의 말본새는 거의 다 똑같았다. 여자의 마음까지 소유하려고 한 사내들이 자기 자신들은 던지지 않았던 걸 어떻게 변명할 것인가. 수사자보다 못한 짓거리였다. 언젠가 은행창구 앞에서 차례를 기다리다가 여성잡지를 뒤적이며 우연히 보았던 내용이 기억났다.

아주 먼 옛날에 소화불량에 걸린 육식성 원생생물들이 보전에 대한 절박한 상황에서, 세포양식을 결합시키던 그들끼리 서로 접합된 하나의 개체가 만들어졌고 동종 간에 벌인 이전투구로 주변여건이 기묘하게 변하여 암컷과 수컷의 성을 지닌 다세포 몸체들이 나타났다고 했던가. 그렇다면 하늘 아래 여성이나 남성이나 어느 한쪽이 우월적 지위를 가질 수는 없는 노릇이다.

침팬지와 고릴라 같은 사람과 가장 비슷한 동물들의 성생활에 관한 이야기도 나왔다. 오랑우탄이나 고릴라 암컷은 성생활이 난잡하지 않다고 한 건 사람의 관점이어서 일것이다. 이들은 다른 동물처럼 발정기 동안 생식기를 바깥으로 내보여서 다른 수컷들의 주의를 끌려고 하지 않는다는 것이다. 수컷들은 곧추선 음경을 지니며 가급적 많은 횟수의 성행위를 통하여 자신의 형질과 번식을 보전하려고 한다. 수컷끼리의 싸움에서 회색털이 난 우두머리는 무리를 통솔하며 암컷을 맘대로 선택한다. 그렇지만 고릴라는 발기된 상태에서 불과 몇 센티에 지나지 않은 작은 음경으로 정자의 양도 적게 쏟는다. 그럼에도 불구하고 난폭한 질투로 발정기의 암컷이 다른 수컷과 교미하는 것을 절대로 허용하지 않는다.

반대로 수컷 침팬지들은 서로 싸우지 않고 오히려 발정기의 암컷을 서로 공유하기 때문에 암컷의 난자에 가까이 근접해서 유영속도가 빠른 정자를 가장 많이 쏟아낼 수 있는 수컷이 자신의 씨앗을 얻어낸다. 싸움하는 투사들은 몸집이 크고 힘이 센 편이 유리하나 짝짓기에 있어서는 커다란 음경이 유리한 법이다.

아프리카 적도 지역에 살고 있는 몸집이 커다란 고릴라는 수컷 한 마리와 암컷 서너 마리가 무리를 지어 살지만 발정기의 암컷이라 해도 단 한 마리의 수컷과 정을 나눈다.

고등영장류 중 가장 사람을 닮은 암컷침팬지는, 수컷으로부터 오렌지를 받거나 둥지를 보완하는 건축 재료를 받아야만 비로소 수컷이 자기 몸 위를 올라타게 하고 교미를 허락한다. 유전자를 보전하려하거나 쾌락을 탐하려는 모든 동물의 수컷은 성행위의 그 대가를 치른다.

알 수가 없었다. 일상적으로 도덕 운운하는 사람살이의 경계를 무엇 때문에 지켜야 하는지를. 외로움은 언제부터 그녀에게 바이러스로 침투했을까. 혼자 사는 여자로서 사내와의 관계는 타인들을 의식하지 않았으므로 별로 부담은 없었다.

여자는 한동안 사내의 아파트에서 밤을 지새우는 일조차 자연스러웠다. 물론 딸아이가 집에 있을 테지만, 전문대학을 다닐 정도이므로 챙겨야 할 일이 별로 없다고 생각했다. 바싹 마른 장작에 붙은 불이 화르르 타오르듯 그들의 짝짓기는 정염의 불꽃으로 뜨거웠다. 그러나 시간이 가면 갈수록 욕망은 집착을 불러오기 마련이었다.

"부인은 언제 한국에 오는 거예요?"

"딸 학교가 끝나면 오겠지. 근데 그걸 당신이 왜 관심을 갖는 거지?"

"자기가 거길 가보지도 않았고 애 엄마가 언제 나올지도 모르는데, 이건 너무하다. 혹시 알아요. 호주에서 딴 남자를 만나고 있을지⋯⋯."

질투의 불꽃을 일으키려고 한 말은 아니었다. 그건 서로 입장을 바꿔놓고 보면 똑같이 될 수 있기 때문이었다. 사내에게 빌린 돈 중에서 일부 금액을 통장에 입금시킨 걸 알려주었다. 사내는 조금 당황하고 언짢은 눈빛이더니 낯빛을 바꿨다.

"그건 급한 돈이야."

"떼먹지 않을 테니 걱정일랑 마세요. 곧 곗돈 탈 것도 있고."

여자는 사내에게 늘 하던 대로 아파트에서 브래지어와 팬티를 벗었다. 사내는 동물적인 본능을 세우고 뱀 혓바닥으로 날름거리며 여자를 샅샅이 탐색했다. 그것은 서로가 필요한 이중성이었고 중독성이었다. 사내의 커다란 몸뚱이가 움직이자 침대는 출렁거리기 시작했다. 어쩌면 이것이 사내와 마지막일지 모른다는 생각이 얼핏 들었을 순간, 뜨뜻한 느낌이 희미하게 몸으로 스며들었다.

가끔은 잔잔하게 밀려오는 물결처럼 여자를 적시는 기억이 돋아났다.

오래된 그 추운 겨울에 진눈개비가 흩날리고 질척거리는 날 밤. 회사에서 조금 떨어진 여관이었다. 온돌방은 뜨듯했고, 벽 바깥으로 바람소리는 거셌다. 그 분은 서두르지 않고 연민에 가득한 시선으로 다가왔다. 켜켜이 포장된 종이들을 벗겨내는 것을 응시하는 호기심처럼 여자는 긴장하고 있었다. 잠간의 고통은 어지러운 희열로 바뀌어 간직했던 스물 셋을 그렇게 주어버렸다. 아아, 그 분……

여자는 스르르 선잠이 들었다. 그 분은, 이 사내도 헤어진 남편도 아닌 따스함이었지만 너무 아스라이 멀었다.

순간순간의 감정에 충실한 게 죄라면, 면죄부를 받을 사람이 얼마나 될 것인가. 이제껏 시간을 인연의 끈으로 맺었던 대상자는 제각각 달랐어도 결국 모두 수컷들이었다. 도대체 무엇이 도덕이고 윤리이며 불륜인지, 그녀는 알 수 없는 의식의 굴레를 씌워 스스로를 꽁꽁 묶으려했던 자기 자신이 마치 타인 같았다. 스쳐간 사내들과 정염을 불태웠던 흘러간 날들에 대하여 잊을 수 없는 추억이 남았던가. 몸 어디선가 시나브로 처지고 있는 느낌인데 이게 무슨 소용이란 말인가. 여자에게 있어서 상처는 언제나 두려움을 동반했다. 여자는 눈을 감은 채 흘러내린 이불을 끌어당겼다.

날빛이 돋기 전이었다. 여자는 발가벗은 채 잠들어있는 남자를 내려다보며 슬며시 아파트를 빠져나왔다. 도시는 간혹 달리는 차량들의 전조등과 교차로를 지키고 있는 신호등으로 유지되었다. 그리고 가로등불빛들과 고층 빌딩들에 드문드문 남아있는 불빛들이 사물의 경계를 드러내지 못하고 어둠을 떨치려던 참이었다.

9.

남자는 오전 내내 부지런히 빌딩들을 기웃거렸다. 빌딩 경비원들이나 청소원들에게 잔돈푼께나 건네면 건물에서 나오는 잡동사니나 신문지 같은 파지묶음을 얻어낼 수 있었다. 특히 쓰다버린 복사용지는 신문지나 종이상자 따위보다 더 비쌌다. 빌딩 뒤편 공간에 쌓여진 파지들은 물기를 잔뜩 머금었다. 덮개를 덮지 않아서 비를 맞았던 것이다. 남자는 시간 남짓 낑낑거리며 물비린내와 쿠린 냄새가 밴 그것을 다 들고 치워서 트럭에 실었다.

한낮의 뜨거운 햇볕이 사정없이 퍼부어 이글거리고 있었다. 트럭 짐칸에 반쯤 채운 파지는 평소보다 훨씬 적은 량이었다. 남자는 그제야 옷이 등짝에 붙어 축축하고 기분 나쁜 감촉을 느꼈다. 그리고 뱃속에서 쪼르륵 소리가 나자 허기진 몸으로 운전대를 잡았다.

푸른 플라타너스 가로수들이 줄지어 선 간선도로에서 샛

길로 들었다. 콘크리트전신주들에는 각종 광고가 하얀 파스처럼 듬성듬성 붙어있었다. 한성인력 – 잡역부 파출부 구함. 폐차 전문업체 – 압류 차, 폐차, 문제 차 이전가능. 겨우 차량한 대가 다닐만한 좁은 길 좌우에는 창조자원, 제일자원, 광명재활용센터 같은 큼직한 간판아래 고철, 비철, 파지전문, 철거전문, 따위의 문구가 따라붙었다. 샛길은 포장이 되어 있었으나 굴곡이 심하고 군데군데 패어서 가끔 씩 트럭꽁무니가 들썩거렸다. 고물수집소는 도로에서 한참을 들어갔다.

외래종 가시풀이 무성한 둔덕을 지나 벌겋게 녹슨 함석울타리가 둘러처진 곳이었다. 나무합판에 붉은 페인트로 거칠고 아무렇게나 휘갈긴 글씨가 수집소 입구에 붙어있었다.

– 감시카메라 작동 중! 쓰레기를 버리지 마시오!

싸구려그림액자들이며 텔레비전 같은 가전제품 말고도 분류된 잡동사니들이 들어있는 누런 포대들이 한쪽에 자리를 잡았다.

"박 씨! 오늘은 성적이 별로구만? 이거 순전히 파지뿐이네."

"예, 그렇게 되었습니다."

트럭이 입·출차 체크 통과판 위에 멈추고, 땡 소리가 나자마자 컨테이너박스 안에서 털보사장이 스프링처럼 튀어나왔다. 뭘 먹었는지 볼때기에 혹 붙은 얼굴로 입을 쩝쩝거리더니 큰저울이 있는 의자에 앉아 기록부를 펴들었다.

"파지 상태도 아주 불량이고……비가 오긴 했지만 이건 너무 심했다. 킬로 당 백 원만 차이가 나도 그게 어디야."

"아무러나 제가 일부러 무게 늘리려고 그랬겠어요. 조금 봐주세요. 사장님?"

"하긴, 날마다 고기에 쌀밥이면 모두 다 재벌 되게. 성질 급한 어떤 놈이 재활용품선별센터에서 압축 알루미늄캔 덩어리를 훔치다 잡혔다는구먼."

바로 앞을 지나간 회색트럭은 고철이 무더기로 모아진 쪽으로 가더니 멈췄다. 그쪽에는 철 가공공장에서 나오는 자투리파편이며 얼크러진 전선덩어리들과 찌그러진 알루미늄새시 따위가 잔뜩 쌓여있었다. 파지적치장 쪽에서는 포클레인이 둔중한 소리를 지르며 종이더미를 덤프트럭 짐칸으로 퍽퍽 집어던졌다.

10.

숨 막힐 지경으로 바깥은 후텁지근했다. 각진 굵은 콘크리트 기둥들이 떠받치는 천장에 붙은 닥트와 배관파이프들 아래 승용차량들이 드문드문 주차되어있었다. 하얀 투피스를 입은 여자의 하얀 하이힐 소리가 또각또각 벽에 부딪쳐 넓은 지하차고를 울렸다. 어디선가 둔중한 차량엔진소리가 하이힐 소리를 먹어치웠다.

여자는 벌써 비밀번호가 있는 출입문 가까이 다가갔다.

여자는 기억해둔대로 비밀번호 #5311* 버튼을 눌렀다. 열쇠대신 손가락과 접촉된 문이 열렸다. 문이 열리자마자 승강기를 타는 어둡고 좁은 공간이 자동불빛에 드러났다. 승강기는 B2층에서부터 버튼이 눌리자 숫자를 바꾸며 올라가고 있는 중이었다. 맨 꼭대기 15층으로 올라갔다. 사내가 언제든지 와도 좋다는 승낙을 했고 현관문 번호를 알려주었지만 주인이 없을 때 들어가는 건 처음이었다. 알 수없는 두려움이 은근히 여자를 스치고 지나갔다.

스테인리스 벽에 비친 자신의 모습을 본 여자는 살짝 장난기어린 미소를 지었다. 잠깐이었지만 중국에 있을 딸의 모습이 스쳐지나갔다. 거울 벽에 반사된 여자는 까맣고 긴 머리를 쓸어 올렸고 하얀 피부가 매끄러운 게 아직 젊음이 남아있었다.

사내와 한번 어긋난 교감이 다시는 제자리로 돌아올 수 없음을 여자는 막연히 느꼈다. 해답이 뻔한, 고통을 감수할 자신이 없었다. 아파트에 놓아둔 옷가지들 몇 점과 소지품을 가지고 나가면 이곳에 다시 올 일이 없는 가혹한 대가였다. 승강기 안에서 땡 소리와 함께 － 문이 열렸습니다. 라는 녹음된 목소리가 크게 들렸다.

여자는 아파트 현관문 앞에서 머뭇거리고 있었다. 뒤에서 인기척이 느껴져 여자는 하얀 뒷모습을 돌려 앞으로 틀었다. 사내의 눈과 여자의 눈이 마주쳤다. 섬뜩했다. 사내는 비꼬는 눈빛으로 무 자르듯 단호하게 말했다.

"누구 맘대로 여길 와!"

여자는 비시시 웃음을 베어 물었다.

"내 물건만 챙겨서 돌아갈 거예요."

"개 같은 년!"

갑자기 사내는 눈을 부라리더니 전혀 다른 얼굴로 변했다. 그리고 목에서 풀어 내린 붉은 넥타이를 오른손에 들고 이를 악물면서 여자의 가느다란 목을 잽싸게 감았다. 여자는 순간, 악마의 환영을 쫓아가 듯 머릿속에 켜켜이 쌓여 이루 다 헤아릴 수 없는 모든 감정의 파일들이 빠져나갔다. 텅 빈 느낌이었다. 딸의 모습이 떠오르다가 사라졌다. 미워했던 남편의 얼굴도 스쳐지나갔다. 아, 그리고 엄마는 잔잔한 웃음을 머금고 손짓하며 아스라이 멀어졌다. 아무래도 이건 아니었다. 애면글면 살아왔던 순간들도 모두 꿈속 같아서 허우적거려봐야 이 마지막 늪을 도저히 빠져나갈 수가 없었다.

여자가 눈을 부릅뜨고 팔을 손사래 치듯 내저으며 발버둥 쳤다. 넥타이는 그녀의 목을 더욱 세게 조였다. 후두부가 사내의 억센 힘에 의하여 조여진 하얀 몸은 끽소리도 없이 아래로 축 늘어져 주저앉았다.

육신이 주는 쾌락의 늪에서 자웅은 오직 한순간을 불꽃처럼 타올랐다가 사그라졌다. 쾌락 속에 도사리고 있었던 황량한 쓸쓸함에 대하여 그들이 염려하고 뒤돌아보는 시간을 가질 수 없었던 것은, 신산하고 권태로운 인생을 함께 느끼고 살아보지 않았음일까. 그 또한 삶이었다. 거대한 도시의 어디라도 욕망은 시뻘건 용암처럼 이글이글 들끓었다. 꿈을 꾼다고 누구나 모든 것을 가질 수는 없었다. 무모한 욕망이 커질수록 허망 또한 어두운 그림자로 따라왔기 때문이다.

11.

며칠 전까지만 해도 새벽이면 산발한 여인네의 모습으로 공원을 휘휘 감돌던 안개는 낌새도 보이지 않았다. 이제 도시 외곽에 있는 숲을 덮었던 안개는 보이지 않았다. 단풍으로 물든 숲은 추위에 젖어 곧 마른 나뭇잎들을 뚝뚝 떨어뜨릴 것이다. 그래서 안개가 꼼짝없이 갇혀있을까. 하늘로부터 차디찬 기운이 엄습하기 시작할 무렵, 어둠이 안개대신 날빛을 거두며 햇빛을 불러냈다. 도시의 구조물들은 햇빛의 파편에 튀어 그 모습을 서서히 드러냈다. 차량들과 고층건물들이 연무에 떠다니는 것 같았다. 겨울로 치달리는 기운이 하나둘, 감지되었다.

남자는 집을 아니, 잠자리를 옮겼다. 그가 산동네의 연립주택 지하 셋방을 떠난 건 방세를 줄이기 위함이었다. 더 시끌벅적하였지만 지하철과 버스를 타기에도 수월했다. 노후화된 빌딩을 리모델링하여 만든 독서실이었다. 미로처럼 칸칸을 막아놓은 조각방을 이리저리 헤치고 나아가면 방이었다. 책상과 책장이 가구 역할을 했지만, 방이라하기에는 너무나 비좁아서 작은 한 몸을 감추기가 힘들 지경이었다.

남자는 삼단 요를 펴보았다. 다행히 구겨지지 않고 펴져서 선뜻한 방바닥을 덮었다. 종전의 집에 살았을 때 등이 딱딱받치는 비닐장판에 허리를 혹사하여 궁여지책으로 시장에서 샀던 것이다. 그걸 사려고 도시의 큰 시장이란 시장은 죄다 돌아다녔다. 겨우 한군데서 비닐포장지에 든 짙은 회색줄무늬가 그려진 삼단스펀지 요를 살 수 있었다. 반 뼘만큼 두꺼운 석 장의 조각을 잇대어 만든 요는 접으면 넓은 방석이 되었다. 깔아보니 침대만큼은 못했지만 쉬이 더러움을 타지 않고, 등과 엉덩이부분을 받쳐주어 그런대로 아늑한 잠자리가 되었다. 폭신한 그것은 잠을 뒤척이지 않게 해서 좋았다.

사방이 꽉 막힌 쪽방은 형광등을 켜지 않으면 대낮에도 깜깜했다. 그저 내내 돌아가는 환풍기소음에 옆방의 인기척조차 그리워 할 지경이었다. 모든 것이 생소해서 새로운 곳에 적응하려면 시일이 필요할 거였다. 그렇지만 언제나 생경함과 낯설음은 시간이 흐르면 무덤덤한 일상으로 자리를 잡았다. 살아가면서 수도 없이 보따리를 풀었다가 싸는 게 구렁텅이로 떨어진 인생살이다. 당분간은 이 컴컴한 쪽방을 나가기가 어려울 일이었다. 이 거대한 도시에서 아무리 둘러보아도, 신열로 몸이 불덩어리가 되어 목구멍이 찢어질 듯 따가운 그의 이마를 어루만져줄 사람은 없었다. 그러니 아파서는 안 되었다.

며칠 전, 휴대폰에 이름이 뜬 딸로부터 가까스로 통화가 되었다. 통장에 입금된 돈의 액수가 확인될 때는 가끔 연락이 되었건만, 신용불량거래자가 되고나서부터는 딸과 통 연락이 두절된 상태였다. 딸애는 엄마와도 연락된 지가 꽤 오래되었다며 중국 상하이에서 다음 달에나 귀국할 거라고 했다.

바퀴벌레나 쥐처럼 어떤 악조건에서도 적응하여 살아남

아야 하는 이유를 남자는 곱씹어보았다. 간교하게 불특정 다수를 곤경에 빠뜨리며 허물어지지 않고 살아남은 인간들은 그 이유가 무얼까. 그런 인간들의 육질이나 자신의 육질이나 쇠고기 힘줄보다 더 질길지도 모른다는 생각이 들자, 남자는 픽 웃었다. 남자는 툴툴거리는 버릇도 잊은 지 오래였다. 이 세상 어디라도 먹고 잠자고 몸뚱이 하나 추스르기는 누구나 별 다를 바 없다고 생각했다.

남자는 목욕탕에 들어갔다. 벌거벗은 사내들은 세상에 나왔던 그대로 움직거리고 있었다. 몇은 탈의실로 들고 나고 했다. 천장에 수증기가 서려 물방울들이 돋고 육신은 뜨거운 물이 가득 찬 수조 안에서 아늑했다. 머릿속을 어릿어릿 떠다니던 기억들이 잠깐잠깐 나타났다가 사라지곤 했다. 몸 안에서 활개를 치며 돌아다녔던 욕망과 현실이 꿈처럼 흩어지고 피곤이 파도처럼 밀려왔다. 남자는 거칠어진 살갗에 묵은 기름때를 박박 문질러 벗겼다. 각질과 살갗에 붙었던 기름질과 먼지가 녹아서 떨어졌다. 노트 장 뒷면에 연필로 그적거린 낙서들을 지우개로 지운 잔해처럼.

남자는 마른수건으로 물기를 훔쳤다. 그리고 휴게실의 평상에 걸터앉아 길게 자란 손톱과 발톱을 잘랐다. 손톱깎이에서 툭툭 떨어져나간 육신의 파편들을 모았다. 몸에 붙어있는 것들을 매정하게 베어내고 잘랐는데, 아픔보다는 개운한 게 이상했다. 팔다리가 잘리고 삭신의 일부가 도려내진다면 그럴 까닭이 없겠지. 그건 사람의 본질이니까.

　남자는 목욕탕을 나서며 골목길을 걸어갔다. 찬바람이 점퍼 속으로 파고들었다. 휘어진 오르막길 옆으로 단층집이 있고 마당에 앙상한 나무들이 서있었다. 짙푸른 빛깔로 현란하게 차려입었던 여름은 지났으며, 이제는 누렇고 붉었던 이파리들마저 뚝뚝 다 떨어지고 말았다. 옅은 구름 뒤에서 꾸무럭거리던 햇볕이 슬며시 나왔다. 흐릿한 빛에 그을린 까치 한 마리가 감나무 가지에 앉아있었다. 까치는 대롱대롱 매달려 발갛게 익은 몇 알을 갸웃갸웃 바라보았다. 쓸쓸한 날짐승은 가끔 날개를 파닥이며 옹송그렸다. ♠

메마른 나무들

1. 친구

"아직도 억만이 소식 못 들었지?"

닳아진 군용담요 위에서 운세 패를 떼던 유충수가 구부정한 등을 돌리며 말문을 텄다. 신문을 뒤적거리는 현복동이 안경 너머로 눈을 치뜨며 받았다.

"저번에 경동시장에서 김 사장을 만났었는데, 다른 데로 또 이사 갔을 거라고 하던데."

"그럼 수소문해서 가봐야 저번처럼 또 허탕 치는 거네?"

"그거야 모르지 뭐."

화투 패가 뒤집어졌다. 화투짝이 안 맞아 떨어져서 그러는지, 유충수가 방구석 쪽을 힐끗 훑어보았다. 구석진 곳에서 또래의 다른 늙은이가 말똥말똥 눈을 뜬 채 누워있었다. 흑싸리 껍데기가 거듭나오는 패를 한쪽으로 밀면서 충수가 물었다.

"거 왜 있지? 고스톱 치면 광 팔고 구경하는 사람?"

"아들이 자살했다는 그 허여멀건한 사람?"

"응, 요즘 통 못 보았어."

"못 들었어? 치매에 걸려 요양원에 입원해 있다더군. 딸이 면회를 오면 못 알아보고 여보, 여보 그런대나."

별 거 아니라는 투로 복동이 퉁명스럽게 대꾸했다. 그리고 통통한 손으로 신문을 접더니 말꼬리를 돌렸다.

"아참! 가끔 오던 그 젊은 사람이 왔었는데, 자네더러 다섯 시까지 소머리국밥집으로 나와 달라고 전해달래."

"그래?"

"뭐 있나?"

"별 일 있겠어. 그냥 한번 만나서 술이나 한잔 하자는 거지 뭐."

노인정 안은 여느 때보다 조용했다. 담배냄새가 고약하다는 핀잔을 맞고 바깥으로 나간 패거리들을 빼면 서넛 밖에 없었다. 방바닥은 뜨듯했지만 가끔 봄바람이 유리창을 덜컹거렸다. 화장실에 다녀오마고 나간 친구는 감감무소식이었다. 전립선이야 진즉에 고장 났을 터. 이제는 별 쓸모도 없을 구깃

구깃한 물건을 간수하는 시간치고 꽤 오래되었다. 지난겨울이 하도 춥고 지독해서 따사로운 봄볕이 그리울 법했다. 구석진 곳에서 천장을 멀건이 쳐다보던 늙은이는 그 새 잠이 들어 코를 드렁드렁 골았다. 맨 날 먹고 자고 싸는 일 말고, 하는 일이 뭐가 있다고 등짝만 방바닥에 닿으면 잠한테 끌려갔다.

몇 년 전만해도 복동이는 그런대로 팔팔했다. 피라미드사업 건으로 교도소에서 몇 개월 복역을 하고나온 후였다. 죽은 척 할 줄 알았는데, 점심을 하자며 연락을 해왔던 것이다. 고속버스터미널 앞이었다. 열 평도 채 안 되는 오피스텔 꼭대기 층에서 긴 소파와 책상과 책장 두 개를 달랑 들여다 놓고, 수상쩍은 장사를 하고 있었다. 책장 속에는 필통만한 크기부터 목침만큼 큰 나무상자들을 차곡차곡 진열했다. 아무리 훑어보아도 일반 사무실과는 분위기가 달랐다. 함께 갔던 천억만이 의미 모르게 시익 웃는 이유를 충수는 몰랐다.

"저번에 하던 데서 이쪽으로 옮겼군."

"아이고, 짭새 새끼털 때문에 장사를 통 해먹을 수가 있어야지. 건강식품이라고 우겨도 뭐, 의료법에 위반된다고 지랄들 하는 거야. 돈 몇 푼 집어주고 이쪽으로 와버렸지. 잘 온 것 같구먼. 아무튼 지방에 다니기에 교통도 좋고, 지방 손님들하고 거래하기에도 편리해."

"이거 한번 먹어 볼 거야?"

"그게 뭔데?"

"들어봤나? 비아그라라고."

큼직한 매부리 콧잔등에 금테안경을 걸친 복동이 푸른색 알약을 서랍에서 꺼냈다. 알고 보니, 섹스관련 용품들을 인터넷으로 판매하는 비밀업소였다. 히죽히죽 웃는 폼이 싱거운 것 같아도, 빨강 넥타이를 맨 통통한 사내는 어딘지 만만치가 않게 보였다. 세파를 험하게 살아왔으면서도 유들유들함이 녹아있었기에.

충수는 화투짝들을 끌어 모아 네모난 합성수지 갑에 집어 넣었다. 그리고 한숨을 내쉬며 벌렁 자빠져 누웠다. 그는 갑자기 정적에 갇혀버렸다. 생각해보니, 오랫동안 사귀었던 사람들도 하나, 둘 주춤주춤 물러선 것이 아닌가. 칠십 줄에 들어서니 죽은 사람은 그렇다 치고 살아있다고 해도 산목숨이 아니었다. 요양원에 들어 가있거나 병원 중환자실에서 저승 사자를 기다리며 대기 중이었다. 육신을 꼼지락거리며 걸어 다니는 친구들도 자주 보기가 어려웠다. 바빠서 그럴까. 누구나 언제까지 화사한 미소를 머금고 기다려주지 않았다. 하긴 사람들이 만났다가 헤어지는 게 당연했다. 그것이 운명이든 뭣이든 누구도 예외는 아니었다.

시장 골목으로 한참 들어가서 가운데쯤이었다. 순대와 고기내장 삶은 냄새가 자욱한 담배연기와 한데 섞여 메케했다. 때에 찌들어 누리끼리한 색으로 변해버린 벽에 메뉴판이 붙어있었다. 다섯 시가 넘어서자, 여덟 명이 식당의 홀을 지나 방안으로 모여들었다.

"거의 다 왔으니 음식 주문합시다."

의족을 낀 늙수그레한 사내가 서둘렀다.

"삼겹살 좋은 놈이 오늘 들어온 게 있는데요."

주방에서 튀어나온 뚱뚱한 여인이 맞받았다. 삼겹살 타는 냄새가 방안을 가득 차면서 분위기는 차츰 들떠있었다. 오십대에서 칠십대까지 군대에서 다친 사람들의 모임이었다. 서로 각별한 애정을 가진 것도 아니고, 사는 곳을 연고로 모이다 보니 알게 된 것 뿐이었다. 일테면, 세대는 다르지만 전투에서 다친 동병상련을 매개로 적당하게 반말조차 오가는 분위기였다. 삼겹살점이 노르스름하게 익어가기도 전에 젓가락으로 가져가는 이들은 먹는데 정신이 없었다. 소주잔을 미처 주고받을 틈도 없이 고깃점들은 위장 속으로 꾸역꾸역 넘어갔다. 얼굴이 번지르르한 네모진 얼굴이 말문을 텄다.

"사람들이 우리더러 병신이라고 손가락질을 해도 우리끼리는 서로 믿어야 합지요. 집안에 애경사가 있으면 연락을 하면서 흉금을 터놓고 살아야 합니다."

"아 니기미, 쓰발! 병신을 병신이라고 하는데 거짓말은 아니잖소."

빈속에 소주 몇 잔을 털어마시던 의족을 낀 사내가 맞받아쳤다. 일제히 그쪽으로 시선이 쏠렸다. 사내는 누군가 말을 꺼냈을 적에, 자신의 맘에 들지 않으면 습관처럼 이죽거렸다. 늘 외톨이로 왔다가 사라지는 사내에게는 누군가 술한 잔도 건네지 않았다.

"뭐요!"

"자자, 한잔들 합시다."

흥남 상륙작전 때 해병대작전에 참전했다는 회장이 잽싸게 끼어들었다. 흰줄들이 가늘게 좍좍 그어진 감색 양복옷깃에 붙은 재향군인회 배지가 회장의 게슴츠레한 눈 대신 반짝였다. 붉은 대추알처럼 마른얼굴에 잔주름이 자글자글했고 총에 맞은 다리를 절단했던 터였다.

"예산을 확보하여 상조회기금으로 써야 해요."

회장이라는 작자는 처음부터 목소리를 높였다. 모두 술이 취하기전에 마음먹은 일을 밀어붙이기로 작정을 한 모양이었다. 수군수군 웅성거리던 소리가 금세 시끄러워졌다. 누군가 굵은 목소리로 어수선한 분위기를 잘랐다. 살갗이 가무잡잡한 헌병대 하사출신이 낮은 목소리로 두루뭉수리하게 파고들었다.

"이제 우리 쪽과 궁합이 맞은 정권이 들어섰는데, 무조건 돈만 걸 게 아니라 어디 좀 협조 받을 데가 없는지 그런 궁리도 한번 해봅시다."

"맞아요. 구청 같은 곳에 알아보면 청소용역이나 뭐 우리가 할 수 있는 일이 있을 거 아녀?"

늘 함께 붙어 다니며 마르고 눈이 째진 얼굴로, 보급계 선임하사를 하면서 한몫 잡았다고 떠벌이던 사내였다.

"술 좀 마시고 천천히 합시다. 아, 누가 금방 꼴까닥 숨넘어갑니까?"

편안하게 모이자는 취지가 돈 때문에 퇴색했다고 맞고함이 터져 나왔다. 술렁거리다가 조용해진 것도 잠시였다. 나중에 들어와 맨 끝에 앉아있던 쪽에서 완강히 거부하는 목소리가 들렸다. 얼굴이 불콰해진 깍두기머리의 공수부대출신이 누군가에게 억지로 술을 권한 모양이었다.

"난 정말 술과 담배를 전혀 못합니다. 수도사단에서 월남으로 파병되어 맹호2호 작전 때 죽을 뻔 했다니까요. 뇌수술을 두 번이나 하여 어떤 일은 기억할 수조차 없다오."

얼굴이 틀어지고 꼽추처럼 목을 움츠린 사람이었다. 스스로 사이다를 유리컵에 따라 마신 맹호부대원은, 호랑이가 아닌 병들고 늙어 아작 난 고양이를 닮았다. 공수부대가 손으로 얼굴을 스윽 문지르며 토를 달았다.

"고엽제환자들은 아무리 봐도 나이롱환자 같다는 생각이 들더라고."

"당신! 지금 뭐라고 그랬어! 나도 처음에는 아무것도 아닌 줄 알았어. 그냥 말초신경이 오므라들고 뼛속 깊이 쑤시고 아파서, 월남 베트콩 놈들 죽은 귀신이 나를 놀리는 줄 알았단 말이야. 이거 얼마나 무서운 병인 줄 알기나 해? 다이옥신이 들어있는 제초제를 B-29에서 소나기처럼 뿌렸다고. 지루성 피부염병균이 점점 살 속으로 파고 들어와 살이 썩어문드러지는 병이야. 땀구멍이 죄다 막혀버리는 죽는 거지. 밤마다 너무나 가렵고 따가워 잠을 못 자서 수면제를 먹는다고……."

"그렇담 월남 다녀온 놈들은 몽땅 고엽제 환자냐고?"

"나도 나트랑지역 정글에서 에이전트 오렌지가 섞여있는 물을 마셔서 이 모양이야."

공수부대에게 대들 듯 붉은 반점들이 얼룩진 팔뚝을 걷어붙인 사내가 맹호부대원을 거들었다.

부비트랩에 다리가 잘리고 지뢰에 손발이 날아가 만신창이 된 상이군인들. 이념 따위가 굴절되어도 살아야 한다, 생명이란 구걸해서라도 연명해야 한다, 한번 죽음의 문턱까지 내몰린 사람들은, 인간의 존엄성 따위보다는 동물적인 삶이 요구되는 모양이었다. 병들고 늙어 눈이 침침해도 생물의 욕망은 강했다. 육신이란 얼마나 장엄한 것인가. 육신이란 얼마나 치사하고 더러운 것인가. 육신이 시들하고 건망증까지 발호한 시점에도 아아, 육신이란 그 얼마나 눈물겹고 끈끈한 것인가.

언젠가도 그랬다. 대여섯 대의 버스에서 사람들이 내려더니 우르르 몰려들었다. 휠체어를 타고 온 사내들과 의족을 낀 절름발이들도 섞여 나왔다. 한나절 땡볕에서 땀을 흘리며 방송국 앞에서 목이 터져라 고래고래 소리를 질렀던 것이다. NBS사장은 사퇴하라! 좌익방송 중지하라! 따위의 판에 박은 구호를.

"빨갱이 새끼들은 싹 쓸어버려야 해!"

"좌익 놈들은 북쪽으로 가버리라고 그래."

목소리를 높여 악을 바락바락 질렀던 낮은 무척 길었다. 한낮은 6.25보다 월남전 기간보다 더 길었다. 그들은 구호를 외치면서고 왠지 서로를 바라보며 겸연쩍은 표정을 내비치었다. 실실 웃으며 따라다니는 사람도 여럿이 눈에 띠었다. 목소리는 높였지만, 감정의 앙금이 비치는 표정들은 아무리

두리번거려도 찾아볼 수가 없었다. 자유의 수호를 위하여 목숨을 버렸던 정의의 명분에 합당한 일이었던가. 독재에 대한 저항조차 아니었다. 충수는 그들과 함께 시위에 참가하여 가스통 할배들의 일원이 되어버린 자기 자신이 무척 부끄러웠다. 우우~밀려가고 밀려오는 다수의 물결. 그래서 챙이 긴 운동모자로 얼굴을 가렸던 것이다. 까만 모자에 금색문양을 덧댄 사내가 연단에 올라갔다. 사내는 굵은 목소리로 선창을 했다. 그들은 구호를 따라 소리를 지를 때마다 팔을 올렸다 내렸지만 동작조차 억지스러웠다. 시위가 끝난 사람들을 버스를 올라타고 처음 모였던 장소로 이동했다. 회관 건물 뒤 계단에 한 줄로 늘어선 사람들은 노랑봉투 한 장 씩을 얻었다. 교통비 명목으로 파란지폐 두 장이 들어있었다. 충수는 그 현장의 거울에 비친 자신을 보았다. 몇 십 년 전에 천 억만과 함께 겪었던, 비루한 슬픔과 치욕을 전혀 다른 행태로 맛보았다. 인간들은 그런 것이었나. 먹기 위해 살았건, 죽기 위해 살았건 생의 존재가 느껴질 때, 인간이라고.

　사람들이란 이상하게 변해가는 동물 같았다. 자기 자신의 잘못으로 일어난 일조차 남의 탓을 했다. 이기심이란 편협한 자신의 틈을 비집고 나오는 것이리라. 사람이 더불어 산다는 게 무엇인가. 서로 부족함을 채우기 위해서일진대, 그냥 잊고 사는 것이다. 피비린내 나는 전쟁터에서는 핏줄보다 더 위해주는 전우애가 있었다. 평안한 시기에는 사소한 것을 양보하는 일이 적군에게 목숨을 버리는 것보다 어려운 모양이었다. 술에 찌든 삭신들에게 불쑥불쑥 전쟁터에서 죽은 귀신들이 나타나기라도 한 것인가.

충수는 몸과 정신이 와장창 망가진 그들로부터 도망치고 싶었다. 더 있어봐야 분위기는 파탄으로 치 닫을 게 빤했다. 그는 호리호리한 몸에 잠바를 걸치고 화장실에 가는 것처럼 슬며시 식당을 빠져나왔다. 소주 석 잔에 취한 것은 아니었다. 의사는 간에 좋지 않다며 술을 삼갈 것을 권했다. 술 한 잔만큼 사내들의 호연지기를 확인해주는 마물도 없었다. 이제는 취하는 즐거움과 깨어나는 홀가분함 마저 잊어버린 지가 꽤 오래된 느낌이었다.

억만이 곁에 있다면 한 사나흘 쯤 함께 취할 수도 있었다. 수십 년을 지냈지만 한결같고 속내가 깊은 사람이었다. 웅숭깊은 눈빛으로 고개를 끄덕이는 모습이 떠올랐다. 그의 나른한 몸속에서 아스라한 추억들이 지나갔다. 그는 목표를 정하지 않고 떠다니는 먼지처럼 천천히 흔들리며 걸었다. 억만이 자신의 친구가 된 것은 운명이었다. 죽음의 목전에서 함께 살아난 것이 바로 어제 같았다. 세월은 벌써 까마득하게 흘렀다.

그때, 땅을 울리는 쇳소리를 지르며 무한궤도는 거침없이 남쪽으로 내려왔다. 소련제 T－34전차의 궤도 밑으로 보병 연대는 맥없이 깔려버렸다. 공룡의 떼거리를 낡은 M－1소총과 맨몸으로 지키기에는 역부족이었다. 소총으로 무장된 연대병력은 뿔뿔이 흩어졌다. 말 뿐인 방어선은 무너지고 아군의 퇴로는 막혀버렸다. 밤이 되자 귀청을 후비던 포탄 터지는 소리와 자동소총소리는 번쩍번쩍 불빛으로 바뀌었다. 어둠은 다행히 아군의 편이었다.

패잔병들은 한여름의 땡볕과 공포와 긴장에 시달렸다. 강을 건너서 민둥한 야산들과 푸르른 들판을 지났다. 햇빛에 반사된 하얀 신작로에서 흙먼지가 풀풀 날렸다. 드문드문 길섶에 서있는 미루나무가로수들은 이정표 노릇을 했다. 메마른 바람이 건듯 불면 초록 이파리들은 바르르 떨며 반짝였다. 구불구불한 논둑을 따라 벼 포기가 심어진 들판은 초록으로 펼쳐졌다. 몸을 질질 끌다시피 걸었다. 간간히 흰옷을 입은 사람들이 눈에 띄었지만, 겁에 질린 눈으로 슬슬 피했다. 산천초목은 인간들의 싸움과 아무런 상관이 없을 성 싶었다.

걸음은 고통에 찌든 몸을 이끌고 관성의 법칙처럼 앞으로 나갔다. 그게 희망인 까닭에 피곤이 엄습해도 참았다. 패잔병들이 하나 둘 학교 운동장으로 모여들었다. 까맣게 그을린 그가 철모를 벗은 내게 눈짓을 했다.

"쌀밥을 준대."

"어디서?"

"저기."

"빨리 가자."

소매를 둘둘 말아 올린 풀빛군복은 땀에 후줄근하게 젖었다. 콜타르를 바른 검정건물들이 잇대어 있었다. 사흘을 굶은 패잔병들은 학교 건물 뒤쪽에 몰려갔다. 우리는 총을 판자벽에 세워놓고 뜨거운 쌀밥과 쇠고기국물을 걸신이 들린 듯 퍼먹었다. 작고마른 체구의 그가 먹다 남긴 밥을 내게 덜어주었다. 외아들답지 않게 남을 배려하는 착한 성품의 사내. 그의 콧구멍에는 흙먼지가 끼어있었다. 밤색군화를 벗자 불어터진 나의 발이 드러났다. 그리고 교정을 둘러싼 플러터너스나무 그늘 아래서 죽은 듯 쓰러졌다. 그도 내 옆에서 죽음처럼 잠이 들었다.

적군도 쫓기던 아군도 반도의 남쪽으로 내려갔다. 적군의 속도에 제동이 걸렸다. 검고 번질거리는 살갗의 군인들과 노랑머리털의 키가 큰 군인들이 합류했다. 동족끼리의 피비린내 나는 싸움에 피아에 속한 이민족들은 각각 양쪽을 도우러왔다. 그들 역시 서로의 이해관계에 따라 아군과 적군으로 갈렸다. 비로소 아군은 155mm포와 105mm곡사포의 지원을 받았다. 그렇지만 아군은 계속 남동쪽으로 밀려 내려갔다. 우리는 풋 야채와 주먹밥으로 허기를 달래며 걷고 걸었다. 졸음은 쾌락으로 다가와서 피곤에 찌든 육신을 유혹했다. 한여름 밤의 모기떼는 아무데나 물고 뜯었다. 인간들의 싸움질 말고도 삼라만상은 서로 먹히고 먹는 먹이사슬이었다.

2. 천억만

등짝은 진즉 굳어가고 있었다. 억만은 무슨 수를 써서라도 치료를 해야겠다고 마음을 먹었으나 그 뿐이었다. 달포 전에는 용하다는 치료사의 집에 간적이 있었다. 등짝에서 목덜미에 이르는 굳은살에다 부황을 떴다. 그러더니 등짝과 팔에 시원한 느낌이드는 젤을 발라 문질러주었다. 파스냄새가 코를 찔렀다. 찜질방이나 대중목욕탕에서 다른 사람들의 몸에 흉터처럼 징그러운 부황자국을 본 적이 있었다. 치료사는 억만의 몸을 이리저리 굴리면서 간간히 하나마나한 소리를 지껄였다.

"너무 몸을 방치하셨네. 아, 시멘트도 몇 십 년을 굳어지다가 또 몇 십 년 풀어지면서 해체되는 겁니다. 어쩌다가 이 지경이 되도록 놔뒀어요. 한두 번 가지고는 도저히 안 되겠네."

퀴퀴하고 좁은 방에서 한 시간 남짓을 털고 일어났다. 치료사는 뒤통수에 대고 며칠을 더 오라고 했다. 억만은 감색 점퍼의 지퍼를 올리며 알루미늄 문짝을 밀고 나왔다. 계절은 봄이 되기 싫어서 거듭 추위를 불러냈다. 지난해의 강추위를 생각하자면 포근한 날씨가 고마웠다. 봄날은 옅은 그림자를 지니고 있는 것 같았다. 쨍쨍했던 햇살이 내리비치는 가파른 골목은 낡은 집들의 그림자가 거무스름하게 늘어졌다.

자신은 꼭 무엇에 쫓긴 듯 했다. 목표도 없는데, 꼭 뭔가 아슴푸레한 이정표가 있는 느낌이 들었다. 자기 자신을 속박하면 할수록 슬픔 따위의 불필요한 감정이 생겼지만, 어찌할 수 없었다. 하나의 일이 끝나면 또 다른 일이 기다렸다. 현실의 목마름은 틈만 보이면 파고들었다. 그게 다 목숨을 연명하는 일과 맞닿아있었다. 긴장이 풀리면 온몸 어디에나 쑤시고 삐걱거렸다. 허리뼈에서 머리끝까지 어지럽고 결렸다. 어금니가 빠진 지는 진즉 오래되었다. 어머니를 닮았는지 잇몸과 이는 튼튼하지 못했다. 죽을 때까지 생명은 유통기한을 담보로 유지될 게 빤했다.

낡은 집들의 구석진 곳에 숨어있던 것들은 느닷없이 나타났다. 골목길을 휘젓는 회오리바람에 쫓겨 비닐봉지와 종이 나부랭이들이 날아오르다가 흩어졌다. 그리고 또 무엇인가가 후다닥 앞으로 내질러갔다. 검은 고양이 한 마리가 쓰레기 비닐봉투들을 뒤지다가 도망을 간 것이다. 고양이들은 비닐봉투에 발톱과 이빨을 박아 긁어대거나 주둥이를 디밀었다. 고양이들은 쥐를 잡기보다 쓰레기를 뒤지는 편이 훨씬 쉬운 일인가 보았다. 추운 계절이 지나니 고양이들이 어슬렁거리며 길거리를 돌아다녔다. 고양이들이 내지르는 소리는 꼭 어린 아이가 우는 소리와 같았다. 발정기에 접어들어 내지르는 그 기기묘묘한 소리 때문에, 억만은 괜히 마음이 심란했다.

저번 밤에 초등학교 뒷골목에서 본 일이 떠올랐다. 어둠이 깊어지면 동네는 조용하다 못해 적막했다. 집들과 상가들의 불빛은 숨긴지 오래였다. 재개발지역은 누추한 옷을 입은 채 하릴없이 시일만 기다리고 있었다. 땅거미가 밀려오면 햇무리가 도망간 대신에 가로등 불빛의 간격은 드문드문 늘어져서 어둠을 이겨내지 못했다.

학교의 담이 없어진 대신 키가 짧은 일정한 나무들이 휑하니 터진 개구멍 같은 길이었다. 2미터 정도의 높이를 굵은 돌들로 대충 쌓아서 돌 틈에는 회양목이나 철쭉 같은 키 작은 나무들을 찔러 넣었다. 그곳이 처음부터 길은 아니었다. 마을버스를 타려면 드넓은 학교를 멀리 돌아야만 했기에 사람들의 속성상 지름길이 되어버렸다. 언제부턴가 하나둘, 나무들을 밟고 돌을 딛다보니 길이 되어버린 것이다. 어른이고 아이들이고 할 것 없이 모두 그곳을 통해 운동장을 질러 다녔다. 그러나 굵은 돌을 괸 둔덕진 곳이어서 좀 위험스러웠다. 학교 측에서 더러 나무판대기로 막아놓았지만, 며칠만 지나면 도로 아미타불이었다. 늦은 밤까지 사람들을 지키고 있을 수도 없거니와 경비원 역시 욕먹을 필요가 없을 터였다.

개구멍 옆은 쓰레기를 내다버리는 곳이었다. 전신주 아래 음식물쓰레기며 재활용쓰레기봉투들이 쌓였다. 하루만 밀려도 쓰레기는 어른 키만큼 높이 쌓였다. 밤늦게 쓰레기 치우는 트럭이 그곳에 와서는 한꺼번에 싣고 갔다. 쓰레기를 치워도 곰삭은 젓갈과 간장 달이는 것 보다 지독한 구릿한 냄새는 늘 그 자리에 맴돌았다.

느닷없이 뭔가 어른거렸다. 걸음마하는 아이 닮은 검은 형체가 움직였다. 검은 형체는 뭔가를 향해 두 손을 들어 거친 몸놀림으로 투덕투덕 갈겼다. 이에 질세라 맞은편에서 같은 크기의 검은 그림자가 덤벼들었다. 두 형체는 한동안 죽을힘을 다해 소리를 내지르며 엉켰다가 풀어지기를 되풀이했다. 고양이들이었다. 네발 달린 것들이 꼿꼿하게 서서 사람들처럼 싸우는 짓거리를, 억만은 머리털 나고 처음으로 보았다. 조금 뒤에서 술에 취한 사람들의 인기척이 들리자마자, 고양이들은 금세 어디론가 사라지고 없었다.

이튿날 억만은 슈퍼마켓에 앞을 지나가다 구레나룻이 돋은 주인이 불러서 들어갔다. 또래의 늙은이 한 사람이 엉거주춤 서있었다. 가끔 복지관 식당에서 본 낯익은 핼쑥한 얼굴이었다.

"어르신들? 이거 가져가서 드세요. 아직 유통기간이 조금 남았고, 괜찮을 겁니다. 사람이 못 먹을 것도 아니고."

"우리야 주시면 고맙지만 이렇게 생생한 물건을 그냥 준다니까, 이거…미안해서……."

엉겁결에 늙은이가 말한 우리라는 테두리 안에 들어버린 것이다. 그건 어차피 타의에 의해 그렇게 분류될 수밖에 없었다. 소시지와 게맛살, 어묵 따위를 까만 비닐봉투에 가득 담아주는 것이 아닌가. 억만은 고개만 끄덕거리며 묵직한 비닐봉지를 받아가지고 나왔다.

누런 바탕의 털을 가진 고양이가 골목길에 나타났다. 얼굴이 내리 찢어져 검붉은 피가 엉킨 흉측한 모습으로 어슬렁거리며 돌아다닌 그 놈은, 틀림없이 간밤에 혈투를 벌인 어느 한쪽이었다. 암놈을 차지하기 위해, 씨앗을 남기려고 처절한 전쟁을 벌인 상처였다. 놈은 까만 비닐봉지 가까이 수염달린 코로 쿵쿵 냄새를 맡는 듯 다가서다가, 억만이 발로 바닥을 탁탁 치자 어슬렁어슬렁 사라졌다. 사람이라고 별 다르랴. 이제 고양이들은 사람들을 무서워하기는커녕 흘깃흘깃 쳐다보는 것이 보통이었다. 쥐새끼를 보는 건 옛말이고 골목길마다 고양이 떼 천지였다. 언제부터 이렇게 되었는지 참으로 별일이었다.

낡은 동네에는 사는 사람들마저 낡아가고 있었다. 아니, 골목에 붙어있는 집집마다 힘없고 병든 늙은이들로만 채워졌다. 억만은 작은 집들이 닥지닥지 붙어있는 산동네의 좁은 골목길을 터덜터덜 걸어 내려왔다. 빗소리에 양철지붕이 시끄러운 가건물 앞을 지났다. 가끔 일거리가 생기면 하루 이틀을 앉아 보내던 곳이었다. 너트와 볼트를 조립하기 쉽게 합성수지로 만든 깍지를 끼우면, 수고비로 개당 10원을 쳐주었다. 하루 내내 해봐야 2,000개도 벅찼다. 봉투에 풀칠하는 일이나 수세미를 포장하는 일 따위도 비슷했다.

삶의 무게를 줄일 방법은 없었다. 노령연금과 영세민수급자 생활수당을 합해봐야 빤했다. 그래도 좋아진 세상이었다.

주민 센터에서 생계가 어려운 사람들이나 불우한 장애인에게 다 달이 돈을 주었다. 쌀 티켓으로 10킬로그램이나 받고 있었다. 각 단체로부터 기부를 받은 돈으로 가끔 김치니 젓갈 같은 밑반찬도 배급을 받았다. 그럴 때면 사변 후에 유엔군이 주는 강냉이가루가 생각났다.

갈수록 짓무른 눈이며 만성기관지염증은 물론, 콩닥콩닥 뛰는 심장병까지 안 아픈 데가 없었다. 뿐이랴, 어금니의 금붙이가 떨어져나가면서 음식물 씹기가 여간 불편한 게 아니었다. 딱딱하거나 거친 음식은 욕심껏 먹지 못했다. 앞니라도 붙어있기 망정이지, 깍두기나 김치는 앞니로 베어 물어 삼키지도 못할 뻔 했다. 최저 생계비가 43만원이나 되지 않던가. 사랑의 열매라는 이름으로 약값은 돈 천원쯤 지원받았으나 큰 병원에는 갈 엄두가 나지 않았다. 그나마 자신의 이름으로 된 재산이 한 푼도 없기 때문에 수급대상자라는, 동직원의 말을 듣고서 쓴웃음이 나왔다.

"천억만 어르신? 요즘 야쿠르트아줌마 날마다 안 빠지고 배달 잘 해줘요?"

"그럼요."

"아줌마들이 안 오면 우리한테 꼭 말씀해주셔야 합니다."

야쿠르트 아줌마를 통해서 독거 늙은이들을 살피고 있다

는 소문을, 복지관 식당에서 들었던 것 같았다. 천억만? 농투
성이인 부친이 호적에 올리려고 급히 지은 이름이었다. 천석
꾼이나 만석꾼이 되라는 바램일시 분명했다.

　누가 하루에 세 끼니로 만들어 놓았을까. 요즘 들어 끼니
를 거르면 몸의 기력이 더 쇠약해지는 것을 금방 느꼈다. 복
지회관은 거처가 없는 늙은이들과 고아들을 집단으로 수용
하여 보호하는 시설이었다. 하루에 한번 복지회관에서 공짜
로 주는 점심을 얻어먹었다. 점심때만 되면 여름철 가로등
불빛에 하루살이 떼 몰려들듯 늙은이들이 들어와 줄을 섰다.
주의사항－경로증이 없는 분은 1,000원을 내야 합니다. 까
만 유성매직펜으로 휘갈겨 쓴 큼직한 안내문이 붙어있었다.
주방 창구 앞 투명한 통 속에는 동전들로 채워졌다. 식판을
든 비슷한 또래의 늙은이들이 득시글거렸다.

　"오늘은 반찬이 별로 안보이네."

　"짜장밥인가 본데."

　"그럼 국은 안 나오는 거네."

　새치기를 하려고 슬쩍 옆으로 온 할망구들이 주고받았다.
그는 허우대가 큰 남자의 뒤에서 식판을 들었다. 뒤돌아보던
남자와 시선이 부딪쳤다. 살빛이 허연 늙은이는 건장했으나

왼쪽 눈에 흰 안대를 붙였다. 옆에서 카랑카랑한 여성이 말을 건넸다. 뽀글뽀글 머리를 한 할망구는 잔주름이 많았다.

"새로 이사 왔어요?"

억만과 남자가 동시에 고개를 돌렸다. 억만은 자신에게 묻는 말인 줄 알았다가 남자가 대답하는 목소리를 듣고 그들을 바라보았다. 남자는 조금 부끄러운 표정으로 좌우를 살피더니 얼굴을 모로 꼬았다.

"저번에, 요 앞 초등학교에서 뵌 분 아니세요?"

"안대를 붙인 얼굴이라서 나도 금방 알아봤다니까."

자장이 덮어진 밥을 받아온 사람들은 식탁으로 앉았다. 거의 남성은 남성끼리, 여성은 여성끼리 앉았다. 살아있는 것들이란 짝짓기의 시기가 지나면 모두 중성으로 돌아가는가 보았다. 오히려 남자들이 더 부끄럼을 탔다. 세상은 흐름의 대세를 거역할 수가 없었다. 바야흐로 여성 상위시대이자, 천지의 음과 양의 기운이 뒤바뀌고 있었다.

"누구랴?"

"왕년에는 잘 살았다는데……."

"아이고, 그걸 말이라고 해. 왕년에 누군들 못산 사람 있어?"

"그런데 허우대는 말짱한데, 왜? 애꾸눈이여?"

"저 늙은이? 응, 눈썹 때문에 쌍꺼풀 수술을 했대."

"아이고, 미친 지랄이구만. 저 나이에 무슨 짓을 하려고 망측하게 원!"

"망측은 무슨? 밑구멍에 물도 안 나오는 년들은 어떻구? 일흔이 넘었어도 보톡스 주사를 맞으며 예쁜이 수술하는 년들보단 극히 정상이네 뭐."

늙은 여편네들의 입술은 금세 검댕을 칠한 듯 가무스름하게 움직였다. 그녀들은 눈빛을 주고받으며 남자가 밥 먹는 쪽을 훔쳐보면서 히죽히죽 웃었다. 안대를 한 애꾸눈 남자는 밥을 급히 먹고 숟가락과 식판을 챙겨들어 자리를 떴다. 뉴스화면으로 늙은이들의 시선이 꽂혔다. 식당 가운데 걸린 대형 텔레비전은 작년에 부녀회단체에서 위문품으로 가져온 디지털제품이었다. 신기술은 얼굴의 작은 점 하나까지 드러났다. 늙으면 눈이 어두워져 못 볼 것은, 안 보아야 하는데 화면은 다 보여주었다. 뉴스는 지나갔지만 자막은 되풀이되었다. <노모를 못 모신다고 칼부림한 시누이>

조잘거리는 깜냥으로 여자들은 진즉부터 뉴스의 내용을 알고 있었던 터. 밥을 먹다말고 숟가락을 쳐든 할망구가 자장이 묻은 툭 까진 입으로 침을 튀기며 말했다. 뽀글뽀글 머리를 볶은 할망구는 뭉툭한 코와 양쪽 볼에 검버섯이 번져있었다.

"잘 사는 올케가 친정엄마를 안 모신다고 하니까, 칼로 찔러 죽였다는 거야. 원 세상에나, 말세야 말세. 하나님을 안 믿으니까, 저런 인간 말종들이 나오는 거야."

"아니, 딸년이 모시면 될 것을, 지는 안 모시고 왜 저 지랄들이여. 어미가 재산이 많았다면 서로 모시겠다고 또 싸움질 했겠지."

흰 머리카락 뿌리가 반쯤 드러난 주걱턱이 맞받았다. 주걱턱할망구의 왼 팔목에는 싸구려 누런 금장손목시계가 반짝였다. 이들의 눈치를 살피다가 성깃한 까만 머리를 뒤로 묶어 핀을 찌른 할망구가 토를 달았다.

"하긴 제 구멍으로 나온 딸도 엄마 모시기 싫은 세상인데 윤기가 없는 며느리 년이 같이 살겠다고 하겠어."

처음 말을 꺼낸 할망구가 주도권을 빼앗길세라 다시 말꼬리를 이었다. 씹다만 밥알과 콩나물찌꺼기 파편이 튀었다. 주걱턱의 본질은 한사코 돈 때문이라는 것을 강조했다.

"또 모르지, 아들놈한테만 돈 다 빼앗기고 딸년은 아무것도 안 줬는데 서로 안 살겠다고 하니까, 저 사단이 난 거 아니야?"

"재산을 얼마라도 물려 맞았으면 당연히 아들며느리가 모셔야지……안 그러니까, 딸이 성질 난 모양이지. 홧김에 무슨 짓을 못 해. 그나저나 저 아들놈이 병신 짓을 했구먼. 중간에 나서서 잘 좀 하지."

"그런 말은 왜 해? 요즘 세상에 아들놈들이 무슨 힘이 있다고."

"돈이 있으면 힘이 있는 거고 없으면 꽝이지, 돈 없으면 아들이고 딸이고 새끼들도 다 소용없는 세상이야! 암 그렇고 말고!"

~날 좀 보소 날 좀 보소~날 조금만 보소~. 가까운 어디선가 휴대폰에서 계속 발신음이 들렸다.

"전화 왔구먼. 누구 전화야? 전화 받아 봐요."

주걱턱이 옆으로 고개를 돌리며 뽀글머리에게 닦달했다. 굵은 금사슬 목걸이를 내려뜨린 뽀글머리가 시침을 떼며 휴대폰 뚜껑을 열었다.

"으음, 나한테 왔네. 여보세요? 누구라고? 응 나다. 무슨 일로? 나? 그런 걱정일랑 하지 마라. 지금 동네 아줌마들하고 놀러 와서 밥 잘 먹고 있어. 거기가 어디냐고? 그건 알아서 뭐하게. 염려마라. 한정식을 아주 잘 하는 집이다."

뽀글머리가 눈을 내리깔며 전화뚜껑을 닫았다. 모두 반백의 뽀글머리에게 눈을 흘기며 입을 삐죽거렸다. 주걱턱을 내밀던 늙은이가 여럿의 눈빛과 교감하더니,

"딸한테 전화 온 거 같은데? 내 말 맞지?"

"왜? 궁금해? 나도 자존심이 있지, 아무리 딸년한테 전화

가 왔지만 이런 데 와서 공짜 밥을 먹는다고 할 순 없잖아."

뽀글머리 할망구가 여럿의 눈총을 깔아뭉개며 다시 말문을 텄다.

"늙어서 이혼하는 것도, 따지고 보면 다 돈 때문이지."

"아무렴 영감탱이 죽은 다음에 재산을 상속 받으면, 새끼들이 반은 가져가는 것이라며?"

"법은 법이니까…세금 내고 나누면 여편네 몫으로 반도 안 돌아오니까, 영감들의 재산이 많으면 미리 이혼하는거래요."

"아, 황혼이혼?"

"우리처럼 돈 없는 사람들은 그런 일도 없으니까 뭐."

"없긴 왜 없어! 혼자서 사니까, 나라에서 이렇게 공짜로 밥도 주고 생활비까지 주지 않아."

할망구들이 한꺼번에 후후후 웃었다. 웃음을 주체하지 못한 할망구들의 입안에서 움질거리던 음식물 파편들이 식탁으로 튀었다. 억만은 그녀들의 수다를 한쪽 귀로 흘리며 일어서서 다 먹고 난 식판과 숟가락을 창구 옆에 놔두었다. 그리고 스텐리스 컵에 물을 따라 마셨다.

점심을 얻어먹고 바깥으로 나온 늙은이들은, 잠시 벤치에 앉거나 문을 나섰다. 뒷마당에서 땡강땡강 쇠붙이 때리는 소리가 들렸다. 그는 천천히 건물 뒤로 돌아갔다. 웬 늙은이가 해머를 들어 커다란 쇠붙이에 붙어있는 판을 떼어내는 작업을 하고 있었다. 피아노인 듯 얇은 나무 조각들이 빠개져 수두룩이 쌓였다. 그가 다가가자, 얼굴이 가맣고 길쯔막한 또래의 늙은이가 힐긋 올려다보았다. 바리캉으로 밀어버린 성깃성깃한 머리였지만, 굵은 힘줄이 금방이라도 튀어나올 듯 가무잡잡하고 튼실한 팔뚝이었다.

"이봐요? 그렇게 구경만 하지 말고 이쪽 좀 잡아주시구랴."

억만이 허리를 구부려 쇠붙이를 잡아주었다. 해머와 빠루로 도려낸 쇠판들은 굵은 나사못이 빠지고 금방 분리되었다. 누런 놋쇠는 피아노 페달이었다. 억만이 슬쩍 물었다.

"이거, 신쭈는 꽤 돈이 나가지요?"

아까보다 밝게 펴진 얼굴로 그를 바라보던 늙은이는 반말로 대꾸했다.

"노형께서도 고물 수집을 하나보군?"

"아닙니다. 우리나이에 신쭈를 모르는 사람이 있으려고요."

"말 마쇼! 우리처럼 고생으로 찌든 사람들도 잘 모릅디다. 세상이 하도 좋아져서 새것만 찾다보니, 겉만 알고 속은 전혀 모르지요. 하기야 젊은 놈들은 더 모를 것이고."

부모들이 자식을 키우는 일은 동서고금을 막론하고 거의 비슷하리라. 아무리 제멋대로 큰 자식들도 어른이 되면 내리

핏줄의 유전처럼 슬픔을 맛보게 될 터.

아들 녀석들을 키운 건 순전히 아내의 몫이었다. 이쪽으로는 가까운 친척이 없어 급하면 친정 쪽으로 발걸음이 잦았다. 자신은 학교며 교육청의 수위로 직장에 다니면서 돈 몇 푼 벌어오는 일 외에 특별하게 아이들을 어루만졌던 기억이 없었다. 그러나 늘 자식들의 걱정만은 뇌리에 떠나지 않았다. 대학에 들어가면 등록금 걱정, 자식들의 혼기를 앞두고는 신혼집 걱정까지. 부모로서 당연한 일을 했다고? 늙고 병들어 만신창이가 된 지금, 인생이란 너무 쓸모없는 허수아비라는 생각이 들었다. 이게 아니지 라며 후회해본들, 늙고 병들어 허전한 기억의 반추밖에 더 있을까. 하긴, 자식이라는 것이 모태에서 몸 밖으로 나와 버리면 이미 타인이 아니던가. 새로운 개체로서 행동하는 사회성이란 제 스스로 깨달을 뿐이다. 두 끼니를 때우는 일도 쉽지는 않았다. 억만의 머릿속은 돈 생각으로 가득 차있었다. 소식을 끊은 지 꽤 되었지만, 충수를 찾아가서 사정을 해볼까. 그의 성품으로 미루어 아무런 조건 없이 돈을 빌려줄 것은 자명했다. 억만은 머리를 도리질했다. 안 될 말이었다. 살아있다는 것은 얼마나 짜고 맵고, 시디신 일인가.

거우 혼자 지나다닐만한 좁은 골목으로 접어들었다. 비가 와서 우산을 펴면 양 쪽에 있는 집들의 처마에 닿아서 접어야 했던 길이었다. 백 미터 쯤 구불구불한 길 중간에는 공동화장실이 있었다. 집안에 화장실이 없는 집들이 많다보니, 관청에서 지어준 것이다. 억만은 지퍼를 내리고 팬티 안에서 구겨진 물건을 꺼냈다. 쭐쭐. 흰 타일 소변기를 타고 내려간 가는 오줌줄기가 머무적거렸다. 의사가 처방해준 전립선 약을 먹어도 먹을 때뿐이었다. 화장실은 깨끗했으나 가끔 담배연기로 차있었다. 억만은 통유리 문을 열고 나와서 보도블록이 깔린 골목을 걷다말고 섰다. 시멘트벽과 블록 사이의 틈으로 야들야들한 연푸른 잎들이 돋아나 있었다. 작달막한 키의 이파리들은 일렬로 두어 걸음만큼 퍼져서 아주 작고 하얀 꽃들을 수줍게 피어놓았다. 며칠 사이에 솟아난 것이 분명했다. 노루귀를 닮았지만 아닌 성싶었다. 햇볕이라고는 거의 들지 않은 그늘진 골목의 시멘트 틈바구니에서 살아온 풀꽃들. 생명의 경이로움은 어디에도 숨을 쉬고 있었다.

거대한 도시의 뒷골목에 가려져있는 오래되어 낡은 집들은 재활용품도 못되었다. 거우 숨만 빠끔빠끔 쉬는 하루살이 목숨들은 아무렇게나 버려졌다. 부자들은 더욱 탐욕스럽고,

가난한 자들은 지옥이 따로 없었다. 허기가 지지 않아도 사냥하는 동물은 사람뿐이다. 자꾸 쌓아가는 먹이가 썩고 남아도 배고픈 동족들에게 돌아가지 않았다. 콧속을 찌르는 탐욕의 냄새에 모두 마비되어있었다. 인간의 먹이사슬은 자꾸만 비겁해졌다. 그들은 아무리 뱀의 허물처럼 벗어도 더 좋은 살갗을 지니지 못했다. 그들은 뱀의 이빨과 맹독으로 무장되어 누구라도 물어버릴 준비가 되었다. 가진 자들의 만용은 어디까지인가. 눈만 뜨면 낡은 것들을 밀어버리고 재개발로 고층아파트들이 우뚝우뚝 서있었다.

원래 도시의 속성은 강하고 역동적인 것을 지향했다. 젊은이들이 추구하는 것은 외형 일변도였다. 훤한 겉모습은 발랄하고 생동감이 가득 하지만, 뒷골목은 어둡고 침체된 낡음이 가득했다. 개발이나 발전이란 젊음이 추구하는 것과 일치한다. 그게 현실이고 동물적 본능이다. 젊고 강한 것이 판을 치다보니, 늙은이들은 주눅이 들고 갈 곳이 마땅찮았다. 그런데 늙은이들 역시 몇 십 년 전에는 젊은이였다. 한 몸뚱이의 세포조직도 새로 돋거나 죽거늘, 사람들 또한 자연의 법칙을 거스를 수 없는 법. 한 도시 안에서도 화려한 불빛이 휘황찬란한 강남 쪽과 어둠에 쌓인 산동네가 다 함께 지금 존재했다. 마술에 걸린 듯 술에 취한 듯.

돈은 힘이고 생존의 절대치가 되어버렸다. 모든 노동은 돈으로 환산되었다. 필요한 만큼 버는 자보다는 더 많은 잉여자본을 축적한 자들이 사회적인 지위마저 함께 누렸다. 위태로움이 도사리고 있는 모래성이 순간적으로 무너질 것을 알면서도 그랬다. 그러나 인간에게 소용되는 쾌락은 얼마나 널려 있는가. 모두 들뜨고 미쳐가는 분위기의 흐름. 흐르지 못하여 부풀어 오르는 하수도의 거품과 거품 속에서 솔솔 풍겨오는 악취. 오염되면 이 거대도시에서 탈출하기 어려웠다. 공룡의 멸망처럼 모두 어느 날 갑자기 알 수 없는 늪으로 빨려 들어간다고 할지라도. 아니, 자신들이 만든 물살에 휩쓸려 갈 수밖에 없을 지라도. 텅 빈 거리에 혼자 살아남아 있을 지라도.

3. 큰아들

어려서부터 동생은 형보다 몸집이 컸다. 사춘기가 지나서 형의 머리는 그의 어깨아래였다. 뿐이랴, 성품이 넉넉하고 배려하는 짓거리도 달랐다. 형 만 한 아우가 없다는 속담도 거짓이었다. 생김새나 뭐로 보아도 동생이 더 낫게 보였다. 형이 친구들과 싸워서 터지고 집에 들어오면, 동생이 나가서

두들겨 패주었다. 작은 아들은 우락부락했지만 공부도 꽤 잘
했다. 동네 사람들은 고개를 갸웃거렸다. 형만 한 아우가 없
다는 말도 말짱 거짓부렁이었다. 큰아들은 어려서부터 제 생
김새마냥 착실하게 컸다. 누가 봐도 형의 생긴 모습은 아버
지와 똑같이 닮았다. 작은 키는 물론 갸름한 얼굴 생김새까
지 붕어빵이 따로 없었다.

  아버지의 편견은 도대체 언제부터였던가. 중소기업 회사
원으로 겨우 밥이나 거르지 않은 큰아들이 한심했을지도 몰
랐다. 아버지는 아마 대석이의 둘째아들이 태어나서부터 생
각이 달라진 듯 했다. 살살거리는 작은 며느리는 튼튼한 아
들만 둘이나 낳았다. 이상하게도 당신은 자신의 모습과 성깔
머리를 빼닮은 큰아들은 탐탁찮게 생각하는 것 같았다. 딸만
달랑 하나 낳은 큰며느리가 집에 가면 말을 아꼈다. 십여 년
을 살았어도 착한건지 푼수인지, 아내라는 여자의 속은 알다
가도 모를 지경이었다. 깜냥 없이 장소나 분위기도 모르고
뱉은 한마디가 가끔 속을 뒤집어 놓은 편이었다.

  "집안이 잘 되려면 큰 아들이 잘 돼야 한다는데……이름
을 잘못 지었다고 해요. 아들이 많은 집에서는 장남 이름을
크게 지어야 한다는 말을 들었어요."

  "누가 그런 말 같지 않은 소릴 해?"

"친목계모임에서 여자들이 그런 이야기를 한다니까요."

"여자들이 모여서 입만 나불거리면 별 이야기를 다 하나 봐. 그래, 그 이름이 좋다는 기준이 뭔데?"

"나도 몰라요. 그치만, 작은 아들의 이름이 장남보다 크면, 집안이 거꾸로 된다는 말을 들으니까, 괜히 답답하고 짜증이 나더라구요."

"지금 나한테 해당하는 말이라는 건데……."

"아니, 그렇다는 거죠 뭐."

가끔 그런 말 같지 않은 말로 티격태격 했다. 아내의 푼수 끼는 착한 심성에서 오는 것이었지만, 신경을 쓰지 않으려 해도 갑석은 괜히 마음이 심드렁해졌다. 다니던 회사가 부도 나서 공중으로 붕 떴다. 처가에서 도와주어 사업 일을 벌였 지만 자꾸만 꼬였다. 여러 가지 일들이 잘 안되어 이상스럽 게 불안한 생각으로 기울었을 무렵이었다.

아주 오래 전, 그 기억은 가끔, 너무나 생경하게 떠올랐다.

"아이와 애비가 서로 역逆하고, 아이로 인하여 애비의 수 명이 짧아지므로 아이를 부처님한테 파는 게 좋겠다."

스님이 대문 앞에 와서 목탁과 염불을 하는 말을 듣고 어머 니는 수심이 가득했다. 나는 궁금해서 자꾸 채근하며 물었다.

"엄마? 정말 대석이를 절에다 팔 거야?"

"그럼 어떻게 하겠니. 스님께서 그렇게 말씀하셨는데……."

"어디다가? 누구한테?"

그런 말을 듣고도 철없는 대석이는 무엇이 좋은지 눈을 가느다랗게 뜨며 시익 웃었다. 도로를 따라 씽씽 달리던 택시가 읍내를 벗어났다. 큰길에서 샛길로 접어든 택시는 속도를 줄였다. 풀풀 날리던 흙먼지가 갈아 앉았다. 오솔길보다 겨우 넓어 간신히 자동차가 기어가는 고만고만한 야산들이 연이어있는 길이었다. 소나무와 굴참나무, 밤나무가 뒤섞인 잡목들이 칙칙하게 우거져있었다. 절로 통하는 고샅에는 아직 덜 딴 빨간 고추들이 햇볕에 반짝였다. 바로 뒤쪽으로 까만 기와지붕이 보였다. 극락전과 산신전만 달랑 처마를 맞대고 있는 암자 같은 조그만 절이었다.

사천왕처럼 눈알이 부리부리한 스님에게 엄마는 합장을 했다. 웬 여인네가 산그늘이 내려온 마당에다 고추를 말리며 쓰다만 직한 천막비닐 천을 깔았다. 상 위에는 쌀 됫박 남짓 든 그릇과 참외 따위의 과일과 시루떡을 올렸고 좌우로 촛불을 켰다.

대석이는 신기한 듯 절 이곳저곳을 돌아다니며 시끄럽게 떠들었다. 스님은 커다란 체구를 거들먹거리며 상 위에 이상한 물건을 올려놓았다. 삿살 연 테두리처럼 오려서 자른 일곱 개의 한지 빗자루였다. 그런 다음, 여인네가 가져온 흰 광목천을 왼팔에 둘둘 감아 들었다. 스님이 동생을 향하여 뭐라고 무겁게 말하자, 어머니도 따라서 동생을 불렀다.

"이리 오너라."

"대석아! 이리 와서 무릎 끓고 앉아있어."

대석이는 머리에 바가지를 얹고 눈을 감은 채 목각불상처럼 무릎을 꿇었다. 동네사람인 듯 구경꾼 서넛과 엄마는 놀랜 토끼눈으로 서있었다. 퇴락한 절집 뒤로 막 햇덩이가 넘어가려던 참이었다.

"기해생 천대석이가 부모님과 잘 화합하고, 잘 살도록 굽어 살피시고……."

목탁을 두들기며 한참을 해대던 지루한 염불이 끝났다. 스님은 상 위에 놓인 한지들을 하나 씩 들어서 대석이의 머리를 쓸더니 피워놓은 불속에 사르는 것이었다. 그러자 옆에 시중을 들던 여인네가 들고 있던 그릇에서 굵은 소금을 한 움큼 씩 꺼내 불 길속으로 집어 던졌다. 그제야 구경하던 사람들도 어머니도 대석이로부터 눈길을 거두었다. 내가 불쑥 물었던 같았다.

"너, 기분이 어땠어? 재미 있었어?"

"몰라, 가슴이 무지하게 뛰던 걸."

대석이는 겸연쩍은 얼굴로 대답했다. 그리고 부끄러운 듯절집 뒤쪽으로 도망치듯 사라져버렸다. 여인네가 엄마에게몇 마디 당부하는 말이 귓속으로 들어왔다.

"절대로 아이에게 아무 말도 물어보지 말고, 그냥 내버려두세요. 괜히 쓸데없이 이것저것 말 시키지도 말고."

"보살님 말대로 할게요."

우리는 땅거미가 물든 다음에야, 다시 대절해온 택시를타고 절을 떠났다. 그런데 까닭없이 나도 대석이도 엄마도괜히 시무룩했다. 왜 그랬는지는 알 수 없었다. 열려진 차창너머로 풀벌레울음소리가 간간히 들렸으나 자동차소음이섞여 버렸다.

토지보상금이 문제였다. 대도시 외곽은 하루가 다르게 신도시계획이 발표되었다. 도시가 커질수록 중심의 반경은 자꾸 넓어졌다. 변두리부터 초고층 아파트들이 들어서기 시작했다. 위성도시들이 중심도시와 연계되면서 수도권이 되었다. 거대한 도시는 블랙홀이 되어 전국을 빨아들였다. 수축할 수 없는 도시는 날로 팽창을 거듭했다. 나라의 인구 절반이상이 수도권에 모여 살았다. 수요와 공급이 맞지 않다보니, 벌집 구멍처럼 뚫린 고층아파트는 자꾸 웃돈이 붙었다. 요술 상자는 돈을 만드는 도깨비였다. 사람들은 땀을 흘리지 않고도 노다지를 캐는 일에 마냥 들떴다. 사람들의 욕망은 점점 탐욕으로 변하고 있었다.

조상 잘 둔 덕분인지, 추석에나 한번 갈까 말까한 선산 땅이 도시계획에 들어갔다. 공시지가로만 계산해도 몇 억은 수월하게 들어올 게 확실했다. 동생 대석이가 먼저 알고 있는 낌새였다.

"아버지? 보상금이 나오면 뭘 하시게요?"

"글쎄다. 특별히 생각해보지 않았다. 우리 내외 노후에 사는 문제도 있고, 네 형 문제도 있으니까……."

네 형이라는, 아버지가 내뱉는 말은, 그냥 일반적인 말이었다. 그런데 맞은편에 있던 동생 대석이의 눈꺼풀이 바르르 떨리는 것 같았다. 아니, 분명히 떨었다. 감정이 분출할 때마다 지그시 누르며 호흡을 조정하던 대석이의 헛웃음 띤 얼굴. 어려서부터 대석이는 늘 이기는 싸움만 했다. 상대방이 누구라도 계산을 해보고 싸움을 걸었다. 지는 게임은 미리 포기하는 편이었다. 여태껏 백전백승은 그 결과물이었다.

"연세가 일흔이신데, 지금이 노후 아닙니까?"

"아버지? 돈을 잘못 관리해서 패가망신한 집안이 많답니다."

"나도 들었다."

"잘 생각해보세요."

"무슨 뜻이더냐?"

"돈이란 무조건 재테크를 해야 한단 말입니다. 돈이 돈을 만드는 세상 아닙니까."

부모를 빼놓고, 세상에서 제일 가까운 관계가 형제라고 했다. 아무리 생각해도 그건 틀린 말 같았다. 부모도 그렇고 하나 밖에 없는 동생도 어렸을 적부터 별로였다. 오죽하면 소갈머리 없는 아내조차 콩가루 집안이라고 빈정거리기 일 쑤였다. 그런데 이건 또 무슨 일인가. 느닷없이 경찰서에서 부르질 않나, 검찰청에서 나오질 않나. 형인 자신까지 숫제 범죄자로 취급을 했다.

"인터폴까지 수배가 되었으니, 집에 오거나 국내에 들어오는 낌새라도 있으면 바로 연락을 해야 합니다. 알고도 신고하지 않으면 공범으로 몰릴 수가 있으니까요."

하긴, 한 두 해 동안 대석이네는 들뜬 상태였다. 회사를 차립네, 벤처기업을 한답시고 얼굴 보기가 힘들었다. 아버지 생신 때 뷔페식당에서 잠깐 만났을 적에도 뭔가 달라져있었다. 거무데데한 얼굴은 하얀 듯 번지르르 했다. 지저분하게 기른 구레나룻도 말끔하게 사라졌다. 뿐이랴, 빠삭빠삭한 수

표가 장지갑에 가득 채워져 있었다.

"바쁘신가 봐요. 도련님?"

"아? 예, 형수님. 회사를 새로 만들다보니, 조금 그래요. 제가 한 큐 잡으면 좀 쓰겠습니다."

은근슬쩍 하면서 눙치는 버릇은 언제부터 지녔을까. 녀석은 원래 있던 허풍마저 속내로 숨기면서 맛있는 음식이라면 사족을 못 쓰는 식탐조차 자제하는 듯 했다.

그랬던 것이다. 녀석의 죄명은 무척 길었다. 특정경제범죄가중처벌법상횡령. 구제금융 정부시절 벤처기업들은 날이면 날마다 우후죽순처럼 돋아났다. 처음에는 대부분 가난한 창업주들이 돈은 없어도 반짝이는 중소기업의 설계도를 만들어 열심히 뜀박질을 했다. 그러나 나중에는 점점 정부의 지원정책을 악용하여 한탕 해먹고 튀는 사기꾼들이 나타나기 시작했던 터. 좋은 아이디어가 있으니 돈을 벌게 해주겠다고 투자자들을 모집하여 출자금을 모았던 모양이었다. 코스닥으로 명명되는 주식시장이 생기면서부터였다. 별 볼일 없는 회사라도 주식을 상장만 시켜놓으면 앉아서 돈을 벌기가 쉬운 죽 먹기였다. 기는 놈 위에 나는 놈이 나타났던 시기였던 것이다. 자본금을 뻥튀기는 것조차 모자라 허위계약으로 신문에 공시하여 호재인양 주식시장을 흔들어 차액을 챙겼다. 또한 미등록 주식을 대량으로 찍어 장외에 돌려 현금으로 바꿨다. 나아가 허약한 업체를 인수하거나 지분을 취득하여 분식회계를 해서 허위로 장부를 조작했던 거라고.

녀석의 악몽을 잊어버릴 만하니까, 동문회에서 만난 대석이 처남이라는 자가 슬쩍 말해주었다.

"호주인가 뉴질랜드에서 연락이 왔는데, 그 쪽에서는 몰랐어요?"

크게 걱정하지 말라는 투였다. 정말 마음 같아서는 당장에 검찰청에 달려가 신고를 하고 싶었다. 저 혼자 잘 살겠다고 외국으로 도망간 녀석을 어찌한단 말인가. 그렇게 똑똑한 척, 세상을 우습게 본 녀석이다. 온 집안을 뒤집어놓고 사라져버렸는데, 남아있는 피붙이들이 그 고통을 감수해야 하다니.

대석이 생각만 나면 아버지가 원망스러웠다. 아버지는 혈육과도 같은 친구 유충수 아저씨가 어렵다며 돈을 빌려달라고 했는데도, 거절하고 대석이에게 몽땅 돈을 주는 것 같았다. 언제나 아버지는 집안의 어떤 일도 자신과는 늘 한마디의 상의 없이 대석이하고만 속닥속닥하고 끝내는 분이였다. 그래서 자신도 이미 장남이기를 포기한지가 오래였다. 고집이 센 노인이니, 어디에 살던지 홀가분하게 있을 것이다. 아니, 어쩌면 대석이와 함께 출국했을 수도 있었다. 그 무렵부터 아버지는 잠적해버렸으니까. 설혹 국내에 살더라도 대석이가 충분히 먹고 살만큼 마련해주었을 게 분명했다.

4. 천억만

아내를 닮은 여인이었다. 아이들과 이불보따리와 궤짝 두어 개가 실린 짐을 누런 황소가 끄는 달구지였다. 수심이 가득 찬 여인의 옆얼굴이 나를 비켜갔다. 앗, 여인은 보름달처럼 둥근 배를 두 손으로 덮고 있었다. 만삭이었다. 파란하늘은 높았고 화사한 햇살이 쏟아지고 있었다. 아이들은 천진난만하게 떠들었다. 달구지는 엉덩방아를 찧으며 실개천을 건넜다. 내가 아이들을 바라보다가 고개를 돌렸으나 여인은 어디론가 사라지고 없었다. 아이 하나는 안 보였다. 여인은 아내였던가? 나는 당황했다. 혼자 남은 아이는 이내 배가 고프다며 칭얼대고 있었다.

아스라이 귀뚜라미 우는 소리가 들렸다. 꿈이었다. 머릿속이 둔탁한 물건에 맞은 듯 멍했다. 고개를 도리도리 저었다. 일어나서 벽에 붙은 전기 스위치를 눌렀다. 어둠이 도망간 좁은 방안은 갑자기 훤해졌다. 기름이 떨어진 보일러의 경보기가 울고 있었다. 추운 날씨가 되면 어떤 틈새로 찬바람이 기어들어와 귀뿌리마저 땡땡 얼어버리는 방이다. 보증금 500만원에 사글세 20만원으로 들어온 집이었다. 아니, 방한 칸에 딸린 싱크대가 고작이니 방이라고 해야 하리라. 쿠크 밥통이 방구석에 웅크리고 있었다. 붙박이장 아래 작은 밥상이 있고, 개켜놓은 신문지며 사발시계 옆으로 약봉지가 널려있었다. 하긴 아내와 신접살림을 시작했을 적에도, 연탄불길을 아끼며 사과궤짝 속에 그릇 몇 개만 달랑 있었다.

그런데 죽은 아내는 왜 나타났을까. 무엇이 못미더워 뇌리에 들어와 나를 헤집고 놓고 떠났을까. 무엇하러 아들놈들은 다시 어린아이들이 되어 나타났단 말인가. 아무래도 핏줄이란 동물적 본능일 게다. 이제 남이 되어버린 새끼들이다. 비록 꿈이었지만 저 세상에나 있을 아내가 모처럼 함께 있다는 일조차 어처구니없었다.

이제는 기억조차 가물가물한 그 무렵이었다. 봄비가 내리면 앙상한 나뭇가지에 새잎이 돋아나고 파리한 사람들도 생기가 돌았다. 너무나 무지하고 단순하게 생각했던 것일까. 여성의 나이 그만이면 생리의 상실은 당연한 것이라고. 우울증인 줄만 알았다. 생의 서투른 감정조차 말라버린 시기가 아니던가. 병원에서 아내의 종합검사결과는 별 것이 아닌 것으로 판명 났었다. 희멀건 하게 생긴 의사는, 심장의 부정맥이야 선천적일 뿐이고 다른 데는 별 이상이 없다고 했던 터였다. 저혈압이니 계속 투약을 하면서 두고 보자는 부연설명까지 덧붙였다. 아내는 보통 때와는 달리 자신의 심정을 감당하기 힘들 것 같았다. 억만은 아내의 얼굴을 곁눈으로 슬쩍 살폈다. 어두웠던 얼굴에 모처럼 웃음이 감돌았다. 그렇지만 왠지 하나 둘, 소리 없이 떨어지는 꽃잎처럼 스산한 느낌이 들었다.

그리고 한 달쯤 지나서 아내는 응급실로 실려 갔다. 또 다른 의사였다. 억만은 의사의 긴장된 눈빛을 읽었다. 위내시경에다 장내시경은 물론, 무슨 검사들로 아내는 시달렸다.

"아직…조직검사 결과를 더해보긴 하겠지만…….."

"보호자께서 마음을 단단히 하셔야…….."

장에서 조그마한 물혹을 떼어냈다는 담당의사의 말이 신통찮았다. 병실을 옮겨주던 간호사도 왠지 자신의 눈치를 보는 듯 했다. 혹시? 암? 억만은 두려운 그림자를 떨쳐내려고 머리를 흔들었다. 일부러 담담해지려고 큼큼, 기침을 해댔다. 기침을 한다고 심각한 표정이 들키지 않으리라는 보장은 없었다. 아내가 침대에 누운 채 그를 물끄러미 쳐다보았다. 아내는 약을 먹으면 괜찮다고 했던 의사의 말을 처음부터 믿지 않은 것 같았다. 병원을 들락날락한다고 몰랐던 병명을 다 아는 것도 아니고, 치료되는 건 물론 아니었다. 무슨 일이 없어야 할 텐데. 억만은 아내에 관한 일이 기우에 지나지 않기를 빌었다. 아내는 속내가 깊고 독한 여자였다. 아내는 대석이가 식솔을 데리고 없어진 후에도 작은 아들의 일을 일절 입에 올리는 법이 없었다. 어쩌면 아들의 못된 짓거리조차 자신이 저지른 일인 것 같은 표정이었다.

생명은 끝이 있게 마련이었다. 아내가 눈을 감은 날은, 아침부터 흐릿하고 바람이 불었다. 잿빛구름 속으로 기어들어간 햇빛은 나오지 않더니 기어코 눈송이들이 하늘하늘 날렸다. 먼발치에서 아내가 손짓하는 것 같았다.

어느 해였던가? 아내와 모처럼 웃던 기억도 그의 머리를 잡아당겼다. 한 여름날의 일이 문득 떠오른 건 무얼. 후텁지근한 피서 철의 하늘은 흰 구름들이 둥둥 떠다녔다. 수박껍질을 통통 손톱으로 튕기던 아내의 마른 손가락. 아내는 아파트 상가의 청과물가게 주인과 한참동안 수박 값을 흥정했다.

"너무 값을 깎은 거 아냐?"

"아녀요. 장사꾼들이 달란 대로 다 주면 비싸요."

아내는 주공아파트 계단을 올라가면서 고개를 돌려 그에게 시익 웃어보였다. 그리고 집으로 들어오자마자, 수박에

칼을 대자 쫙 갈라진 수박의 붉은 속살을 떼어내어 그의 입에 넣어주었다. 반쪽은 비닐을 씌워 냉장고에 넣어두었다.

"녀석들이 오면 시원한 걸로 먹겠네."

아내는 흐뭇한 웃음을 베어 물었다. 그러더니 뜬금없이 분위기와는 전혀 얼토당토않은 말을 뱉는 것이었다.

"우리 말예요. 이제 사람답게 살날이 얼마나 남았을까요?"

"그 무슨 소리야?"

여름철인데도 가끔 아내는 뜨개질을 했고, 다 된 듯싶으면 털실을 다시 술술 풀어버리는 것이었다. 이해 할 수가 없었다. 어디선가 매미와 풀벌레 울음소리가 한낮을 요란하게 울었다.

그는 화장터를 나서면서 다리가 휘청거렸다. 어이가 없었다. 헛웃음이 절로 나왔다. 몽롱하게 무슨 꿈을 꾸고 있는 듯했다. 을씨년스런 날이었다. 봄볕이 어줍게 내리 비추는 공원묘지에서도 마찬가지였다. 그는 왈칵 슬픔이 복받쳤다. 얼마나 나약한 육신인가? 아내가 죽음으로 가는 길목에서 무기력한 육신의 한계를 실컷 검증했을 뿐이었다. 생명을 지닌 동물의 한계를 통감했다. 살아있는 위태위태한 순간들을 연명하려고 얼마나 비굴했던가. 인연이란 그저 흐르는 물처럼 극히 짧은 만남이었다.

가르랑거리는 소리에 미칠 것만 같았다. 억만은 목구멍에서 터져 나오는 마른기침을 참느라 얼굴이 붉어졌다. 뿐이랴, 얼굴을 비롯하여 몸 사방으로 얼키설킨 실핏줄까지 일제히 열을 냈다. 몸이 뜨거워져 숨이 막힐 지경에 이르렀다. 터질 것 같은 가슴속을 누르자니 심사가 뒤틀린 지 오래였다. 울대를 거머쥐고 있는 가래는 더 많이 뭉쳐서 아예 목구멍을 막으려 한 것이다. 용각산 가루를 퍼먹어서 누렇게 뭉친 가래침을 뱉어냈지만 기침은 그치지 않았다. 보름 넘게 독감에 시달려서 체력이 바닥난 상태였다.

이래서 죽는구나. 억만은 그런 생각으로 닿았다. 팔다리, 몸통, 머리들은 제각각 따로 노는 것 같아도 결국은 한통속 아닌가. 사소하게 여기던 부품 하나가 빠지면 거대한 비행기의 엔진도 멈추는 것 아닌가. 독감예방주사를 안 맞은 게 두고두고 후회가 되었다. 그래서 몸이 반발하고 있었다. 타고난 건강체질도 아닌데, 혹사하면서 안일하게 놔두고 팽개 친 대가를 톡톡히 치룬 것이다. 병이 따로 없었다.

그새 날은 지나고 시간은 사위어갔다. 한 때 멀쩡했던 사람들은 땅속으로 혹은, 연기로 풀풀 날려 대기권 안에서 흩어졌다. 날뛰어 보았자 사람들은 끝내 바래지고 사라질 뿐이다. 죽은 이들에 대한 추억마저 살아있는 자들은 잠시 느끼는 것 아닌가. 그래서 죽은 자들이 개입할 수 없는, 살아있는 자들의 세계는 위태로운 것이다. 날마다 눈을 똥그랗게 뜨며 겁을 잔뜩 집어먹고, 제자리를 도는 다람쥐쳇바퀴 같은 삶이라 할지라도.

본능적인 충족조차 어려워서 이제는 모든 일이 신기루였다. 세상살이는 막연히 길이와 넓이 부피의 크고 짧음도 아니었다. 도대체 인간이 인간에게 신뢰를 갖지 못한다면 왜 삶에 속박을 받는다는 말인가. 인간들의 속성을 알 것도, 모를 것도 같은 애매모호함은 죽어도 모를 것이다. 자신을 내팽개친 아들들과 손녀딸들의 모습이 떠올랐다가 사라졌다. 이 나잇살에 무슨 영화를 볼 것인가. 하찮은 식물들도 병충해에 시달리는 법. 짧은 인생살이를 해보니, 세상만사는 무엇이든 간에 처음과 끝이 있다고 믿는 터였다. 이 따위 만신창이로 더 살았다한들 희망도 없었다. 살아봐야 동물적인 생명을 조금 더 연장시킬 뿐이었다. 차라리 빨리 뒈져버렸으면 싶었다. 그렇지만, 죽을 때 죽더라도 잠을 자는 것처럼 편히 저승으로 가고 싶다는 이중성이 숨어있었다. 저승사자는 어떻게 생겼을까. 억만은 불현듯 누군가 뒤에 숨어 있다가 고개를 돌려보면, 금방 획 사라지는 것 같았다. 요즘 들어 커다란 검은 그림자는 부쩍 가까이 따라다니는 느낌이 들었다.

혼자 있을 적에 등 뒤에 뭔가가 버티고 있다는 생각과 함께 무섬증마저 와락 들었다.

된장 한 숟갈과 마른멸치를 넣고 물에 휘휘저어서 두부를 썰어 국을 끓였다. 밥통에 남은 밥을 퍼서 말았다. 김치를 우물우물 씹다가 불현듯 철부지 아이가 떠올랐다. 퇴색된 흑백 사진으로 멈춘 호롱불이 가물거리는 초가집 방안이었다. 해수기침을 해대는 아버지 앞에서 군고구마껍질을 벗겨 입으로 호호 불며 먹기에 바빴던 아이가 자기 자신이었다. 부모를 배신한 아들들에게 서운해하면 안 되는데도 자꾸 억울하고 비참한 생각이 들었다. 욕망이란 어린애나 어른이나 다 있게 마련이었다. 돈이 사람들의 관계를 그렇게 만들었다. 소중하게 간직했던 물건들마저 주인이 바뀌는 것이다. 살아 있는 주인으로부터 건네받으면 선물이고, 죽은 다음에 얻으면 유물일 뿐이다.

"빨리 가야지?"

"조금만 기다려요. 이거도 가져가야 하니까."

비좁은 골목길을 내려가다가 남녀의 목소리가 들렸다. 지붕이 땅에 닿을 듯 낮은 블록 집 문 안이었다. 억만은 걸음을 멈추고 가만히 서있었다. 웬 남자의 엉덩이가 밖으로 먼저 나왔다. 바로 어둠침침한 방 안에서 작은 손수레와 함께. 늙은 남정네였다. 얼굴이 가맣고 길쯔막한 또래의, 언젠가 복지관 뒤 마당에서 망치질을 했던 그 늙은이였다. 접어놓은 종이상자들을 모아서 끈으로 묶은 뭉치를 바깥으로 내놓았다. 안에서 흰머리를 쪽진 할망구가 페트병 따위가 가득 찬 큼직한 비닐자루를 들고 나왔다. 늙은이들은 부부였다. 주춤거리고 서있는 억만을 흘긋 쳐다보던 늙은이가 말했다.

"어디 가시우? 저번에 복지관에서 본 양반이구먼."

"그냥……."

"요즘에는 거길 통 못 가봤네. 아픈 마누라와 집에서 같이 밥을 먹다보니 복지관식당에 가서 통 외식을 할 틈이 없었지. 으흐흐."

"밖에 누구 왔어요?"

"빨리 안 나오고 뭣해?"

꾸물거리던 할망구가 밖으로 나왔다. 검버섯이 번진 하얀 얼굴의 할망구는 왼쪽다리를 절었다. 약간 오르막길이었다. 남자가 손수레를 끌고 할망구는 절름거리며 뒤에서 밀었다. 그들은 억만이 내려가는 반대편으로 사라졌다.

누구를 탓할 것인가. 아무래도 이 비열한 도시에서는 가슴만 아플 뿐이다. 텔레비전화면과 망막이 보여주는 현실은 다 같았다. 매연이 자욱한 빌딩의 숲속에서 사람들은 짐승처

럼 울고 있다. 지하철은 지옥철이 되어 거리에는 인파가 넘
치고 흘렀다. 사방팔방 제 갈 길을 가는 사람들은 어디를 오
고 가는지, 결국은 한 곳이 아니던가. 뼈 빠지게 돈을 벌어도
인생은 갈팡질팡하다가 벼랑에 서서 위태롭게 흔들리고 있
다. 서울 역 근처를 어슬렁거리며 헤매 도는 사람들. 삼삼오
오 무리를 지어 살 썩은 냄새를 풍기며, 절망조차 잊어버린
채 누워서 병 소주로 나팔 부는 사람들. 팽개쳐진 몸뚱이로
악다구니를 써대며 세상을 저주하는 사람들. 하루살이 목숨
인데 누가 거둘까만 밤이면 불나방처럼 모여든 족속들. 시멘
트바닥에 스티로폼을 깔고서 신문지를 덮어 저승으로 갈 꿈
이나 꾸는 동물이 따로 없다. 시커먼 때에 절어 구걸을 하는
미친 여편네와, 쭈글쭈글하게 패인 주름살에 화장품을 덕지
덕지 바르고 비싼 음식점을 나서는 늙은 여편네들을 보아도
그렇다. 넓은 초원에서 골프채를 휘두르며 호기롭게 걸어가
는 돈 많은 늙은이들의 모습도 마찬가지였다.

끊임없이 전염병처럼 도는 이 현상은, 그 옛날 사변 때와
하나도 다를 바 없었다. 무릇 사는 놈은 살고 죽는 놈은 사라
질 뿐이다. 다만, 행태와 느낌이 조금 달라진 이유는 외형이
주는 착각일 뿐 본질은 변하지 않았다. 가난했지만 죽음 앞
에서도 서로를 믿고 의지했던 그 시절이 그리웠다. 그때는

죽음이어도 기꺼이 슬프지 않았다. 절망조차도 함께 할 수 있는 사람들이 곁에 있었다. 살아도 죽어도 함께 하는 인간적인 시기. 그런데 이제는 젊은이들도 늙은이들조차도, 모두 어제를 잊어버리고 오로지 현재와 자기 자신만이 존재한다고 믿는 풍조가 휩쓸고 있다.

문득 유충수가 보고 싶었다. 찾아가면 금방이라도 껴안아줄 친구였다. 너무 면목이 없었다.

언젠가 쓸데없는 말싸움을 했던 일이 기억났다. 내 눈에 흙이 들어가기 전에는 빨갱이 놈들과는 함께 웃을 수가 없다고 했던가? 친구가 어려웠을 적에 돈을 못 빌려준 일도 불쑥 고개를 쳐들었다. 그 때마다 충수는 웃으면서 되레 자신을 토닥거려주었던 것이다. 그런 일들에 걸려서 꼭 그런 것만은 아니었다. 더 이상 그에게 가슴 아픈 자기 자신의 사연들을 들려주어서는 안 된다는 생각이 들었기 때문이다.

5. 친구의 친구

탁자 서랍에 넣어두었던 전화수첩이 놓여있다. 돋보기를 쓰지 않으면 눈이 달아났다. 늙으면 눈이 침침하고 잘 안 보이는 것은 답답하지만 어쩔 수 없다. 더러운 일과 수치스러운 일 따위를 시야로 다 들여다본다는 것은 얼마나 고통스러우가. 세상의 이치를 터득할수록 눈보다는 마음으로 보아야 했다. 아이의 천진난만한 눈이 게슴츠레한 늙은이의 눈으로 변하고, 막 잡아온 생선의 눈알이 해저물녘 썩은 눈깔로 변하듯. ㄱ, ㄴ, ㄷ 순서로 색인된 성씨가 나열되어있다. 그는 동글동글한 몸으로 의자에 앉은 채 손을 뻗어서 책자를 당겼다. 이제까지 살아오면서 만났던 사람들. 각별했거나 운명적으로 지금까지 자신의 머릿속에 묻어온 사람들이었다. 그리고 시시때때로 이쪽이나 저쪽이나 연락을 해왔던 사람들이다. 사업을 한답시고 돌아다닐 적에는 전화를 받는 편이 훨씬 많았다. 모나미볼펜으로 꾹꾹 눌러 쓴 이름들 중에서 연락이 안 되는 이들이 점점 늘어났다. 이사를 갔는데 오랫동안 이쪽이나 저쪽이나 연락이 안 된 탓이다. 그나마 죽은 사람들과 그 가족은 숫제 잊혀졌다.

고향친구인 유충수는 조그만 인쇄소를 했다. 세상에 둘도 없는 친구라고 소개시켜준 천억만의 전화번호는 머릿속에 남아있었다. 몇 번을 눌렀지만 전화번호의 주인은 다른 사람이었다. 탁자 위에 전화기가 있다. 이제는 주머니에 늘 넣고 다니는 휴대폰보다야 못하지만, 정든 만큼 편했다. 숫자가 크게 박힌 버튼 몇 개를 꾹꾹 누르면 금방이라도 저쪽의 목소리를 들었다. 목소리는 얼굴을 그리고, 상대방과 자신이 함께 했던 추억을 떠올려주었다. 그런데 요즈음은, 그게 잘 안 되었다. 어쩌면 저쪽 역시 이쪽과 똑같은 심사일지도 몰랐다. 게으름 탓인가? 게으름이 오래 쌓이다보면, 무겁게 작용할 수도 있다. 어제 만났던 사람보다 몇 년 전에 본 사람은, 말의 꼬리에서 연결되는 게 새삼스럽고 어설펐다.

"여보세요? 김 사장님?"

"나, 현복동이입니다. 사업은 잘 되시지?"

"허허허. 그렇지요 뭐."

"다름이 아니고, 저번에 말씀드린 거 있지?"

"아, 그래요? 내 친구가 신림동에 살고 있다는 걸 알아냈다고?"

"거기가 어디래? 뭐? 예, 예. 무슨 행복슈퍼마켓?"

"그 근처에서 물어보라고?"

후배는 어떻게 친구가 사는 곳을 알아보았을까. 바쁜 세상인데, 아무튼 고마웠다. 유충수한테 바로 전화 해주어야지. 아니다, 경로당에서 만나면 차분하게 전해주고 대책을 세워야지. 잠깐 조급했으나 마음만 그 뿐, 이제는 가끔 정신이 오락가락했다. 시간의 개념도, 장소의 기억조차도. 뿐인가? 건망증인지, 치매증상인지 하루에도 몇 번은 정상이 아니었다. 손톱깎이를 들고서 찾으러 다니지 않나, 냉장고 속에다 이쑤시개 통을 넣은 적도 있었다. 처음에도 자기 자신의 이런 행동에 화가 치밀었다. 그러나 또래의 늙은이들을 보면서 가만히 생각해보니 대부분 그런 것 같아 자위했다. 하긴 사람과 소모품인 자동차와 하등에 다를 바 없었다. 간혹 아파트 근처에 있는 카센터 앞을 지나면서였다. 기름에 찌든 작업복을 입고 승용차 밑으로 기어들어가 볼트와 나사를 조이는 중늙은이를 보면서 그런 생각이 들었다. 새로운 자동차는 접촉사고가 나지 않은 한 거의 수리할 일이 없다. 차츰 굴리다가 오래되면 손 볼일이 늘어나기 마련이다. 타이어가 닳으면 타임벨트 갈아 끼고, 앞 범퍼 교체한 뒤에는 문짝을 바꿔야 했다. 낡은 차 꽁무니에서 푸른 연기가 풀풀 날리고, 엔진이 중장비가 내는 굉음이라도 지르면 폐차장에 가는 길이 아닌가.

환승역을 지나면서 갑자기 승객들이 밀려들었다. 숨이 막힐 정도로 열차 안은 승객들로 꽉 차버렸다. 빽빽한 승객들 사이에 끼어 들숨날숨조차 쉬기에 벅찼다. 모두 시루 안의 콩나물대가리가 되어 고개를 쳐들었다. 지옥이 따로 없었다. 인간들 스스로 만든 불지옥이었다.

"밟지 말아요."

"아, 누가 일부러 밟았어."

그 아수라에서도 싸우는 종족이 있었다. 뒤편에 서있는 사람들이 곧 내리려고 자기 앞 사람들을 밀어붙였다. 자연히 사람들의 힘이 앞으로 가해졌다. 서있는데, 앞에 서있는 젊은 여성이 자꾸 뒤를 돌아보았다. 청바지를 입은 키 큰 여성의 엉덩이가 자꾸 자신의 배에 닿았던 것이다. 그는 괜히 무안해졌다. 자신도 출가한 딸이 둘이었다. 그런데 순간,

"이 할아버지가 왜 이래!"

여성은 이맛살을 찌푸리며 앙칼지게 쏘아붙였다. 영락없이 성추행범으로 몰릴 판이었다. 승객들은 아는지 모르는지, 숨이 컥컥 막히는 분위기는 풀릴 기미가 없었다. 거의 대부분의 젊은이들은 어지럽고 복잡한 틈새에서도 휴대폰을 들여다보며 열심히 손놀림을 했다. 이어폰을 귀에 끼고 발을 까닥거리거나 초점을 잃고 정신을 빼앗겨 맹한 얼굴을 한 젊은이들도 있었다. 기계는 가느다란 줄로 사람과 이어져 세상을 조종하며 소통했다. 스마트폰은 사람들의 정신을 홀랑 빼앗았다. 열차 안의 냉정과 침묵을 무시하며 마냥 달리는 쇠바퀴 소리. 그 때 누군가가 거들었다. 노약자석에 앉아있던 늙은 여인이었다. 코가 뭉툭하고 반백의 머리가 뽀글뽀글했

다. 추레한 차림새였으나 굵은 금목걸이를 걸고 있었다.

"아가씨, 낫살 먹은 양반이 일부러 그랬겠어? 사람들이 하도 많다보면 그럴 수가 있는 거요. 서로 이해해야지."

다행히 성깔 사납게 생긴 여성도 입을 다물더니, 다음 역에서 내렸다. 구세주가 따로 없었다. 젊은 여성들은 옆에 앉기라도 하면, 대부분 싫어하는 눈치를 보였다. 하기야 젊은이들보다 늙은이들이 좋을 리가 없었다. 쭈글쭈글 마른 몰골은 그렇다 치고 냄새가 나는 건 당연지사. 사람의 몸도 작은 우주라, 세포들이 생성되고 죽는 것도 꼭 같은 이치가 아니겠는가. 죽은 세포가 더 많을 늙은이에게서 고름냄새가 나는 건 정상이었다. 그는 불과 몇 십 년 전 아니, 엊그제 일처럼 어머니의 말씀이 떠올랐다.

"저들은 안 늙은 줄 아나봐!"

"나이가 들수록 세월은 빨리 오는 거다. 이것들아!"

늙으면 가만히 있어도 곤혹을 치룰 일이 한 두 가지가 아니었다. 언제부턴가 무료승차권이 생길 때부터 집에 박혀있던 늙은이들이 슬슬 시내로 나오기 시작했다. 심지어 전철노선이 도시의 외곽까지 연장되자, 용돈에 여유가 있는 늙은이들은 이곳저곳으로 놀러 다녔다. 온양온천지역은 물론이고, 두어 시간 넘게 걸리는 호반의 도시까지 오갔다. 하기야 나잇살만 먹었지, 쌩쌩한 몸뚱이가 근질근질하지 않으면 사람이 아니었다. 언제 뒈질지도 모르는데 집구석에만 쳐 박혀있는 게 너무 억울할 노릇이었다. 한약방이 모여 있는 경동시장에는 언제나 나이가 든 사람들로 바글거렸다. 겨울이 지나고 봄이면 재래시장은 더욱 늙은이들로 붐볐다. 지하철의 문이 열리면 그 많은 늙은이들은 우르르 쏟아져 나왔다. 목살이 늘어져 뒤뚱거리는 걸음으로 계단을 힘겹게 오르는 여자는 뒤에 오는 사람들의 속도를 막았다. 1번 출구로 나가는 계단을 딛고 올라가는 사람들은 마치 장마철 시골변소의 똥통에 들끓는 구더기처럼 굼실굼실 거렸다. 생물의 한계에 다다르면 인간의 값어치를 깎아 먹는 게 분명했다. 병들고 늙으면 육신은 인간의 의지를 버릴 수밖에 없었다.

햇살이 눈을 찔렀다. 복동은 머뭇거리며 약령시장 출구 아치 쪽으로 늘어선 노점상들을 보았다. 한약재와 생선좌판에서 나는 냄새는 물론이려니와 온갖 잡동사니가 어우러져 어지러웠다. 길거리의 좁다란 인도는 늙은이들로 인산인해를 이루었다. 지하철에서 내렸을 두툼한 오리털파커를 벗지 못한 늙은이들이 대부분이었다.

"아이고, 정신이 헷갈리는구먼."

앞서 가던 늙은 여인이 크게 내뱉었다. 복동은 불현듯 어제 본 뉴스가 떠올랐다. 대도시의 쓰레기가 되어버린 노인들의 단독세대만 100만 명이 넘는다고 했던가. 육신을 지탱하기 위해 보약을 구하고 유유상종이니 자연스럽게 늙은이들만 모이는 곳이 되었다.

나이가 들어서는 왁자지껄한 시장 바닥을 둘러보는 재미가 쏠쏠했다. 무일푼이면 무슨 재미랴마는, 생선꼬리 하나라도 사가지고 집에 들어가면 마누라 입이 헤벌어졌다. 물론 농협마트나 슈퍼마켓에서 배달을 시킬 적도 있으나 딸네 사위와 외손자들이나 왕창 몰려올 경우였다. 두 늙은이가 먹어야 얼마나 먹겠는가. 하지만 늙어도 입맛은 살아가지고 묵은 반찬은 두 끼니면 질렸다. 뭍에서 연락선으로 한 시간 쯤 떨어진 섬에서 자란 마누라는 비릿한 생선을 좋아했다.

어쩌다가 성긴 그물코에 걸린 생물들이었다. 곡두새벽에 연안부두에서 경매장 상인들에게 팔려 이곳까지 온 것들이었다. 좌판에는 여러 종류의 생선들이 누워있었다. 싱싱한지 안 한지, 흔들어보나마나였다. 날선 비늘과 지느러미를 퍼덕거리던 생목숨들이 벌써 게슴츠레한 눈깔로 변했다. 굵은 팔뚝에 빨강고무장갑을 낀 뚱뚱한 여자가 무뚝뚝하게 내뱉었다.

"한 마리면 만 원인데, 두 마리면 만 칠천 원. 썰어드려요?"

복동은 고개를 끄덕거렸다. 시퍼런 바닷물 빛을 닮은 회칼을 번뜩이며 내리 찍었다. 칼날에 흰 살점들이 토막 났다. 똥그랗게 눈뜬 대가리는 붉은 피에 적셔져 고무다라 통으로 들어갔다. 여자가 굵은 왕소금을 한 움큼 집어서 까만 비닐 봉지에 든 생선조각들에다 뿌려주었다.

친구의 장례식에 다녀오는 길이었다. 교도소까지 함께 갔었던 사업파트너였다. 뇌출혈로 중환자실에서 식물인간이 된 친구는 산소호흡기로 일 년 남짓 목숨을 지탱하다가 그만 가버렸다. 이제는 하나 둘, 저승으로 사라지고 있었다. 문득, 충수가 입버릇처럼 말하던 억만이 생각이 떠올랐다.

"혹시, 어디 가서 죽어버린 건 아닐까."

"이사람 이! 입이라고 함부로 말하는 것 좀 보아! 말이 씨가 된다는 거 몰라?"

느긋한 성품의 충수는 노기등등하여 화를 내는 일이 드물었다. 교도소철문을 나왔을 적에도 두부를 들고 온 사람이 충수였다. 밖에는 출소하는 이들을 기다리는 사람들이 웅성거리고 있었다. 어둠을 따라 나온 썰렁한 바람이 목덜미를 파고들었다.

"원래 음기가 센 자리인가 봐. 시부럴, 워낙 기가 센 놈들만 모은 곳이 아니냔 말이야. 살인범, 강도, 심지어는 정치꾼들까지 말이야. 사내놈들 중에서도 아주 드센 놈들만 끌려와서 그렇게 많이 살다가 뒈지기도 했으니까, 이젠 저 터가 양기로 다져져 음기를 몰아낼 거야. 으흐흐, 추억이 그리워지면 또 한 번 올수도 있지 않겠냐. 에이 시부럴, 퉤퉤퉤!"

"저, 입! 자넨 언제나 그 입이 방정이야."

한번인가, 정부가 북한에 질질 끌려서 돈이며 쌀이고 퍼주고 있다는 억만의 말에, 충수가 대꾸할 적에도 문을 박차고 나간 사람은 억만이였다. 억만은 고지식하고 자존심이 무척 강한 사람이었다. 몹쓸 친구 같으니라고. 어딘가 살아있다면 연락이라도 해야 마땅한 일이 아닌가. 천억만의 얼굴이 떠올랐다. 친구들에게 무슨 서운한 감정이라도 있는 것일까. 허무하게 사라지는 나이에 이르러 자주 얼굴을 보면서 실없는 소리라도 하며 지내야 할 텐데.

손톱달이 걸려있는 역사무실의 지붕아래서 깃발들이 펄럭였다. 한밤중도 훨씬 지난 시간이었다. 승객 몇몇은 졸고 있거나 텔레비전 화면에 녹화방송 된 축구경기를 건성으로 보는 젊은이도 있었다. 도착시간이 지연되었다고 대합실의 전광판에 뜬 자막은 긴 밤처럼 막연했다. 막 열차가 끊어지고 첫 열차가 오려면 네 시간이나 더 남아있었다. 콜록콜록거리던 복동은 옆구리에 끼고 있던 가방을 정수기통 앞에 내려놓았다. 그리고 가방을 열어 꺼낸 전립선약을 입안에 털어 넣어 머금었다. 정수기 손잡이를 틀어 물을 마신 다음 쭐쭐 거리며 삼켰다. 슬쩍 뒤돌아다 본 청년은 못 본 척 껌을 질겅 질겅 씹어댔다. 복동은 휑한 대합실 안을 서성거리다가 바깥으로 나왔다.

역 광장 앞에는 대형 크리스마스트리가 오색으로 반짝반 짝 깜박였다. 오리털파커에서 목을 빼낸 복동은 광장을 가로 질러 왕복 6차선을 넘어섰다. 불빛이 밝은 편의점은 가끔 사 람들이 들락날락거렸다. 늘어선 가게들은 편의점 말고 거의 다 불이 꺼진 상태였지만, 빌딩건물들의 지하 입구에는 안마 시술소와 모텔간판들이 눈을 뜨고 있었다. 속도를 줄이며 신 호등을 대기해있던 승용차량들이 엔진소리를 내질렀다.

복동은 늙은이답잖게 큰길에서 휘어진 골목길을 천천히 걸었다. 썰렁한 바람이 돌아다니는 가게들의 어둑한 뒷골목 길에서 사람들의 목소리가 들렸다.

"뭐라고 하는 거야? 난 그냥 집으로 가야 한다고!"

"잠깐만 들렸다 가는데 누가 알아."

"이 새끼야, 뭐든 네 맘 대로냐! 그래 씨팔, 그럼 그렇게 해!"

털 코트를 입은 여성의 술에 취한 목소리는 허공에 흩어 졌다. 뭐라고 반문했던 낮은 남성 목소리는 여성의 목소리에

눌려버렸다. 마음이란 시시때때로 걷잡을 수없는 변덕을 부렸다. 남녀는 웅얼거리는 소리를 내더니, 이내 모텔의 출입문 안으로 사라져버렸다. 동물적 본능은 무서우리만치 가까운 곳에 있었다. 젊음의 본능들이 아찔한 순간들을 지나며 몸을 소모할 모양이었다. 밤은 더욱 깊어갔다.

　현복동의 집안이라고 별다를 바 없었다. 모든 일이 서로 어슷하게 맞물려있었다. 출가시켰다고 해도 자식들의 일이란 끝이 없었다. 자식에 관한 한 낳은 순간부터 그 자신이 죽을 때까지 부모의 몫이었다. 다행히 딸 둘은 다 맞벌이 부부여서 가끔 마누라에게 용돈깨나 건네는 모양이었다. 뿐이랴, 의료보험까지 큰딸이 도맡아주니 억만의 아들들 부럽지가 않았다.
　봄볕이 따사하게 쏟아졌다. 뚱뚱한 몸을 굴리며 지하철역에서 바깥으로 올라와 터덜터덜 걸어갔다. 농협지점을 지나서 가게들이 연달아 있는 곳을 지났다. 그런데, 어렵쇼! 갑자기 작은 새 두 마리가 휙 떨어지듯 날아왔다. 참새들이었다. 바로 앞은 조류를 파는 가게였다. 그 앞을 더러 지나갔지만, 눈여겨보지 못했다. 철사를 엮어 만든 새장들이 포개져 가게 앞에 쌓여있었다. 마치 닥지닥지 붙어있는 낡은 아파트처럼 새들은 감옥 아닌 감옥에 갇혀있었다.

복동은 멈추어 섰다. 금방 가게 앞으로 날아온 텃새들이 뭐라고 쫑알거렸다. 녀석들은 가겟집주인이 갇혀있는 새들에게 모이를 넣어주다가 잘못 떨어진 날 알갱이들을 쪼아 먹는 중이었다. 또 몇 마리가 금세 몰려왔다. 참새 떼거리는 복동이 서 있는 것쯤은 아랑곳하지 않고 모이를 쪼아 먹기에 바빴다. 더구나 바닥에 떨어진 알갱이들이 흔적 없이 말끔해지자, 새장과 새장 사이의 좁은 틈바구니까지 뒤졌다. 뿐이랴, 간이 부을 대로 부은 녀석들은 아예 새장 안으로 대가리를 드밀었다. 새장 모이통 속에 있는 남의 먹이까지 노략질을 해대는 것이었다. 그것은 이삭줍기치고는 야릇한 광경이 아닐 수 없었다.

　　모진 겨울바람이 훈풍으로 바뀌었다. 복동은 알 수 없는 불안한 생각들이 지나갔다. 그는 아파트로 들어갈까 말까 망설이다가 동네 공원이 있는 숲길로 접어들었다. 원래 있었던 오솔길을 구청에서 넓은 등산로로 만들어버렸다. 방부목재나 철 계단인지라 편리할지는 모르나 너무나 인위적으로 변해버렸다. 평일임에도 사람들이 어지간히 오르락내리락했다.

　　따사로운 봄볕이 따라왔다. 사시나무와 포플러나무들이 수액을 잔뜩 머금었다가 내뱉는 힘으로 연둣빛 이파리들이 점점 푸르렀다. 나무들은 비비적거릴 듯 서로 맞닿아 있었다. 나무들의 우듬지는 햇빛을 더 보려고 까치발을 하며 하늘로 자꾸 뻗어만 갔다. 나무줄기는 옆으로 성장하지 않고 피사의 사탑처럼 하늘을 찌르고 있었다. 한꺼번에 묘목을 마구잡이로 다닥다닥 붙여 심어서 계속 자라다보니, 뿌리는 뿌리대로 나뭇가지끼리 얼키설키 생존경쟁을 하는 처지가 되어버린 것이다. 나무들 아래로는 허전한 그림자들이 찬바람과 어우러져 어두운 그늘을 만들었다.

달랑 하나뿐인 아들 일만 하더라도 한숨이 저절로 나왔다. 직장에 들어간 지 얼마나 되었다고 벌써 실직이라니. 회사가 급작스럽게 구조조정에 들어가더니 신입사원부터 잘라버렸다는 것이다. 아들 녀석은 뜻밖에 백수가 되어 실업수당을 타 먹는 신세로 전락해버렸다. 그러자 며느리는 아이를 데리고 친정으로 가버린 모양이었다.

얼마 전에는 딸이 난산을 한 바람에 사위와 간난아이까지 집에 와있었다. 아내의 눈치가 아니더라도 용돈이며 생활비라도 벌고 싶은데, 그도 저도 쉬운 노릇이 아니었다. 밑천이 두둑하여 예전처럼 장사나 사업을 할 형편도 아니었다. 아파트 경비원이라도 하려고 부탁을 해두었지만 아직 감감무소식이었다. 그럴 것이 불황의 여파 탓도 있지만, 칠십이 넘은 나잇살이 발목을 잡았다. 마음 같아서는 한창때와 같은데,

주민등록번호를 속이지는 못했던 터였다. 언제나 딸려있는 식솔들의 뒤치다꺼리는 밝음과 어둠을 함께 지니고 있었다.

하루하루 날짜는 왜 그리도 빨리 오는지. 대출을 받아 쓴 이자며 수도세와 전기세 따위의 공과금 갚을 날짜는 어김없이 돌아왔다. 마누라 말을 듣자니, 그놈의 물가는 야금야금 천정부지로 치솟아 올랐다. 사람의 일이란 게 통 앞을 볼 수가 없었다. 나이가 듦에 순발력과 육신의 추동력은 자꾸만 떨어지는데, 삶은 그리 만만치가 않았다. 그렇다고 가만히 앉아서 죽을 수도 없는 노릇이었다. 사변 때도 그랬지만, 사람의 목숨이란 질기다면 질긴 것이어서 와르르 세상이 무너진다고 한날한시에 한꺼번에 죽는 건 절대로 아니었다. 나 죽으면 세상이 끝나는 것이라고 복동은 뇌까렸다. 그래서 사는 데까지 아등바등 열심히 살아왔던 것이다.

6. 작은 아들

창문을 열면 성긋한 나무들이 태평양에서 불어오는 바람을 마시고 있다. 그 때 일을 생각하면 나는 입이 열 개라도 할 말이 없다.

모두 아무 말 없이 저녁밥을 먹었다. 어려서부터 밥을 먹을 때 말을 하면 복이 달아난다고 꾸중하던, 아버지의 눈치를 보는 것도 아니었다. 돈, 보상금을 타기로 한 뒤부터 집안의 분위기를 뭐랄까, 달라지고 있었다. 형수가 문제였다. 자기들의 몫을 챙겨야한다고 목청을 돋우는 것을 아내가 일러바쳤다. 어머니가 참외를 깎다말고 넌지시 우리를 바라보았다. 어머니는 밥그릇을 치우면서 무슨 말을 할 듯 뜸을 들인 표정이 역력했다. 어려서부터 어머니는 식구끼리 함께 모여 있으면 좋아하면서도, 자꾸 아버지의 눈치를 살피는 버릇이 있었다.

"대석아? 넌 아까부터 무슨 할 말이 있나본데?"

"저어…아버지?"

잿빛머리를 돌리던 아버지는 얼굴을 모로 꼬았다. 늘 뭐냐 하던 투로, 말할 테면 해보라는 표정이었다. 원래 말수가 적은 아버지는 그랬다.

"지금 타시던 차 말에요. 오래 됐잖아요. 그거…새로 바꾸면 안 될까요? 자꾸 고장이 나면 사는 값보다 돈도 더 들고 하니까…….."

형도 조심스럽게 아버지의 표정을 곁눈질로 살폈다. 어머니는 조금 긴장이 되는지 아버지의 얼굴을 슬쩍 보면서 눈을 내리 깔았다. 아버지는 밥그릇에 따라놓은 물을 한 모금 마시더니, 쭐쭐 입안을 헹구고는,

"아직 돈도 내손에 못 쥐었는데, 그 일이 그렇게 급하더냐?"

"그게 아니라, 제 말씀은……."

"됐다! 너희들 말은 더 안 들어도 알겠는데…애비는 말이다. 십년도 넘은 이 세피아도 고맙게 생각하며 타고 다닌다. 너희들 알다시피 우리나라가 언제부터 선진국이 되었냐. 내가 볼 적에는 아직도 한참 멀었다. 돈 있는 몇몇 사람들만 겉만 번드르르 해가지고 선진국 국민이지, 사람들이 다 실속 있게 사는 나라가 아니다. 내가 변변찮은 학교를 댕기고 회사원으로 붙어살아왔던 것도 조상님 은덕이고, 고향을 떠나 이 서울에 집 한 칸 마련하여 너희들 대학까지 보내서 혼인시킨 것만 생각하여도 정말 고마운 노릇인데, 더 뭘 바라겠냐. 주제를 알아야지."

그랬다. 아버지가 받은 보상금으로 벤처회사를 설립하여 큰돈을 움켜쥐는데서 끝냈어야 했다. 탐욕은 멈추지 않고 자꾸만 나를 유혹을 했고, 나도 그 수렁을 헤어나지 못했다. 거리 곳곳에는 바쁜 발걸음과 삶의 무게를 견디기 어려운 듯 스쳐지나가는 사람들의 표정들이 어두웠다. 미국은 금리인하를 했음에도 불구하고 증시가 대폭락했다. 그 여파로 국내 증시는 또 다시 떨어졌다. 날마다 뉴스화면은 세계경제불황의 조짐이 아닌가하고 긴장의 분위기를 비쳤다. 그동안 물질의 풍요는 부유한 나라들에게 더욱 소비를 부추겼고, 사람들은 흥청망청 살아왔다. 그러나 한파가 엄습할 적에는 가난한 사람들이 더 오들오들 떨어야했다. 어쩌면 그 배후에 전쟁의 장난이 도사리고 있을지도 몰랐다. 비극으로 점철된 인간의 욕망은 약육강식으로부터 시작되었던 것이니까. 해결책은 전쟁의 공포가 아니면, 가진 자들의 양보뿐이었다. 내가 호주나 뉴질랜드를 탈출지로 정한 일도 그 무렵이었다.

"모친이 병에 걸렸는데, 귀가 얇아서 탈이야. 주변 늙은이들의 말만 듣고, 며느리를 닦달하여 식구들 모두 걱정이 태산인걸. 언젠가는 누구나 죽을 것인데, 왜? 나만 아파야하고 죽어야 한단 말이냐고 고래고래 소리를 지르면 아무리 엄마라도 이제는 정나미가 뚝 떨어져."

대학동창인 친구는 술잔을 털어 넣으며 그렇게 말했다.

"우리 아버지도 그런 편이야. 친구들 말은 팥으로 메주를 쑨다 해도 잘 들어. 노인이 되면 다 그러나봐."

"그렇지만 와이프가 당하니까, 나까지 아주 죽을 지경이거든. 나도 너처럼 아주 멀리 떠나버릴까 봐. 안 보면 덜 할 거 아냐?"

친구 어머니의 모습이 떠오른다. 사채업을 하는 욕심 많고 앙칼지게 생긴 퇴역대령의 부인. 인위의 욕망이 자연의 순리 앞에 얼마나 무기력한지를 인정하려 들지 않는 팔순 가까운 늙은이. 친구의 모친에 비하면 아버지는 모든 걸 자식들에게 맡겼다. 늘 큰소리 한번 지르지 않고 말없이 웅숭깊은 눈빛으로 식구들을 이끌어온 분이다.

한순간의 실수로 나는 부모에게 불효를 저지른 셈이다. 그러나 아직 내게 기회가 있다는 것을 믿고 있다. 한 큐만 잡으면 모든 일은 일거에 풀릴 것이다. 모든 것은 시간과의 싸움이다. 이제까지 시간은 나를 배반한 적이 별로 없었다. 기다리는 것이 조금은 지루하지만 금방 힘든 시간이 지나면 내 세상이 다시 올 게 틀림없으렷다. 우선 이곳에서 아들놈들 영어 공부시키는 셈치고, 법적인 시효만 넘기면 되는 일이 아닌가. 나는 북쪽 섬에서 피오르드의 해안과 천혜의 자연을 만끽하며 낚시질과 요트를 타고 시간을 보냈다. 이곳 오클랜드에서 인기 있는 스크린골프연습장을 개설하려고 알아보는 중이다. 한국에서 꿍쳐온 자금으로 충분할 것이다. 인생이란 흥망성쇠가 있는 법. 그런데 가끔은 마음의 동요를 느끼는 까닭이 부모들 때문이다. 편지나 국제전화를 쓰면 검찰청에서 나의 뒷조사를 지속할 게 빤한 노릇이다. 형마저 미국에 있는 처가로 이민을 갔다는 소식은 처남으로부터 들었다. 혼자된 아버지는 어떻게 되었을까. 형이 장남이니까, 알아서 했겠지. 가끔은 아버지가 궁금하다. 그러나 나중에 나의 일이 잘 해결되면 찾아봐야지.

7. 친구

강물은 산맥을 휘감아 길게 뻗어있었다. 산 그림자는 무연히 흐르는 강 물결에 비쳤다. 대포소리는 점점 가까이 들렸다. 파란 하늘에는 흰 구름들이 둥둥 떠갔지만, 포격에 맞은 가까운 산자락에서는 뭉글뭉글 흰 연기가 피어올랐다. 낙동강나루터에 몰려든 피난민들과 군인들은 엉켜있었다. 지게에 이부자리와 반닫이를 얹고 서성거리는 중늙은이, 깡총한 검정치마를 입고 봇짐을 머리에 인 댕기머리 소녀들은 겁에 질려있었다. 때에 절어 누런 저고리의 옷고름이 떨어진 아낙네는 실성한 듯 초점을 잃고 자꾸 뒤를 돌아보았다. 까맣게 탄 남녀노소는 그저 동물과 하등에 다를 바 없었다. 남성과 여성의 구분도 없었다. 피난민들은 강을 건너려고 울부짖었다. 깊은 강물로 첨벙첨벙 뛰어 들어가는 사람들도 보였다. 뗏목으로 만든 나룻배는 사람들을 실어 날랐다.

이미 우리에게 물러설 땅도 남아있지 않았다. 그와 나는 학도병들이 합류된 재편성부대에 배치되었다. 시간을 벌어야 하는 최후의 방어선이 구축되었다. 우리는 3중대 소총병이었다. 참호 속에서 그는 가끔 내게 빙그레 웃음을 지어보였다. 우연이었겠지만 함께 있게 되었다는 의미였으리라. 그렇지만 흙구덩이에서 잠들면 바로 무덤이었다. 참호 안에 있으면 잠들거나 죽어도 똑같을 뿐이었다. 흙덩이에 덮이면 곧 무덤이었다. 이어서 개미떼처럼 몰려드는 적군들에게 미군 전투기들이 집중사격을 해댔다. 적의 대오는 순식간에 흐트러져 죽거나 일부는 강 건너 아카시아숲속으로 도망을 쳤다. 소위, 해방전쟁에 투입된 적의 병사들은 이 땅에 함께 살았던 아들들이었다. 모래톱에는 강제로 징집된 나이어린 아들들의 시체가 가맣게 쌓이고 강물을 붉게 적시며 흘러갔다.

살아있는 자들의 공포에 비하면 죽은 자들은 편안하게 보였다. 가끔 씩 후텁지근한 무더위를 빗줄기가 지나갔다. 불볕더위와 굶주림에 지친 아군들은 오염된 개울물을 마시며 솔잎을 씹었다. 그의 체구는 먼지에 찌들어 더 작아진 것 같았다. 나 역시 그랬다. 우리의 몰골은 거지가 따로 없었다. 우리는 타인들이었으나 서로 믿고 의지했다. 사람들은 살아야 했으므로 운명을 만들 수밖에 없었고 끌려 다녔다.

"우리는 어떻게 될까?"

"여기서 죽거나 도망을 쳐도 개죽음일 거야, 전쟁 통에서는."

"그러니 어떻게 하든지 살아야지."

"어머니가 그랬지, 너는 종손이니까 조상님들이 보호해주실 거라고, 꼭 살아올 거라고."

"내 여동생을 보고 싶어 했잖아."

잇몸을 드러낸 억만이 웃었다. 가지런한 누런 치열이 건강한 젊은이의 의지를 보여주었다. 절망 속에서도 실낱같은 희망이 있다면 빛이었다. 함께 살아있는 동료가 있으므로 믿음이 생겼다. 밤새 증강된 적군들이 밀려왔다. 상황이 불리하자 중대는 후퇴했다. 삭박된 바위들이 해골처럼 돋아난 산의 7부 능선이었다. 적은 100여 미터 남짓 떨어져 대치했다. 철모 위에 이글거리는 불볕은 목구멍까지 태우려들었다. 실탄조차 얼마 남지 않았다. 그가 탄띠에 걸린 알루미늄수통을 빼서 내게 주었다. 찰랑, 물소리가 났다.

"이거 좀 마시게."

"남아 있었나?"

"조금."

"자네 먼저 마시게."

"난 몸이 작아서 견딜만하이."

한 치 앞을 보지 못했을 적에도 억만은 나보다 더 여유가 있었다. 앞산의 그림자가 길게 늘어질 무렵, 우리는 주먹밥

한 개씩을 받았다. 뱃속은 염치없이 허기를 달래지 못했지만 이틀만이었다. 달빛이 산 아래 계곡을 어슴푸레하게 비쳤다. 듬성듬성 서있는 검은 나무들은 적들 같아보였다. 살아있는 사람이 귀신보다 무서운 세상이었다. 갑자기 휘리릭, 소리가 들리더니 사방에서 조명탄들이 번쩍거렸다. 대낮이 된 산속은 네이팜탄과 포탄 터지는 소리, 피·아군들의 신음소리가 울려 퍼졌다. 빛이 번쩍이며 쾅 쾅 소리가 났다. 어깨 어딘가가 화끈거리면서 세상이 가물가물한 느낌이었다.

"이거 봐! 정신 차려!"

천억만이 나를 흔들며 흐느끼는 목소리는 아스라이 멀어졌다. 포탄의 파편이 왼팔에 박힌 것이다. 이 몸의 생존을 위해 저 몸을 앗아가려는 다름 아니었다. 인간들은 욕망을 위해서 전쟁의 명분을 만들었다. 이념을 담보로 자유를 압류당했던 시대였다. 고향은 달랐지만 그렇게 만난 친구였다.

인쇄소 일이 한창 어려웠던 쉰 후반이었던가. 그 때만 해도 천억만은 성질이 괄괄했다. 그가 교육청 관리실 일을 그만 두려던 무렵 만났다. 식당까지 걸어가는 동안 억만은 아무 말도 없었다. 뼈다귀 탕을 시켜놓고서 청색 점퍼를 벗던 억만은 슬며시 말문을 텄다. 그 동안 서로 바빠서 얼굴을 못

본 까닭에 저간의 사정을 속속들이 알 수는 없었다. 속내를 털어놓은 우울한 억만의 얼굴이 측은하게 보였다.

"내가 누구한테 신세타령을 맘 놓고 하겠는가. 자네나 되니까 나를 이해해주었지."

자그마한 키가 더욱 줄어든 것 같았다.

"책임자란 작자가 아랫사람들에게 해당되지도 않은 일을, 왜 그렇게 무리하게 시키는지 모르겠네. 결국 오래 근무했으니, 그만 두라는 뜻인지……."

"확실하게 의도를 알아봐야지. 그렇게 쉽게 물러서야 이 삭막한 사회에서 어떻게 살려고 그래."

"아무튼 알아서 물러나야겠어."

"무슨 말이야? 어떻게 하든 살 궁리를 해야지. 그리고 정 갈 데가 마땅찮으면……종이 부스러기 먼지를 마셔도 좋다면, 우리 인쇄소에서 같이 일하자고."

우리는 대낮부터 소주를 마셨다. 홀짝홀짝 마시던 억만이 조금은 비장어린 얼굴빛으로 말했다.

"나도 말이야, 이제는 나이가 들어가니까, 좋은 일보다는 나쁜 일과 고통스런 일만 더 생기는군그래."

"그게 어디, 자네와 나만 그러겠는가. 세상만사 다 그렇지."

"아니야, 아니야. 밖에서 일어난 일은 어떻게 해보겠는데,

집안일은 내 맘대로 안 되더라고."

손사래를 치며 억만이 말했다. 누구나 대개 그러하듯 충수는 둥글둥글한 말로 되레 그를 위로했다. 바깥에는 비가 내리고 있었다. 그것 또한 벌써 저만치 지난 옛날이었다.

바람이 울었다. 하늘에 검은 구름이 드리워져 캄캄한 아침이었다. 추리닝 바람으로 충수는 아내가 잠든 안방 문을 슬그머니 열어보았다. 어둑한 방에서 하얀 물체가 누워있었다. 그 옛날 전쟁의 기억이 불쑥 떠올랐다. 포탄이 떨어지는 참호 속에서 죽은 자와 살아있는 자의 차이란 찰나였다. 억만의 자그마한 모습이 다가오더니 사라졌다. 왜 연락이 없을까? 부인이 죽은 후로 억만의 얼굴에서는 우울한 느낌을 지울 수 없었다.

그는 냉장고에서 꺼낸 물을 마셨다. 그리고 등을 구부려 부엌 뒤 베란다 창을 내다보았다. 아파트 뒤 숲의 성깃한 나무들을 바람이 흔들고 지나가더니 세찬 빗줄기가 쏟아졌다. 나무 우듬지에 매달린 까치집도 흔들렸다. 도시는 보이지 않았다. 짙은 안개와 비바람이 쳐들어와 공간과 시야를 막아버린 것이다.

어디 쯤 달려왔을까. 바람에 시달리는 가느다란 나무줄기처럼 무기력한 자신이었다. 몇 십 년 동안 파편이 박혔던 몸으로 시달렸다. 그래도 직장생활은 운 좋게 잘 한 셈이었다. 사람은 늙으면 단순해졌다. 머릿속의 창고는 분류하는 속도가 느려지고, 저장된 지식은 거의 대부분 두뇌 속으로 깊이 숨어버렸다. 기억들을 다시 불러낼 필요도 없을뿐더러, 불러낸다한들 얼른 기어 나오지 않았다. 늙고 병이 들면 쓸모가 없어지고 자연으로 돌아가야 하리라. 무엇이 분하고 억울할까. 살아왔던 세월에 깃든 모든 추억은 시간과 무모한 싸움으로 얻었을 뿐이다. 그러므로 슬퍼할 까닭은 없는데도, 괜히 눈물이 글썽거렸다. 그저 육신을 주어진 시간으로부터 고통 없이 소멸되는 것. 그랬을지도 몰랐다.

비가 그친 이튿날 아침은 맑았다. 까치 두 마리가 나뭇가지 사이로 들고나고 했다. 성깃한 나뭇가지 끝에 거멓게 걸려있는 둥지를 수리하려고, 연신 입에 끊어진 나뭇가지를 물고 날랐다. 나뭇가지를 물어 우듬지 쪽으로 올라가 엉덩이 깃을 높이 쳐들면 대가리는 안 보였다. 이른 봄의 날선 바람이 세차게 불어도 일을 그치지 않았다. 까치 부부는, 곧 나무뿌리에서 수액이 올라와 나뭇가지에 움트는 느낌을 지레 아는 모양이었다. 다시 살아갈 한 해를 위해 집수리를 하고, 알을 낳고 새끼를 품어 길러서 살았던 세월만큼 날짐승의 본질을 둥지에 가두려는 것 아닐까. 둥지와 근처의 환경이 텃새들의 삶인 것처럼, 사람 또한 다를 바 없었다. 그래서 아파트는 더욱 높이 올라가고, 부동산의 광풍이 불어 탐욕이 사람들을 찔렀던 것이다.

하도 술을 마신 탓인지 머리가 흐리멍덩했다. 그는 숙취에서 해방되지 못한 자신의 머리를 마구 흔들었다. 술기운은 머릿속을 헤매는데 정신은 허전했던 것이다. 가끔 술은 그를 자유와 방종으로 이끌었다. 하긴 소모되는 육신에게 더 이상 무엇을 바랄까. 간밤은 간밤대로, 날이 새면 새는 대로 살면 그만이었다. 이미 수십 년 전에 전쟁터에서 진즉 죽었어야 할 목숨이었다. 인생이 닳아지는데 두려워할 까닭이 없었다.

그는 벌떡 일어났다. 천장구석을 향하여 까만 점 하나가 빠르게 달려가고 있었다. 어디서 기어 나온 놈인가? 분명 조금 전까지 본 적이 없었다. 완두콩보다 큰 놈이 멈칫거렸다. 이집에 이사를 와서 방을 직접 도배한 이후에 저렇게 큰 갑충을 무늬로 본 일이 없었다. 누가 이 방에서 자신 말고는 움직이는 생물체가 잠입하도록 허락했던가. 어쩌면 문이 열렸을 때 들어온 것이 분명했다. 콩매미 일까? 한여름도 아닌데 매미들은 아직 유충상태 그대로 일 것이다. 아직 하지의 긴 햇살이 생기지도 않았고, 장맛철의 습윤한 기운도 오지 않았던 터였다. 그렇다면 쉬파리도 아니고, 모기보다는 엄청나게 큰 덩치는 무엇인가. 수직과 수평으로 거침없이 종횡무진 내달리는 작은 괴물이라?

충수는 가만가만 다가갔다. 점의 윤곽이 점점 커졌다. 아, 흉물은 여러 개의 가느다란 발을 부지런하게 움직이려고 긴장한 듯 자세를 취했다. 바퀴─둥글고 빠른 회전률. 바퀴벌레였다. 그는 서랍에서 홈 키퍼 통을 꺼내어 오른손으로 들었다. 그리고 조심조심 다가가 분사형살충제의 누름단추에 검지를 댔다. 내가 살기 위해서 너를 죽인다, 너를 죽여야만 내가 살 수 있다. 명분은 말장난에 불과하고 결론은 현실이었다. 그는 사출구를 바퀴벌레에게 조준했다. 그랬다. 바로 어제처럼 다가온 그 무덥고 뜨거운 날, 가늠자 울안에 들어온 인민군이 그랬다. 그는 숨을 멈추고 방아쇠에 둘째손가락을 걸듯 감촉으로 누름을 확인했다. 사정거리는 멀거나 너무 가까워도 안 되었다. 멀면 총알이 빗나가는 각도의 편차가 크고 가까우면 표적과 사냥꾼 서로가 두렵다. 50센티미터쯤. 더 가까워지려는 욕심이 발동하면 놈은 눈치를 채고 재빨리 사격권 안에서 이탈할 게 빤했다. 놈을 주시하는 그의 눈에 흔들리지 않는 힘들이 들어가 있다. 힘껏 단추를 눌렀다. 쉬익, 쉭. 흰 입자들이 무수히 안개를 뿜으며 놈과 그 둘

레로 떨어졌다. 놈은 네이팜탄에 맞은 포유동물들처럼, 주춤
주춤 조금 더 가다가 벽에서 떨어지려는 듯 했다. 죽이고 살
았다가 죽는 것이 자연의 법칙인 만큼.

휴대폰이 울려 덮개를 열었다. 현복동의 말소리였다.

"정말, 억만이 사는 곳을 알아냈단 말이지?"

"어허, 당장 가봐야 하는데…이봐? 내가 내일 병원에 예약
을 했는데, 종합검사 끝나면 함께 가보자고."

보훈병원에 예약한 전날 밤은 밤 새 화장실을 들락날락거
렸다. 밖에서 아내가 우는 시늉을 한 것 같았다. 간호사가 내
민 뜰뜰한 물약을 삼켰다. 그는 어둑어둑한 마취실로 들어가
누웠다. 모로 누워 벽을 보았다. 누군가 저벅저벅 걸어왔다.
하얀 가운을 입은 저승사자인가. 아니, 의사였다. 뱃속으로
뭔가를 집어넣은 듯 아리아리한 느낌을 따라 갈 자신이 없었
다. 정체를 알 수 없는 도깨비들이 굿판을 벌인 느낌이었다.
원, 세상에. 자기 자신의 몸뚱이 하나를, 찍소리도 못하고 당
하다니. 존엄했던 인간을 버리고 링거에 연결된 둔중한 고깃
덩어리가 되어 가느다랗고 긴 링거의 투명한 비닐 호스에 매
어달린 꼴이었다. 충수는 와락 무서운 생각이 들었다. 소리
없이 잠이 들면, 영혼은 몸뚱이와 영영 이별을 하는 것인가?

세상의 모든 주검들의 영혼이 그렇게 육신을 빠져나갔을 것만 같았다.

시간이 얼마나 흘렀을까. 자신의 몸이 느껴졌다. 뭔가가 어른거린다. 도깨비인가? 비몽사몽? 아니다. 흐릿한 눈을 움직이게 한 도깨비는 간호사였다.

"정신이 드세요. 일어나서 원무실 창구에 예약접수하시고 가세요."

저 세상에서 이 세상으로 올 때도 혼몽에 시달리는 과정이 있을까. 또 다른 그림자가 자신의 몸에서 바람처럼 빠져나가고 포장지만 남은 느낌이었다. 영혼은 어디에 숨었다가 다시 돌아온 것일까. 누웠던 침대에서 일어섰다. 그는 비칠비칠 걸어 나갔다. 복도의 긴 의자에 대기하고 앉아있던 다른 환자들이 그를 곁눈질로 힐끔힐끔 훔쳐보았다.

바깥은 눈부신 햇빛이 초록으로 나풀거리는 나뭇잎들을 희롱하고 있었다. 살아있었구나! 충수는 움직이는 생물들을 확인함으로써 자기 자신의 희망과 절망을 동시에 느꼈다. 그래서 잊을 수 있다는 일은 자연스러웠다. 인간들의 머릿속에 깊숙하게 자리 잡은 애증조차도. 그런데 외로움과 허허로운 고독은 그림자처럼 그를 휘감고 있었다. 짧은 생존을 애써 지키려는 본능의 막연함도 이제 내리막길이다. 이 세상의 모든 사람들도 다 그럴까. 그런 생각은 자연의 법칙을 자신에게만은 적용하지 않겠다는 억울함 때문에 그럴지도 몰랐다.

8. 천억만

간밤에 그는 비좁은 방에서 제사를 지냈다. 아버지와 어머니의 지방을 써서 벽에 붙였다. 밥 두 그릇과 시장 반찬가게에서 사온 나물, 전을 상에 차렸다. 배와 사과까지 올리다 보니 제법 제사상 모양새를 갖추었다. 아내가 죽은 다음부터 계속되는 일이었다. 촛불이 흔들렸다. 왠지 목구멍까지 차오르는 슬픔을 애써 눌러버리려니 가슴이 아려왔다. 어른들을 기억한다는 게 살아있다 는 의미인지도 몰랐다.

묵직한 기압이 공기를 당겨서 날씨는 풀려있었다. 약을 밥처럼 먹었다. 목구멍이 따끔따끔 아프고 콧물이 질질 흐르는 독감이 아니어도 약을 먹었다. 알약에 취하여 얼빠진 몸뚱이는 몸 속 깊이 파고든 바이러스와 약의 싸움질에 몽롱했다. 약의 지배에 놓여나면 죽을 것이다. 죽을 때까지 죽음의 순간까지, 생명을 연장시키려고 억만은 그걸 삼켰다. 그 중독의 모서리에서는 약을 게워내도 원상으로 되돌아갈 수 없었다. 한번 삼키면 약이건 독이건 모두 육신 속으로 편입이 되기 때문이다. 더러운 육신이 함몰되는 게 그렇게 두려운 일이냐고 반문했다. 욕망에서 놓여나지 못한 사슬에 엮여 생을 달콤하다고만 여겼던 건 아닐까. 그래서 삶의 노예가 된 건 아닐까. 치근덕거리는 세균들 때문에 얼마나 많은 약과 링거의 물방울을 흡수하여 더 많은 고통을 만들어야 할까. 곤고한 몸이 나락으로 빠져드는 건 에너지가 남아있기 때문이었다. 약과 밥으로 지탱이 되는 동물의 한계를, 어김없이 돌고 도는 물레방아처럼 헤어나지 못했다. 태양은 센 빛살로 지표면을 내리 꽂히고, 나무들은 울울창창해지는데 그는 허물어지고 있었다. 팽팽한 육신이 오그라지는 건 어찌 할 수 없는 노릇이었다. 한 목숨을 먹고, 자고, 씻어도 육신은 달라질 것 없었다. 세월은 꽉 쥐면 쥘수록 손가락들 사이를 빠져나가는 모래알갱이들처럼 그랬다. 막바지에 다다른 생애처럼 어디선가 고해의 쓰나미가 밀려오고 있는 듯 했다. 어쩌면 시간을 지우는 일이 자기 자신을 지우는 일이었다. 삶은 곤고했고, 허접한 몸뚱이 하나 지키는 일조차 너무나 힘들었다.

밤이 깊어갈수록 마을버스의 배차간격은 더뎠다. 빈 택시들이 줄지어 있었다. 그는 버스에서 내려 점퍼의 지퍼를 올리며 천천히 걸어왔다. 음력으로 며칠이더라. 덜 찬 달이 하늘에 걸려있었다. 억만은 왠지 무연하게 떠있는 광물질과 자신의 거리가 그냥 가깝게 느껴졌다. 희멀건 달빛이 사물들의 윤곽을 드러내주었지만, 어둠을 벗겨내지는 못했다. 전신주 중간에 매달린 가로등 불빛이 드문드문 길을 안내해주었다. 사물들과 자신은 언제나 어슷하게 스쳐지나가는 타의였다. 모든 것은 그저 왔다가 지나갈 뿐이었다. 초등학교 운동장을 가로질러 휘적휘적 걸었다. 집으로 가는 지름길이었다. 아이들의 함성이 요란했을 드넓은 운동장은 고요하기만 했다.

새벽은 저만큼 저벅저벅 다가오고 있을 것이다. 그런데 무엇이 서러워서 연기처럼 사라질 기억의 끄트머리를 붙잡고 있는 것일까. 언젠가는 갈 터이다. 영혼을 잡아가는 저승사자가 오지 않더라도, 육신이 너덜너덜 해지면 움직이는 노릇조차 힘들 것이다. 폐기처분이 될 정확한 시각만 모를 뿐.

운동장을 거의 지나자 교실들과 붙어있는 별관이 나타났다. 초등학생들의 식당건물이었다. 이제 아이들은 엄마가 싸주는 도시락대신 똑같은 점심을 먹었다. 뜬금없이 죽은 아내의 얼굴이 떠올랐다. 아내는 아들들의 도시락을 정성스럽게 싸주곤 했었다. 아들 녀석들 모습이 떠오르다 사라졌다. 나쁘고 모진 놈들. 많이 컸을 손자 녀석들이 보고 싶었다. 생각해보면 자식이란 것도 그저 자기 자신과의 상징적 관계일 뿐이었다. 모든 게 자신의 탓이었다.

월, 월, 월. 어디선가 개 짖는 소리가 들렸다. 개는 먹이를 탐하고 자신을 지키기 위해 앙칼지게 울부짖었다. 산다는 게 개와 사람이 하나도 다를 바 없었다.

건물을 돌아서 길과 인접한 개구멍 쪽으로 다가갔다. 어두워서 굵은 돌들을 개어 쌓인 축대의 윤곽이 아주 어슴푸레하게 눈에 들어왔다. 막아놓았던 나무판대기가 치워져있었다. 돌들의 턱을 밟고 지나가면 길이었다. 억만은 발을 돌에 올려 디뎠다. 그리고 다음 돌을 딛으려는 순간, 몸이 중심을 잃고 뒤뚱거렸다.

손으로 뭔가 잡으려했지만 아무 것도 잡히지 않았다. 안타까움도 찰나, 날개가 돋아 텅 빈 하늘을 아득히 날아가는 느낌이었다. 몸의 무게를 전혀 느끼지 못했다. 아니, 의식도 자아조차도 어디론가 도망을 쳐버렸다. 뭐가 뭔지 알 수 없는 비몽사몽 같기도 했다. 시간도 공간도 아무것조차도, 느낄 수없는 무한한 상태. 허공에 뜨는가 싶더니, 뒤로 곤두박질 하는 듯……

동네 근방에서 일어난 일도 이튿날이면 어김없이 퍼졌다. 아침나절 차양막이 쳐진 행복슈퍼마켓 안이었다. 사소한 일이라도 일단 가게주인이 알게 되면 소문은 금세 날개를 달았다. 내 흉허물은 닫으면서 남의 일은 궁금하여 견딜 수 없는 게 사람의 마음이었다. 음료수와 우유가 든 큰 냉장고들이 나란히 서있는 가게 안에는 과자, 통조림, 라면, 화장지 따위의 각종일용품이 통로를 두고 진열되어있었다. 두부를 사러 온 미장원집 여자가 팔짱을 끼고 있는데, 세탁소 남자가 들어왔다. 그들은 눈이 마주치는 것으로 아침인사를 대신했다. 대파와 라면을 사러 나온 이층집 떠버리 여편네가 가게 주인에게 물었다.

"혼자서 사는 그 노인, 죽었다면서요?"

"나도 그 소문, 들었는데."

세탁소 주인이 검지로 코털을 뽑으며 떠버리여편네의 말문을 거들었다. 바람막이 재킷을 걸친 가겟집 여주인은 모든 시선이 자신에게 머문 것을 알면서 눈을 내리 깔았다. 부스스한 머리의 뒤통수에 새집을 지은 여주인은 아무런 표정 없이 접혀진 까만 비닐봉지를 집어든 채로 대답했다.

"병원 응급실에 실려 갔다는데 중환자실로 옮기고 얼마 안 되어 가버렸다는구먼."

"캄캄한 밤에 왜 하필이면 그런 개구멍으로 갔을까? 멀어도 돌아다니면 안전할 텐데, 저번에는 배달을 다녀오다 보니까 애들도 그 쪽으로 들어오다가 무릎이 까지고 다친 걸 보았는데……."

팔짱을 끼고 듣던 미장원집 여자가 얇은 입술로 거들었다. 암팡지게 생긴 여자는 까만 바탕에 진분홍 장미꽃 그림이 찍힌 블라우스를 입고 있었다. 세탁소 남자가 심각한 얼굴로 덧붙였다.

"아이고, 캄캄한 밤에 그 좁은 곳으로 가다가 발을 헛디뎌서 넘어진 게로구먼."

"머리를 바닥에 찧어서 뇌진탕으로 즉사한 거라며?"

가게주인이 대파다발봉지를 손에 든 떠버리여편네에게 푸른색 돈 한 장을 받아들었다. 까만 비닐봉지 밖으로 푸른 대파잎사귀들이 삐쭉이 고개를 내밀었다. 손금고에서 거스름돈을 추려 고개를 끄덕이며 헤아리던 여주인이 문득 생각난 듯 말했다.

"연고자는커녕 아무도 오지 않아서 경찰이 애를 먹었다나 봐요. 무연고자로 처리가 되어 시립화장장으로 보냈대요."

"객사죽음이 따로 없군. 아주 못된 세상이 되어버렸어. 자식새끼들도 분명히 어딘가 살아있을 텐데……."

세탁소 남자가 훌렁 벗겨진 머리를 자꾸 손으로 매만지며 퉁명스럽게 대꾸했다. 분위기가 착 갈앉았다. 미장원집 여편

네가 호들갑을 떨면서 하얀 스티로폼 상자에 든 딸기를 손가
락으로 눌렀다.

　"어머머, 벌써 딸기가 나왔네. 이거 달아요?"

　"병구엄마? 안 살 거면, 그렇게 손으로 꾹꾹 누르지 마."

　여주인이 눈을 흘기며 한마디 던졌다. 미장원 여자는 붉
은 얼굴이더니 금세 샐쭉 토라져서 가게 밖으로 나가버렸다.
잠시 침묵이 흘렀다. 사람들은 서로 눈길을 주고받으며 슬그
머니 하나, 둘 빠져나갔다. ♠

작품해설

'흔들리는 촛불들' 혹은 '메마른 나무들'의 세상 견디기

고인환

(문학평론가, 경희대교수)

1.

최성배의 작품을 읽는 내내, "그저 가끔씩 떠 있는 한낮의 반달"처럼, 꼭 그만큼이나 아련해진 소설의 '고향'이 머릿속을 맴돌았다. 그의 소설 밑바닥에는 '타락한 시대 타락한 방식으로 진정한 가치를 추구하는 서사 양식', 혹은 '현실 속에서 현실 너머를 꿈꾸는 서사의 모순된 운명' 같은 문학사회학의 고전적 명제가 도도하게 흐르고 있는 것 같았다. 최성배의 소설은 새로운 서사 양식에 대한 실험이 범람하는 '지금 여기'에서, 우리의 삶은 여전히 근대 서사 양식에 매여 있다는 사실을 고통스럽게 환기하고 있다.

문학적 '진정성'에 대한 추구가 낯섦으로 다가오는 포스트 담론의 시대, 근대 소설의 운명을 운운하는 것은 시대착오적인 발상이라 여겨질 수도 있다. 하지만 과연 그런가? 우리들은 자본의 논리가 지배하는 세상에 진절머리를 내기도 하지만, 동시에 돈의 위력을 전면적으로 거부하지도 못하는 딜레마를 감내하며 '지금 여기'의 현실을 견디고 있지 않은가. 근대를 살아가는 개인이라면 이러한 근대 사회(소설)의 모순된 운명에서 자유로울 수 없을 것이다.

최성배의 소설이 문명·문화 나아가 인간의 존엄성조차 집어삼키는 냉혹한 근대의 논리 앞에서 슬쩍 눈길을 돌리는 우리들의 나약한 내면에 채찍질을 가하는 지점은 바로 여기이다.

「메마른 나무들」의 마지막 장을 덮으니, 마음 한구석에 묻어두었던 의문이 꼬리에 꼬리를 물며 솟아오른다. 오늘날 '문제적 주인공'이 과연 존재할 수 있을까? 부정한 세계에 온몸으로 맞서는 것이 가능하기나 한 일일까? 성실하고 순박하게 사는 것조차 허용되지 않는 이 타락한 세상에서 어떻게 숨을 쉬고 살아갈 수 있을까? 이 난공불락의 사회에서 "허접한 몸뚱이 하나 지키는 일조차" 힘에 겨워 그야말로 하루하루를 버텨내기에 급급한 '메마른 나무들'을 앞에 두고 어찌할 바 몰라 바르르 떠는 최성배 작가의 애틋한 마음이야말로 우리 시대 소설의 정직한 초상이 아닐까 싶다.

현실의 행복한 삶을 위협하는 근원적 요소를 탐색하고, 고통스럽지만 그 조건들을 끊임없이 환기하는 작업은, 변하지 않는 문학의 본질적 기능이다. 이러한 기능이 은폐된 자본의 논리에 의해 침윤당하고 있는 현실에서, 다시 문학은 시대 현실에 대한 날카로운 응전의 날을 벼려야 한다. 근대 서사의 본질을 환기하는 최성배의 소설이 내심 반가웠던 이유도 이와 무관하지 않다. 그의 소설은 이러한 '되돌아봄'을 통해 앞만 보고 달려온 우리 소설의 무한질주에 제동을 거는 동시에 물질문명에 쫓기는 현대인의 초상을 차분하게 되새김질하게 한다.

2.

「끈질긴 탯줄」은 젊음이 스러진 메마른 인생에 훈훈한 입김을 불어넣고 있는 작품이다. '고향'을 매개로 현재와 과거가 교차되며 이야기가 전개되고 있는데, 기본적으로 '현재→과거→현재'의 안정된 서사 구조를 지니고 있다. 작가는 이러한 구성을 통해 현재와 과거 사이에 따리 틀고 있는 '끈질긴 탯줄'의 실존적 의미를 되짚어보고 있다. 이는 과거와 현재가 공명(共鳴)하는 역동성 속에서 우리 사회의 정체성을 심문하려는 작가의 의도와 무관하지 않다. 문제는 과거에 대한 향수가 아니라 현재의 상황에 대한 진지한 탐색이다.

이 작품은 극적 사건이나 갈등, 반전이 없는 비교적 무덤덤한 이야기로 전개되고 있다. 하지만 자세히 들여다보면, 쉽게 지나치기 쉬운 삶의 본질을 집요하게 응시하며 그 이면을 날카롭게 해부하는 작가의 치밀한 현실 인식을 발견할 수 있다. 탄탄한 서사 구조, 기교를 부리지 않는 균형 잡힌 문장, 내면의 결을 포착하는 안정된 문체 등은 '지금 여기'의 삶을 담담하게 성찰하는 데 기여하고 있다. 새로운 소재나 엽기적인 사건을 좇는 일부 젊은 소설의 가벼움에 식상한 독자들에게 '역설적 낯섦'의 진중한 충격을 선사하는 최성배 소설의 특징은 바로 여기에 있다. 그의 소설은 "그저 가끔씩 떠 있는 한낮의 반달처럼", 아련하면서도 잔잔한 여운을 장착하고 있다.

화자는 추석 귀성열차표 예매에 나선, "날마다 출근하기 바빴고 허덕허덕 살기에 지쳤던" 오십 중반의 '실업자'이다. 도시인이 된 화자에게 고향은 "그저 가끔씩 떠 있는 한낮의 반달처럼 막연한 추억"이었다. 예매를 기다리던 대열에서 한 여인이 눈에 들어온다. 그녀의 이미지를 통해 그동안 무의식의 심연에 묻혀 있었던 과거의 기억이 하나 둘 의식의 수면 위로 떠오른다.

서른 초반의 어느 해 고향을 찾았다 만난 초등학교 동창 강춘자. 그녀는 고향을 뛰쳐나간 후에 식모살이로 술집으로 돌아다니다가 성깔 사나운 남편을 만났다는, 어쩌면 말하지 않아도 될 사연을 허물없이 이야기한다. 이처럼 고향 친구란 격이 없는 사이다. 하지만 당시의 화자는 그럴 여유가 없었다. 춘자의 소식에 별 관심조차 없었다. 각박한 도시 생활이 유년의 막연한 추억을 더듬을 정감을 앗아갔기 때문이다.

뒤이어 춘자와 얽힌 과거의 기억이 초등학교 교실 풍경, 춘자네 식당에 얽힌 에피소드, 춘자의 오줌 누던 장면을 훔쳐보던 모습, 돈 많이 벌어가지고 돌아온다며 고향을 떠나던 춘자의 뒷모습 등 몇몇 이미지로 제시된다. 과거를 더듬던 화자의 내면은 "혹시 고향이 해송면 쪽 아니요?"라고 묻는 춘자의 말을 통해 다시 현재와 접속한다. "긴가민가했던" 그 "뚱뚱한 여인"은 춘자로 밝혀진다.

이렇게 만난 "쉰 대여섯 살"의 고향 동창생은 술을 한잔하기 위해 "어색하게 앞서거니 뒤서거니 하며 서울역을 빠져

나와 지하철"을 탄다. 이윽고 "재래시장 입구의 조그만 식당", 춘자의 집에서 고향 근처에서 올라온 "세발낙지"를 안주 삼아 조촐한 술자리가 마련된다.

"옛날이나 지금이나 이렇게 살아." 삶이란 그런 것이다. 떨어질 줄 알면서도 바위를 밀어 올려야 하는 시시포스의 고역. 있는 힘을 다해 바위를 밀어 올렸지만, 구질구질한 삶은 늘상 그 자리를 맴돌 뿐이라는 사실 앞에 우리는 당혹감을 감출 수 없다. 하지만 삶의 무게를 감당하며 무거운 발걸음을 내딛는 사람들의 지친 어깨를 다독이는 훈훈한 술자리가 있기에 우리는 또다시 바위를 밀어 올릴 수 있는 것이리라.

이러한 술자리는 고향을 떠나 구질구질하고 척박한 삶을 살아가는 도시인들을 위로하는 조그마한 축제이자, 동시에 그들 각자가 스스로의 삶을 위무하는 긍정의 마당이다.

이들이 만들어가는 소박한 자리는 세계에 대한 환멸과 냉소를 넘어, 일상 속에서 희망을 발견하려는 의지로 표상된다. 희망을 구체적 일상 속에 녹여내려는 부단한 노력이야말로 작가가 고향을 불러내 현재의 의미를 되묻게 된 동기가 아닐까. 이는 자신을 일으켜 세우는 일이며 동시에 타자에게 손을 내미는 행위이다.

이들의 술자리가 그들의 삶을 쉽게 변화시키지는 못할 것이다. 하지만 서로를 향해 흘러가는 이들의 따스한 마음이 있기에 세상은 아직 살만한 것이 아닐까 싶다.

이렇듯, 최성배의 소설은 과욕을 부리지 않는다. '지금 여기'의 현실에서 소설이 할 수 있는, 아니 소설이 해야만 하는, 딱 그만큼의 역할을 묵묵히 수행하고 있을 따름이다. 부조리한 사회 속에서도 장삼이사(張三李四)들의 비루한 삶은 지속되기 마련이고, 이러한 세속의 진흙탕 속에서 인생의 의미를 찾아야 하는 것이 근대 소설의 운명이다. 최성배의 소설은 딱 거기에서 멈춘다.

「흔들리는 불빛들」은 '촛불시위'를 매개로 '지금 여기'의 희망을 찾아 나선, "그날그날 벌어먹고 사는" '촛불들'의 삶을 형상화하고 있는 작품이다. 바람에 흔들리는 촛불들은 꺼질 듯 말듯 위태롭게 불빛의 물결을 이루고 있다. 모두 하나의 명제(광우병소 수입반대의 구호/정부의 총체적 부실 규탄)로 모였지만 생각의 색깔은 저마다 조금씩 다르다. 작가는 이 제각각 다른 불빛들의 흔들림을 감수성 짙은 문체로 길어 올리고 있다.

주지하듯, 촛불은 제 몸을 태우며 어둠을 밝힌다. 우리 시대의 '촛불들'은 무자비한 자본의 빗줄기 속에서도 희망의 빛을 깜박이는 생명의 등대이다. "터지기 일보직전"의 "욕망"이 "가득" 찬 "희망이 절벽"인 세상에서 작가는 "종이컵에 든 촛불이 타면서" "눈물처럼 흐르고 있"는 '촛농'과도 같은 조그마한 희망의 씨앗을 퍼뜨리고 있다.

> "어허! 그러니까, 확 바꿔야한다는 겁니다."
> "그런다고 오염된 세상이 달라질까요?"
> "그래요. 설혹 달라진다 해도 또 다시 흐려지겠지만……. 그렇지만 사람들은 이제까지 그렇게 환경을 바꾸면서 살아왔습니다."(「흔들리는 불빛들」)

> "그런데요. 강 선배님? 정말 좋은 세상은 언제나 올까요?"
> "영원히 안 올지도 모르지요. 인간이 인간들의 탐욕을 끝없이 채워줄 수는 없으니까."(「흔들리는 불빛들」)

촛불들의 흔들림은 "또 다시 흐려"질 것이다. 하지만 이 촛불들의 아슬아슬한 깜박임이 우리 사회를 조금씩 변화시켜 온 것 또한 사실이다. '좋은 세상'은 '영원히' 오지 않을지 모른다. 하지만 '기태'와 '민영'의 소통(스며듦)과 같은 훈훈한 교감이 있기에 우리는 세상을 견딜 수 있는 것이다.

바로 그때였다. 귀밑으로 후끈한 술 냄새를 풍기며 그녀가 기

태의 허리를 붙잡았다. (중략) 기태도 돌아서서 그녀를 와락 껴
안았다. 그러자 본능적으로 몸을 슬쩍 빼내려하던 그녀는, 무슨
생각이 들었는지 기태를 꽉 부둥 켜 안았다. 그녀의 손목에서 전
달되는 힘이 힘껏 기태의 몸으로 스며들었다. 목이 조여서 숨이
꽉 막힐 정도로 으스러지도록 껴안은 그녀를 기태는 아무 말 없
이 받아들었다. 그녀가 등에 맨 배낭이 기태의 양손에 거추장스
럽게 걸렸다. 아무래도 좋았다. 그들은 온몸으로 퍼진 술기운마
냥 한참동안 어둠에 잠겨있었다.(「흔들리는 불빛들」)

　　가난한 촛불들은 비록 "온몸으로 퍼진 술기운마냥" "어둠
에 잠겨있"지만, 이들이 교감하는 몸의 언어는 곧 시대의 어
둠을 조금씩 몰아낼 것이다. 마치 흔들리는 불빛들의 따스한
소통과 연대를 보는 듯하다. 최성배는 이러한 흔들리는 불빛
들의 애틋한 삶을 "후끈한" 시선으로 감싸고 있다. 인생은 꿈
을 하나씩 실현해 가는 과정이기도 하지만, 그 꿈을 조금씩
버려가는 여정이기도 하다. 이 조금씩 포기한 꿈꿀 권리에
대한 환기야말로 지긋지긋한 일상을 견디는 동력이라고, 최
성배의 소설은 넌지시 속삭이고 있다. 소설은 이 꿈꿀 권리
를 자양분으로 삼아 부정적 현실을 감싸는 동시에 질타한다.
　　새로운 삶을 향한 출발점에 선 이 흔들리는 불빛들은 고
단한 세상 너머로 희미하게 길을 내는, 좀 더 나은 삶의 실루

엣을 되비춘다. 내일은 오늘보다 나을 것이라는 믿음을 싣고. 이러한 믿음이 있기에 우리는 '지금 여기'의 삶을 견딜 수 있는 것이다.

「친구의 이름으로」 또한 소박한 휴머니즘을 전경화하고 있는 작품이다. 광주 학살을 주도하며 권력을 장악한, 그로 인해 "별 넷"을 달고 "장관"까지 된 화자의 삶과 내면을 표면에 내세우고 있지만, 작가가 주목하고 있는 문제의식은 의외로 단순하다. "변명의 여지"가 없는 "야만"의 과거사를 소재로 삼고 있지만, 작가의 관심은 학살의 한가운데에 있었던 화자의 내면적 성찰에 있다. 이를테면, '우정(친구)이냐 가식적 권력관계냐?'와 같은 질문 말이다.

상식이 사라진 시대, 혹은 성찰이 부재한 시대, 최성배의 소설이 빛을 발하는 지점은 바로 여기이다. '인지상정(人之常情)의 서사'라 지칭할 수 있는 그의 소설이 전해주는 소박하지만 진한 울림은 여기에서 기인한다.

인간답게 사는 것이 가장 어려운 덕목이 되어 버린 냉혹한 시대, 최성배의 소설은 그동안 우리가 '사소한 것'이라 치부하며 외면해 온 삶의 보편적 가치들을 다시 문제 삼는다. 그가 아프게 던지고 있는 질문은 인간다운 세상을 구성하는 밑거름은 무엇이고, 인간답게 살기 위한 보통사람들의 몸부림을 삼키고 있는 것은 무엇인가이다. 이를 통해 최성배의 소설은 '우리 사회가 과연 건강한가?' 라는 근본적 질문을 환기한다.

3.

「개털 선생」은 "탐욕(욕망)의 풍선이 펑, 터져버린 허망함"을 쓸어 담고 있는 소설이다. 동시에 "너는 어떤 사람이냐고."라는 체념어린 자문에 대한 응답의 형식을 취하고 있는 작품이다. 이는 "알 수 없었던 또 다른 자기 자신의 모습"에 대한 확인이자, "돈과 권력이 뜬구름 같은 것이라고 입에 올리면서도 정작 자기 자신의 입장이 되면, 미련을 버리지 못"하는 스스로의 비겁하고 치욕스러운 삶에 대한 부끄러움에 다름 아니다. 이렇듯 풍자의 절실함은 풍자의 시선이 자신을 향할 때 빛을 발한다.

이 작품에는 "변두리의 이름 없는 사립학교"에서 명예퇴직하고 "국회의원후보 나아무개의 자문위원"으로 몇 개월 활동한 화자의 모습이 진솔하게 그려져 있다. 영문은 "현실 앞에 무력"한 "막연한 정치"의 허망함과 "학생들과 살았던 세계와 단 몇 달간의 세상"은 판이하게 다르다는 사실을 아프게 깨닫는다.

영문은 보았다. 욕망을 쫓아왔던 사람들이 어떤 움직임으로 다가오고 떠났는지를. 我와 他의 대칭점이 무엇이었는지를. 저주와 갈등으로 가득 찬 기호들만 흐느적거리던 싸움판. 생존이란 원래 본능을 위하여 비겁한 것이다. 시대와 자신의 불화가 아니었다. 그에게 정신은 치사한 육신을 위하여 늘 동조하거나 방관할 뿐이었다. 그렇지만 어떤 삶인들 치욕스럽지 않겠는가. 그건 잘 알 수 없었던 또 다른 자기 자신의 모습이었다.(「개털 선생」)

이러한 경험을 통해 영문은 시대와의 불화 너머에 웅크리고 있는 치욕스런 욕망의 맨얼굴을 발견한다. 그렇다고 영문의 삶은 크게 달라지지 않을 것이다. 그러나 이전의 삶과는 조금 다를 것이다. 이러한 차이로 인해 영문의 삶, 아니 우리들의 삶은 조금씩 변화하게 되는 것이다. 현실 너머의 세계를 염원하지만 결코 거기에 다다르지 못하는 것이 인간의 모순적 운명이다. 다만, 영문의 체험은 세속적인 삶 너머의 세계를 얼핏 되비추어 줄 뿐이다.

스스로의 비겁하고 치욕스러운 삶에 대한 부끄러움을 절실하게 느끼는 영문의 모습에서 근대의 세속적 삶을 살아가는 현대인의 슬픈 초상을 대면하고 당혹감을 떨칠 수 없는 이유도 이와 무관하지 않다.

「메마른 나무들」은 '삶을 어떻게 마무리할 것인가?'의 문제를 본격적으로 천착하고 있는 전형적인 노년문학이라 할 만하다. 이러한 문제의식은 '어떻게 살 것인가?'라는 질문과 동떨어져 있지 않다. 등장인물들의 삶을 반추하는 작가의 시선은 현재를 포함한 우리 근현대사에 대한 깊으면서도 폭이 넓은 성찰과 궤를 같이 하고 있다.

삶의 근원적 의미(욕망)를 추적하여 성찰하는 작가의 시선이 작품을 읽는 내내 부담스러웠다. 아니 두려웠다. '메마른 나무들'의 삶은 근대적 일상의 메커니즘을 질타하며, 우리 사회의 치부를 응시하라고 채찍질한다. 세상/가난 속으로 내던져진 노인들이 근대적 삶의 냉혹함에 부딪쳐 자신의 존재를 힘겹게 지탱하고 있는 모습은, 우리들이 자발적으로 소외시킨 무의식의 내밀한 초상이 아닌가. 그들의 현재는 우리들의 과거이자 미래이다. 이들은 현대인의 뒤틀린 욕망과 억압, 그리고 정신적 황폐함을 소환하고 있다는 점에서 '지금 여기'의 삶을 되비추어 주는 거울이다.

거대한 도시의 뒷골목에 가려져있는 오래되어 낡은 집들은 재활용품도 못되었다. 겨우 숨만 빠끔빠끔 쉬는 하루살이 목숨들은 아무렇게나 버려졌다. 부자들은 더욱 탐욕스럽고, 가난한 자들은 지옥이 따로 없었다. 허기가 지지 않아도 사냥하는 동물은 사람뿐이다. 자꾸 쌓아가는 먹이는 썩고 남아도 배고픈 동족들에게 돌아가지 않았다. 콧속을 찌르는 탐욕의 냄새에 모두 마비되어있다. 인간의 먹이사슬은 자꾸만 비겁해졌다. 그들은 아무리 뱀의 허물처럼 벗어도 더 좋은 살갗을 지니지 못했다.(「메마른 나무들」)

최성배는 화려하고 역동적인 도시의 뒷골목을 배경으로, 대도시의 쓰레기가 되어 허접한 몸뚱이조차 간수하기 버거운 노인들의 삶을 통해, "콧속을 찌르는 탐욕의 냄새"에 마비되어 "자꾸만 비겁해"져 가는 '지금 여기'의 삶을 곱씹어 보고 있다. 그는 이 절망 속에 웅크리고 있는 눈물겹도록 장엄한 희망의 실루엣을 역설적으로 포착하고 있는 셈이다.

이 작품을 통해 독자들은 우리 사회의 '절망 속의 희망'과, 이 희망의 싹이 냉혹한 현실 속에서 짓밟히고 있다는 '희망 속의 절망'을 동시에 체험하는 소중한 경험을 하게 될 것이다. 이 비싼 경험을 곱씹는 행위야말로 새로운 삶의 청사진을 그리는 시금석이 될 것이다.

최성배의 소설은 '흔들리는 촛불들' 혹은 '메마른 나무들'이

부조리한 세상을 견디는 방식을 눈물겹도록 애틋한 시선으로 길어 올리고 있다. 이는 우리 사회의 '맨얼굴'을 정직하게 응시하는 행위에 다름 아니다. 최성배의 소설은 근대성의 논리가 배제하고 거부했던 소중한 가치들을 되돌아보게 함으로써 근대 문명의 결핍을 보완할 수 있는 새로운 가능성을 시사한다. "거대한 도시의 뒷골목"을 집요하게 탐색하며 우리가 잃어버린 소중한 가치들을 응시하는 이러한 작가의 맑은 눈동자야말로 근대적 일상을 밝히는 소중한 '빛'이 아닐까.

■ 작가의 말

언어란 얼마나 속절없는가.

내 안에서 일어나고, 내 안에서 죽어야 할 것들에 대하여 생각해본다.

타인들의 삶이 결코 쉽게 내게로 들어올 성질은 아니었다. 내 자신 안에 생성된 기억과 합성을 거부하는 목소리들. 내가 겪지 않은 삶들은 대체로 이해의 폭이 좁았다. 타인을 내 자신처럼 이해해야 한다면 그 영역은 도대체 어디까지일까.

삶은 언제나 위태롭다. 어떤 시대라도 어느 것 하나, 신산辛酸하지 않을 수 없을 터. 변화무쌍한 세상인지라 나 또한 걸어가며 흔들렸다. 흘러가는 세상은 거미줄 같아서 옴짝달싹 못하게 걸린 몸을, 시간이 음흉하게 다가와 야금야금 갉아 먹으려들 것이다.

가끔 잠을 놓치며 어지러움을 떨치고 안간 힘을 썼던 작업들마저 어설프다.

가을빛에 쫓긴 그림자들은 점점 길어지고 있는데, 나를 치죄治罪하는 우遇를 또 한 번 저지르고 말았구나!

4344辛卯년 가을
대청호大清湖의 시푸른 물가에서

■ 약력

최성배 ——————————————————————

▸ 소설집『물살』『발기에 관한 마지막 질문』

　　　『무인시대에 생긴 일』『개밥』『은밀한 대화』

▸ 장편소설『침묵의 노래』『바다 건너서』

▸ 산문집『그 시간을 묻는 말』

▸ 시집『내 마음의 거처』『파란하늘아래서는 그리움도 꿈이다』

　　　『뜨거운 바다』

▸ 수상 <문학저널 창작문학상> <한국문학 백년상>

흔들리는 불빛들

초판 1쇄 인쇄일 | 2011년 11월 1일
초판 1쇄 발행일 | 2011년 11월 3일

지은이 　　　| 최성배
펴낸이 　　　| 정구형
출판이사 　　| 김성달
편집이사 　　| 박지연
책임편집 　　| 정유진
본문편집 　　| 이하나
디자인 　　　| 장정옥 김현경 정문희
마케팅 　　　| 정찬용
영업관리 　　| 한미애 김정훈 안성민
인쇄처 　　　| 월드문화사
펴낸곳 　　　| 새미
　　　　　　　등록일 2006 11 02 제2007-12호
　　　　　　　서울시 강동구 성내동 447-11 현영빌딩 2층
　　　　　　　Tel 442-4623 Fax 442-4625
　　　　　　　www.kookhak.co.kr
　　　　　　　kookhak2001@hanmail.net

ISBN 　　| 978-89-5628-585-6 *03800
가격 　　| 12,000원